華山劍尊

참마도 新무협 판타지 소설

화산진도 4

참마도 新무협 판타지 소설

초판 1쇄 찍은 날 § 2007년 1월 5일
초판 1쇄 펴낸 날 § 2007년 1월 15일

지은이 § 참마도
펴낸이 § 서경석

편집장 § 문혜영
편집책임 § 유경화
편집 § 이재권

펴낸곳 § 도서출판 청어람
등록번호 § 제1081-1-89호
등록일자 § 1999. 5. 31
어람번호 § 제2-1098호

주소 § 경기도 부천시 원미구 심곡1동 350-1 남성B/D 3F (우) 420-011
전화 § 032-656-4452 팩스 § 032-656-4453
http://www.chungeoram.com
E-mail § eoram99@chollian.net

ⓒ 참마도, 2006

ISBN 978-89-251-0491-1 04810
ISBN 89-251-0308-7 (세트)

※ 파본은 구입하신 서점에서 교환하여 드립니다.
※ 저자와 협의하여 인지를 붙이지 않습니다.

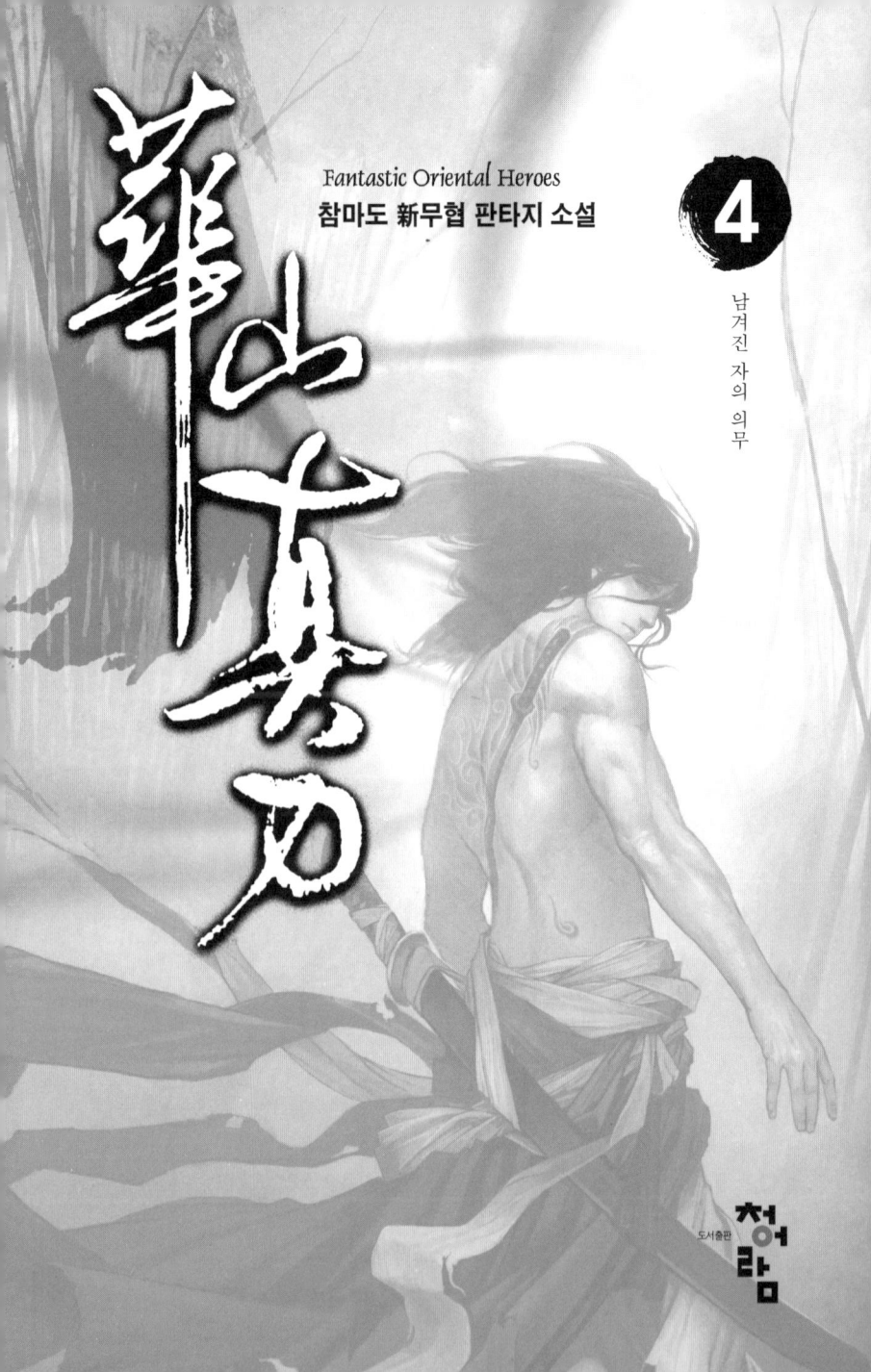

목차

第一章 암흑 속에서 / 7

第二章 쓰러질 수 없는 자 / 45

第三章 탈출 / 87

第四章 무한에서 / 125

第五章 추적 / 169

第六章 억울한 죽음 / 205

第七章 예기치 못한 만남 / 245

第八章 모여드는 군웅들 / 287

第九章 선택 / 323

第一章

암흑 속에서

1

삼목안… 진소곤은 기억하고 있었다. 처음 삼목안을 만났을 때의 그 느낌을…….

움직일 수가 없었다. 정말 무슨 마술이라도 걸린 듯 그는 아무런 행동도 할 수가 없었고 그저 바라만 봐야 했다. 아이들을 들쳐 메고 움직이는 자들을 두 눈 멀쩡하게 뜨고 지켜봐야만 했던 것이다.

무력하게 그냥 지켜만 봐야 한다는 것, 진소곤으로선 그게 제일 화가 나는 일이었다. 그는 지금까지 그것이 정말 도깨비나 귀신의 짓이 아니라고 생각했다. 그리고 그 생각은 현재도 마찬가지였다.

한때는, 처음 삼목안을 봤을 때 진소곤은 자신의 눈을 의심했었다. 분명 눈이 세 개였고 사람이 아니라고 생각했었다. 그러나 시간이 흐른 지금 그는 확신했다. 이들이 귀신놀음을 한 것이라고 말이다.

그러나 무엇보다도 하늘에 부끄러운 것은 단 한 가지. 아이들을 지키지 못했다는 것, 그리고 그것이 지금 그와 평통으로 하여금 부상을 무릅쓰고 이곳까지 오게 만든 이유였다.

"빌어먹을……."

자신도 모르게 진소곤은 이를 악물며 중얼거렸다. 생각하면 할수록 바보 같은 자신이었기에 끓어오르는 화를 참지 못하는 것이었다. 게다가 지금 상황 역시 그의 화를 돋우는 데 일조하고 있었다.

덜렁거리는 왼팔은 부목을 대어 단단히 고정시킨 채 내내 힘껏 뛰어다녔지만 소득이 없었다. 사라진 아이들은커녕 그 아이들이 있을 만한 곳조차 보지 못했던 것이다.

"이곳이 맞기는 한 거냐?"

"여기가 아니면 있을 곳이 없다. 너도 봐서 알겠지만 다른 곳 어디 있을 법한 데가 있더냐?"

마음이 급한 진소곤은 옆의 평통에게 물었지만 평통은 고개를 흔들며 확신할 뿐이었다. 진소곤은 문득 고개를 돌려 평통을 바라보았다. 어스름한 어둠 속에서 그의 모습은 잘 보이지 않았지만 생각 외의 모습을 보여주고 있었다.

자신의 왼팔처럼 그는 오른발에 부목을 댄 상태였다. 절뚝대면서도 잘 안 보이는 주변을 향해 두 눈을 부라리는 평통은 생각보다 정말 침착한 모습이었다.

여태껏 그가 보여준 모습을 생각하면 이상하리만치 침착한 모습이기에 진소곤은 내심 불안한 생각마저 들고 있었다. 그만큼 평통은 잘 대처하고 있었던 것이다.

"이곳 외에는 별다른 곳이 없다네. 두 사람 모두 진정하고 좀 더 유심히 보게나."

"물론입니다. 도장님 말씀처럼 좀 더 자세히 살펴봐야겠지요."

활활 타오르는 두 눈을 보여주며 평통은 입을 열었다. 자세가 침착하다고 눈까지 침착한 것은 아니었다. 급한 성정을 여과없이 보여주는 그의 눈은 지금 그가 얼마나 초조해하고 있는지 잘 보여주고 있었다. 의연하게 버티고 있었던 것이다.

두 사람을 잠시 진정시켰던 규앙 도장은 고개를 살짝 흔들었다. 이 두 사람의 고집은 정말 대단했던 것이다.

솔직히 지금 평통과 진소곤은 움직이는 것이 무리였다. 한 사람은 팔이, 또 한 사람은 다리를 다친 상태다. 하나 두 사람은 부득불 우겨 규앙의 일행에 합류했었던 것이다.

그렇게 서로 아옹다옹하던 두 사람은 서로 나란히 부축하며 자신의 뒤를 쫓아왔었다. 규앙은 그 모습을 보며 이 두 사람이 마음을 함께한 친우임을 어렵지 않게 알 수 있었고 말이다.

"세상에 쉽게 되는 것은 없다 이건가? 젠장……!"

진소곤은 한마디 툭 뱉어내며 앞으로 움직이고 있었다. 그런 그의 왼쪽 어깨 위엔 평통의 오른손이 얹혀져 있었다. 그렇게 두 사람은 하나가 되어 앞으로 움직이고 있었다.

"그러게… 재수 좋게 아무도 없다 싶었더니 아예 빈 곳 아닌가?"

평통 역시 진소곤의 말에 동의를 하고 있었다. 그리고 그들의 말에 규앙은 잠시 생각에 잠겼다.

그들이 하는 말은 그냥 흘려버릴 성질의 것이 아니었다. 이들이 이렇게 이야기하는 데는 그만한 이유가 있었다. 정말 이상하리만치 이곳으로 오는 길엔 아무런 제지가 없었던 것이다.

오죽했으면 규앙 도장과 그 제자들이 고개를 갸웃거릴 정도일까? 어쨌든 기이한 일이긴 했다. 마치 누군가가 그냥 쭉 통과시켰다고 하는 것이 옳은 표현일 것 같은 그런 느낌이 들고 있었던 것이다.

어쩌면 평통과 진소곤의 말처럼 지금 이곳엔 아무도 없을 수 있다는 생각마저 들 정도로 정말 조용하게 이곳까지 내려왔다. 처음에 단 한 번 부딪친 것을 빼곤 아무런 충돌도 없으니 말이다.

그러나 분명한 것은 이곳이 충분히 의심스럽다는 점이고 그런 자신들의 선택이 잘못된 게 아니라는 것이다. 오십여 년을 살아오면서 자연스럽게 익힌 경험이라는 녀석이 이곳이 맞다고 이야기하고 있으니 말이다.

"어쨌든 조금 더 들어가기로 하고… 일단 앞으로……!"

규앙 도장이 앞서 나가는 두 사람의 어깨를 툭 치며 그들의 마음을 북돋우려 할 때였다. 그의 눈에 뭔가 이상한 것이 보이고 있었다.

약 십여 장 건너 칙칙한 어둠을 찢는 이상한 기둥 같은 것이 보였던 것이다. 규앙 도장은 감각을 일깨우며 앞으로 움직이기 시작했다.

"아니, 도장님. 무슨……!"

규앙 도장의 괴이한 반응에 진소곤은 입을 열려다 다시 다물었다. 그도, 그리고 옆의 평통도 규앙 도장이 본 것을 보았던 것이다.

마치 무언가에 이끌리기라도 하듯 세 사람은 앞으로 가고 있었다. 그 뒤에 따라오는 규앙의 제자들은 제각기 주위를 경계하는 데 반해 세 사람은 그냥 무작정 달려가는 듯이 보였다.

그리고 그들 셋이 그 빛의 기둥에 다가갔을 때 세 사람 다 눈을 크게 떠야만 했다.

"……!"

빛의 기둥의 정체는 작게 뚫려진 구멍이었다. 그 구멍 사이로 새어 나오는 빛이 그렇게 보였던 것인데, 평통은 재빨리 고개를 숙여 살펴본 뒤 입을 열었다.

"차, 찾았다."

"뭣!"

평통의 말에 진소곤도 눈을 돌려 구멍 속을 확인하곤 그대로 양손을 내밀었다. 단단한 흙들이 뭉쳐 있었지만 두 사람은 아랑곳없이 손을 찔러 넣었던 것이다.

콰각… 칵…….

그래도 어느 정도 무공이 있는 사람들이었다. 당연히 한번에 벽이 뚫려 버릴 줄 알았건만 흙들은 의외로 단단해서 그렇게 되질 않았다. 마음이 급한 두 사람이 양손을 쉬지 않고 놀리려 할 때였다.

"비켜서시게!"

창노한 음성에 두 사람은 좌우로 갈라졌다. 음성의 주인은 규앙 도장이었다. 평통과 진소곤이 고개를 돌리자마자 규앙은 이미 검을 치켜든 채 내력을 주입하고 있었다.

중검에 일가견이 있는 규앙 도장이었다. 게다가 작정하고 내력을 모아 치는데 이따위 흙벽이 견딜 수 있을 리 없었다.

파아아앙!

공기가 압축되었다가 폭발하는 소리가 들리며 두 사람을 막아섰던 단단한 흙벽이 산산조각으로 부서져 나가고 있었다. 평통과 진소곤은 빠른 걸음으로 앞으로 나아갔다. 하지만 마음속 가득 경계심을 가졌음은 당연한 일이었다.

안쪽은 거대한 공동이었다. 솔직히 자신들이 온 곳까지 뚫려 있는 갱도만 해도 대단한 공사였지만 지금 들어온 이곳의 크기는 그 모든 것을 별것 아닌 것으로 만들기에 족했다. 사방 근 십여 장의 공간이 만들어져 있었던 것이다.

 벽에는 약 일 장여가 안 되는 간격으로 횃불이 꽂혀 있었고 그 횃불의 밝기로 인해 지금 이곳의 모습을 가늠할 수 있었지만 그것으로는 충분치 않았다. 평통과 진소곤, 그리고 규앙 도장 일행은 눈을 가늘게 만들며 다시금 주위를 살펴보기 시작했다.

 천천히 완전한 광경이 떠오르기 시작했다. 어스름한 어둠 사이로 짙은 그림자들이 보이기 시작했고 그것은 이내 확신으로 바뀌었다. 평통은 오른손을 뻗어 그 그림자를 향했다. 그림자의 크기는 마치 아이의 그것처럼 작았다.

 슷…….

 "……."

 틀림없었다. 육안으로 봤던 것처럼 아이들이 있었다. 작은 그림자처럼 보이는 모든 것이 다 아이들이었던 것이다.

 화아아악!

 뒤편에서 눈을 가늘게 떠야 할 정도로 강한 빛이 흘러나왔다. 규앙 도장의 제자들이 모두 화섭자를 꺼내 들었던 것인데 그 강한 빛에 의해 모든 광경이 또렷해졌다.

 "……!"

 "아니, 이게 대체 무슨……!"

도대체 할 수 있는 말이 없었다. 보는 사람마다 입술을 꽉 다물며 상황을 살피기에 여념이 없었는데 전혀 의외의 상황이 벌어졌던 것이다.

결론적으로 말하자면 아이들을 찾은 것은 사실이었다. 숫자로 봤을 때 사라졌던 아이들 거의 대부분이 이곳에 있는 듯 보였다. 한데 그 모습들이 영 이상했다.

가부좌를 튼 채 두 눈을 꽉 감고 있었다. 의식이 없는지 사람들이 이토록 와보는 데도 전혀 반응이 없었다. 혹시나 하는 마음에 평통은 다시금 손을 뻗어 한 아이의 이마를 만져 보았다.

"……."

따뜻했다. 죽은 상태도 아니었고 의식이 없다고 볼 수도 없었다. 의식이 없다면 이토록 꼿꼿하게 허리를 펴고 앉아 있지 못할 테니 말이다.

"아… 아이야… 아이야!"

평통은 살짝 아이를 흔들며 소리쳤다. 하나 아이는 요지부동, 아무런 말도 듣지 못한 듯이 보였다. 평통이 다시금 손을 들어 아이를 흔들려 할 때였다.

"잠시 뒤로 오시게나. 먼저 정리부터 해야 될 것 같으이."

"예……?"

문득 들려오는 규앙 도장의 말에 진소곤이 살짝 되물었다. 하나 규앙 도장의 눈은 더 이상 그에게 향해 있지 않았다. 그의 눈은 자신의 등 뒤 칙칙한 어둠으로 향해 있었던 것이다.

뭔가 이상함을 느낀 진소곤은 신속하게 신형을 돌렸다. 그리고는 온몸의 감각을 날카롭게 세우기 시작하자 규앙 도장이 한 말의 의미를 알 것 같았다. 저 멀리 무언가 움직이는 듯한 느낌이 들었던 것이다.

시링… 싱…….

진소곤뿐만이 아니라 일행 거의 모두가 이러한 느낌을 느낀 듯 은연중에 수중의 검을 들어올리고 있었다. 그렇게 모두의 감각이 한껏 날카롭게 다듬어질 때였다.

"……!"

진소곤과 평통의 눈이 동시에 떨어졌다. 십여 장 정도 떨어진 저 앞의 어둠 속에서 파란 눈동자가 빛나고 있었다. 한데 그 눈동자는 일반적인 눈동자가 아니었다.

보통의 것이라면 짐승의 그것처럼 빛나는 두 개의 눈이었을 터였다. 하나 지금 보이는 것은 그것 외에 하나가 더 있었다. 삼각형 모양을 이루고 있었는데 두 개의 눈 위에 또 하나의 눈동자가 보였던 것이다.

"삼목안……! 이 빌어먹을 놈!"

자신이 다쳤다는 것도 잊은 채 진소곤은 이를 악물며 소리쳤다. 또다시 악몽과 마주하게 된 것이다.

그러나 이번엔 그저 악몽으로 끝나서는 안 될 터였다. 나약해지려는 스스로를 다잡으며 그는 전의를 불태우기 시작하고 있었다.

　　　　　＊　　　＊　　　＊

　살인에도 아름다움이 있을까? 참 바보 같은 질문이지만 그 질문의 대상을 장연호라는 사람에 국한시킨다면 더 이상 바보 같은 질문이 아니었다. 탈명천검사 장연호의 움직임을 보고 있자면 저절로 그러한 질문이 떠오를 테니 말이다.
　군더더기없는 깔끔함. 일검 아니면 이검으로 승부를 보는 그의 모습은 진정 천신이 따로 없었다. 칠흑 같은 어둠 속에서도 현백은 똑똑히 보고 느낄 수 있었던 것이다.
　그가 검을 드는 순간 세상이 침묵한다. 그와 현백이 상대하는 사람들은 모두가 전문 살수들. 하나 그 살수들보다 더욱더 일격필살이 어울리는 사람이 바로 이 장연호였다. 탈명천검사의 이름은 헛된 것이 아닌 것이다.
　슷…….
　오른발을 앞으로 내딛는 순간 주변의 공기가 작게 요동친다. 그 요동은 장연호가 만든 것이 아니었다. 장연호의 주변으로 움직이던 살수들의 움직임이 만들어낸 바람이었다.
　장연호의 움직임에 따라 그들이 움직이고 있었지만 장연호는 전혀 상관하지 않는 듯이 보였다. 천천히 한 걸음씩 앞으로 내디디며 벌써 삼십여 명이 넘는 사람들을 고혼으로 만들고 있었다.

지금 장연호와 현백의 앞에 있는 살수들은 이전까지 상대해 왔던 이들과는 질적으로 달랐다. 현백이 몸 이곳저곳에 이미 상당한 상처를 입을 정도로 대단한 사람들이었는데 그런 사람들 속에서 의연하게 상대하고 있었다. 무공의 수준으로 봐도 이미 현백의 위였던 것이다.

마치 팽팽한 줄 위에서 위태로운 줄타기를 하는 듯이 장연호는 움직이고 있었지만 절대 실수하지 않고 있었다. 그가 추구하는 검끝은 이미 상대의 움직임 그 이상을 노리고 있었던 것이다.

스슷… 피이이잇!

오른발에 이어 장연호가 왼발을 내밀자마자 그에게 강한 압력이 치달아오고 있었다. 더 견디지 못하고 살수들이 검을 내민 것인데 장연호는 그저 팔목을 살짝 비틀었다. 한데 그 단순한 동작에 공격이 막히고 있었다.

카라라락!

이들 살수들이 쓰는 검은 협봉검이었다. 마치 침과 같은 구조를 가진 협봉검은 장연호의 송문고검에 막혀 옆으로 휘어지고 있었다. 칠흑 같은 어둠 속에서 보이지도 않았지만 막는 장연호나 옆에서 신경 쓰는 현백이나 다 잘 느낄 수 있었다.

킥… 치이이잇!

장연호는 살짝 손목을 더 돌려 협봉검의 검면에 송문고검의 검면을 딱 붙여 대었다. 그리고는 앞으로 쭉 내밀며 상대를 공격했다. 그러자 장연호를 공격하던 살수는 대경하며 옆으로 신형을 빼었다. 물론 송문고검이 닿아 있는 면의 반대쪽이었다.

그러나 그건 장연호가 노리는 바였다. 장연호는 거칠게 팔목을 비틀며 검을 크게 휘둘렀다.

까라라랑… 피이이잇!

협봉검을 부러뜨릴 듯이 휘며 장연호의 송문고검이 움직였다. 제아무리 내력이 대단한 자라고 해도 협봉검의 좁은 검신으로 두터운 송문고검을 박살 낼 수는 없었다. 더구나 상대는 장연호, 무당의 신성이니 내력이야 두말할 것도 없었다.

타타탓……!

뒤로 한껏 물러서다 살수는 허리를 뒤로 젖히며 장연호의 검세를 피해내려 했다. 그러나 그 순간 장연호의 검이 다시금 변했다.

스슷… 파아앗!

살수가 허리를 뒤로 젖히려는 순간 장연호의 몸이 마치 쭈욱 늘어난 것처럼 느껴졌다. 근 반 장여의 거리를 순간적으로 좁히며 송문고검이 허공으로 베어지자 끈적한 느낌이 사방을 휘돌기 시작했다.

비릿한 피의 내음… 콧속으로 확 끼쳐 들어오는 그 내음에 현백은 절로 코를 찡긋거렸다. 이미 장연호를 노렸던 사내는 살아 있는 사람이 아니었다.

이것이 탈명검이었다. 상대의 움직임 모두를 다 봉쇄하는, 마치 잘 짜여진 거미줄에 걸린 먹이처럼 상대를 격살하는 것이 탈명검의 요지였던 것이다.

스슷…….

삽시간에 상대를 격살하고 자신의 자리로 되돌아온 장연호는 숨결 하나 거칠어지지 않고 있었다. 정말 깔끔하다고밖에 말할 수 없는 그러한 움직임을 보이는 장연호를 느끼며 현백은 어금니를 꽉 깨물었다.

달라도 이렇게 확연히 다를 수는 없었다. 장연호에 비한다면 자신은 한없이 초라하게만 느껴졌다. 그리고 그 점은 지금이 어두운 공간 속에서 더욱더 크게 느껴지고 있었다.

허리를 쭉 편 채 보이지도 않는 세상을 오시하는 장연호와는 달리 현백은 지금 허리를 잔뜩 숙이고 있었다. 무릎까지 숙여 마치 야수의 그것처럼 만들고 있었는데 오른손의 도끼지 거꾸로 쥔 채 웅크리고 있었다.

조용한 기둥과 같은 장연호와는 달리 현백은 살아 있는 역동성 그 자체였다. 가만히 있지를 못하고 조금씩 흔들리는 그의 신형은 그가 의도한 것이 아니었다. 몸 안에서 휘도는 내력이 만드는 형상인 것이다.

스슷…….

문득 어떤 작은 움직임이 느껴지고 있었다. 현백은 그 움직임에 맞추어 자신도 모르게 호흡을 조절하고 있었다. 아주 작은 움직임이지만 현백에겐 낭랑한 방울을 흔드는 듯 크게 들려왔다.

조금 더 허리를 숙이고 발뒤꿈치를 들어올렸다. 한순간 팽팽하던 끈이 끊어지듯 현백의 신형이 사라졌다.

스스스… 파아아앗!

활화산처럼 타오르는 현백의 눈이 이리저리 이지러진다고 생각하는 순간 이미 현백의 신형은 일 장여를 움직여 있었다. 현백은 그대로 오른손을 끌어 올렸다. 그리곤 바로 내리그었다.

카카카칵!

금속끼리 부딪치며 불꽃이 일고 있었다. 암습자는 현백의 최초 공격을 막아내었지만 그건 이제 시작일 뿐이었다. 현백은 허리를 뒤틀며 연속적인 공격을 가하기 시작했다.

쩌저저정!

현백의 육중한 도에 암습자의 신형이 뒤로 밀리고 있었다. 일합이 겨루어질 때마다 강한 불빛이 허공에 쏘아지기에 암습자의 모습은 똑똑히 보였다. 현백은 더 이상 도를 쳐내는 것을 그만두었다.

파아앗!

암습자의 몸 이곳저곳에서 피가 터져 나오고 있었다. 비록 막기는 했지만 협봉검으로 현백의 도를 완전히 막을 수는 없었다. 또한 막을 때마다 기이한 현백의 움직임으로 인해 제대로 막지도 못한 상태였다.

　쿠우웅…….

　비릿한 내음과 함께 사내가 쓰러지고 있었다. 현백은 그에게로 향하던 신경을 끊고 다시 주위를 바라보고 있었다. 칠흑 같은 어둠 속에서 보여지는 현백의 두 눈은 모골을 송연하게 만들기에 충분한 모습이었다.

　"꼭 가야 되겠나?"

　"이대로 내 아이들을 다 죽게 놔두란 말입니까?"

　양각은 굳은 표정으로 입을 열었다. 한 치 앞도 구분하지 못하는 어둠 속이지만 그의 표정은 충분히 알 수 있었다. 목소리에서 노기가 느껴지고 있었던 것이다.

　"세력은 다시 키우면 그만일세. 더욱이 이들이 아니더라도 자네에겐 다른 아이들이 있지 않나? 그들에게 새로운 희망을 던지게나."

　"또다시 십 년이 넘는 세월을 기다릴 순 없습니다. 우제는 오늘따라 옥 형님의 말이 이해가 되지 않습니다."

　밀천사 양각, 아무리 보이지 않는 어둠 속이라 해도 지금 현백과 장연호가 있는 곳이 어디인 줄은 잘 알고 있었다. 근 십여 장 정도 떨어진 앞에 그 두 사람이 있는 듯 보였다.

　"당연히 이해가 되지 않겠지. 하나 난 아우만을 이야기하는 것이네. 자네가 있으면 이들은 사네. 아직도 그 이치를 모르는가?"

새로운 기회를 기약한다라……. 어둠 속에 들리는 목소리는 그렇게 이야기하고 있었다. 하나 양각은 고개를 흔들었다.

"난 이 아이들에게 살수 수업을 받게 하면서 분명히 이야기했습니다. 서로 간의 목숨은 모두 똑같다고 말입니다. 나의 목숨이나 저들의 목숨이나 다를 게 없다고 말입니다."

"……."

"굳이 우리가 죽어야 할 때가 온다면 그건 한 사람의 희생으로 끝나지 않을 것이라 맹세했습니다. 이들이 죽는다면… 저 역시 죽습니다."

"……."

양각의 생각은 단호했다. 어둠 속에서 들려오는 목소리는 아무런 말을 하지 않았고 양각은 오른발을 앞으로 내밀었다. 이제 지난날의 약속을 지키기 위해 앞으로 나아가려 할 때였다.

"본심이 무엇인지 그것이 궁금하구나. 이들과 죽음을 함께 하려는 이유가 그 약속 때문이냐? 아니면 대인에게 섭섭한 마음이 있어서인가?"

"……."

문득 들려오는 목소리에 양각은 걸음을 멈추었다. 이곳으로 오면서 내내 생각한 것이 하나 있었다. 그것이 바로 지금 들려오는 목소리가 지적한 것이었다.

하늘을 향해 부끄러움이 없도록 움직여 주겠다는 대인의 말, 그 말에 지금까지 온 양각의 행동이었다. 그러나 요즘 들어 그 생각이 자꾸만 흔들리고 있음은 사실이었다.

"배치되어 있는 아이들을 물리고 정예만 이곳에 있는 것이 그 증거겠지. 잡아온 아이들이 있는 곳까지 병력을 모두 물린 것이 네 명령이 아니더냐?"

"…그렇습니다. 제가 그리 시켰습니다."

양각은 담담한 목소리를 내었다. 어찌 보면 죄를 순순히 시인하는 듯도 보였는데 양각은 이어 입을 열었다.

"형님도 아시겠지만 초 대인께선 예전의 대인이 아닙니다. 요즘 초 대인의 모습을 뵈면 마치 무언가에 쫓기는 듯한 모습이 대부분입니다. 감추려 하시지만 이미 다 드러나는 일이지요."

"……"

"그분께서 주체가 아니라는 것입니다. 결국 꼭두각시가 될 수밖에 없는 상황, 그럼 과거의 약속은 지켜지기 힘들겠지요. 그것이 제가 남는 이유입니다. 살수이기 전에 강호인으로 살고 싶었으니 말입니다."

"강호… 인?"

어둠 속의 목소리는 강호인이란 단어를 되뇌었다. 양각은 고개를 끄덕이며 다시 입을 열었다.

"그렇습니다. 강호인, 전 그렇게 살고 싶었습니다. 의협을 행하는 협사는 아니더라도 악인은 되고 싶지 않았습니다. 한데 상황은 절 악인으로 만드는군요."

저벅…….

어둠 속에서 작은 발자국 소리 하나가 들려왔다. 양각이 움직이고 있었다. 저 앞의 현백을 향해 움직이기 시작한 것이다.

"그것만은… 사양하고 싶습니다."

담담한 음성을 흘리며 양각의 기척은 사라지고 있었다. 칠흑 같은 어둠 속에선 답답한 침묵만이 흐를 뿐이었다.

2

두근…….

가슴속에서 고동치는 심장 소리가 들려오고 있었다. 아니, 솔직히 말하자면 그것밖에 아무런 행동도 할 수가 없다는 것이 정상이었다.

세 개의 눈, 그것이 어떻게 생겨났는지는 몰라도 그 눈이 어떤 위력을 담고 있는지는 아주 잘 알 수 있었다. 또다시 진소곤은 허수아비가 되어버렸던 것이다.

"이익… 익…….."

그나마 이번엔 입술은 조금이라도 움직일 수 있는 듯 보였다. 진소곤은 온 힘을 다해 몸을 움직이고 내력을 휘돌리려 했지만 한마디로 헛수고가 되고 있었다.

 눈알을 돌려 주변을 바라보니 그만 그런 것이 아니었다. 대관절 어떤 무공이길래 십여 명이 넘는 사람들 전부를 한번에 못 움직이게 하는지 정말 이해할 수가 없었다. 아니, 솔직히 이해하고 싶지도 않았다.

 이해할 필요가 없었다. 그저 이 보이지 않는 결박을 깨고 아이들을 데리고 나가고만 싶었던 것이다. 하나 그것은 그의 바람일 뿐이었다.

 "정신을… 하나로 모… 으거라!"

 완벽한 발음은 아니지만 규앙 도장의 말소리가 들려오고 있었다. 과연 대단한 내력을 지니고 있는 듯 그는 지금 항거 중이었다. 삼목안을 가진 괴인도 그런 규앙 도장의 모습이 흥미로웠던지 눈을 떼지 못한 채 앞으로 걸어나오고 있었다.

 그나마 다행인 것은 지금 삼목괴인은 자신들에게 별 관심이 없다는 점이었다. 그들이 아니라 바닥에 있는 아이들에게 온 신경을 쓰는 듯이 보였는데 아이들의 주변을 스치듯 지나면서 입에 손을 대고 있었다.

 그것이 무엇인지는 모르지만 그리 좋지 않은 것이라는 걸 잘 알 수 있었다. 진소곤은 이를 악물며 다시금 몸을 움직이려 노력했다. 그러나 이번에도 역시 실패였.

 "호오, 과연 무당인가? 나의 미혹안을 버텨내면서 말까지 하다니……."

"……!"

문득 진소곤의 귓가에 전혀 의외의 목소리가 들려왔다. 그것은 아주 젊은 여인의 목소리였는데 진소곤은 눈을 치떴다. 그리고는 눈알을 굴려 소리가 난 곳을 향해 눈을 돌렸다.

"……!"

묘령의 여인이었다. 그것도 상당한 미모를 보여주는 여인이었는데 그녀의 두 눈가엔 불그스름한 기운이 감돌고 있었다. 흔히들 관상가들이 말하는 색기의 형상이 보였던 것이다.

삼목안의 주인공, 그것이 바로 이 여자였다. 그녀의 이마엔 보기에도 섬뜩한 눈 하나가 박혀 있었다. 물론 실제로 박힌 것은 아니고 기가 응집되어 하나의 눈으로 보였던 것이다.

진소곤은 왠지 조금 맥이 빠지는 듯한 기분이 들고 있었다. 그토록 대단하고 무섭게 여겨졌던 삼목괴인의 정체가 여자라니… 물론 여인이라고 무시하는 성격은 아니지만 말이다.

좀 더 망종같이 생기고 괴상망측한 사람일 것이라 생각했었다. 최소한 색기를 흘리고 다니는 아름다운 여인이라곤 생각지 못했던 것이다.

"요… 망한… 것……."

문득 진소곤의 귓가에 규앙 도장의 목소리가 들려왔다. 규앙 도장은 관자놀이에 핏줄이 불거진 상태로 여인을 노려보고 있었는데 여인은 규앙의 앞으로 엉덩이를 흔들며 다가갔다.

"호호호! 요망이라……. 세상에 나 같은 요망한 것들만 있으면 오히려 좋지 않아? 안 그런가요?"

이마에 있는 눈을 제외하고 나머지 두 눈에서 은근한 빛이 흘러나오고 있었다. 여인은 그 은근한 빛을 한쪽으로 흘렸는데 바로 평통을 향해서였다.

"크……!"

평통은 시뻘게진 눈을 한 채 짧은 비명을 토해내고 있었다. 곧이라도 죽을 것만 같이 신형을 떨며 여인을 노려보는 평통을 보며 여인은 오히려 놀란 눈을 만들고 있었다.

"호오? 저 도사들이야 남자도 아니니 그런가 싶었지만 이건 의외인데? 내 미혼심안이 이토록 공부가 얕았나?"

신기하다는 듯 여인은 평통의 주위를 돌며 바라보고 있었다. 그 와중에 흑의인들은 여전히 바쁘게 움직였는데 어느새 반수 이상의 아이들을 거치고 있었다. 여전히 입에 손을 한 번씩 대는 것을 잊지 않으며 말이다.

"아이… 도… 돌려……."

"응? 아, 이 녀석들 말이냐?"

이마의 눈을 파랗게 빛내며 그녀는 평통에게 입을 열었다. 대강 평통이 말하는 바를 알겠는데 아마도 아이들을 돌려달라는 상투적인 이야기일 터였다.

"돌려주지. 암, 돌려주고말고……. 하나 아직은 아니지."

색기가 뚝뚝 묻어나는 목소리를 흘리며 여인은 싱글싱글

웃고 있었다. 그녀는 잠시 생각하는 듯하더니 이내 입을 열었다.

"가만, 한번 이야기를 듣는 것도 나쁘진 않겠군. 내 무공에 대항하는 것이 이 아이들 때문이었나?"

이마의 눈에서 내는 광채를 약하게 만들며 그녀가 말하자 평통은 입을 크게 벌렸다. 입이 움직이자마자 그는 그녀에게 소리를 지르기 시작했다.

"이 빌어먹을 년! 당장 아이들을 풀어주지 못해! 내 널 씹어 먹고야 말리라!"

"응? 아하하하하……!"

평통의 악다구니에 그녀는 고개를 쳐들고 웃기 시작했다. 이유야 모르지만 그녀는 정말 통쾌하게 웃고 있었는데 한참을 웃다 겨우 진정하며 입을 열었다.

"그참, 사람이란 정말 신기한 동물이라니까? 고작 애들에 대한 생각 때문에 나의 무공이 이토록 별 소용이 없다니 웃기는 일이야."

"웃기기는 뭐가 웃기단 말이냐! 당장 이 아이들을 돌려보내지……."

"미친놈! 네 처지를 알고나 지껄여!"

갑자기 여인의 입에서 폭갈이 터져 나왔다. 돌연한 상황에 평통은 흠칫하며 입을 닫았는데 여인의 눈에선 살기가 줄기줄기 흘러나왔다. 그것도 세 개의 눈 모두가 강렬한 살기를 품고 있는 끔찍한 광경인 것이다.

"아이들을 돌려줘? 이 아이들이 다 네놈 자식이냐? 그 꼴에 협사라고 내 앞에서 주둥이를 째는 것이야? 오냐, 좋다."

"……!"

여인의 이마에 있던 눈에서 사이한 광채가 흘러나오려 하고 있었다. 보고 싶지 않았지만 평통으로서는 어쩔 수 없었다. 그는 고스란히 그녀의 눈을 바라볼 수밖에 없었다.

그리고 그녀의 눈을 바라보았을 때 자신의 오른손이 허공으로 올라가는 것을 느낄 수 있었다. 문득 오른손에 기이한 감각이 느껴졌다. 손바닥에 장력이 모이고 있었던 것이다.

"어디 한번 돌려보내 보아라. 아예 이 녀석들이 태어난 저 세상으로 말이다. 우선 네 앞에 있는 그 아이부터 해보거라."

"이… 이익……!"

평통은 이를 악물며 치커든 오른손을 내리려고 했지만 이미 그의 몸은 통제력을 잃고 있었다. 평통의 오른손은 그저 빠르게 내려지고 있을 뿐이었다.

"우아아아아……!"

파가각!

커다란 소리를 지르며 두 눈을 질끈 감아보지만 평통의 오른손은 이미 한 아이의 머리를 박살 낸 후였다. 머리가 깨지는 소리는 입으로 비명을 질러 안 들리도록 했지만 손의 감각은 그도 어떻게 할 수가 없었다.

그의 발아래 한 구의 작은 시신이 힘없이 뒹굴고 있었다. 이름도 모르는 여아의 모습이었고 머리가 처참히 깨진 모습이었다. 그 머리는 평통 자신이 만들어놓은 것이었다.

"이… 이……!"

피로 벌겋게 물든 오른손이 눈에 보이고 있었다. 또다시 허공으로 들려지는 그 손을 보는 평통의 눈앞이 부옇게 변하고 있었다.

"아… 안 돼……."

뺨을 타고 눈물 한 방울이 흐르는 순간 눈앞이 다시 또렷해졌다. 여전히 피에 물든 그의 오른손은 하늘로 점점 올라가 있었고 곧 정점에 도달할 터였다.

"안 된다고? 뭐가 안 된다는 것이지? 큭, 아이 하나 죽인 것이 그토록 마음에 상처가 되나? 응?"

여인은 본격적으로 이죽거리며 또다시 한 아이를 바라보자 평통의 몸이 그 아이를 향해 움직이고 있었다. 바로 옆에 앉아 있는 아이였다.

"그토록 원하는 아이들, 어디 네놈이 다 죽여보거라. 그래야 지금 처한 현실이 어떤 것인지 뼈저리게 알게 될 것이다!"

차가운 웃음과 함께 그녀는 사이한 미소를 짓기 시작했다. 그 미소가 짙어지면 짙어질수록 평통의 오른손 장심에 서린 기운은 점점 커져 가고 있었다.

삶과 죽음. 그것은 도인에겐 그리 중요한 것이 아니었다. 궁극의 도를 추구하는 도인들에게 어찌 육신 따위가 중요하겠는가?

도가란 그런 것이었다. 모든 소유욕도 버리고 원망도 버리고 무욕의 경지에 들어선 후 우화등선하는 것, 그것이 도인이 갈망하는 삶이었다.

하나 그것은 무당파 중에서도 도인에게 해당하는 말이었다. 무공을 하는 무도인에게는 전혀 다른 문제였다.

그들은 이러한 도가의 사상을 무공으로 만들었다. 장삼풍 도사께서 만든 무공은 이러한 연유로 육체적인 것보다 정신적인 것에 관한 것이 많았다. 그리고 규앙 도장 역시 그 무공들을 폐어도 한참 전에 뗀 상태였다.

그런데 어째서 이 제약을 깰 수 없는지 그는 정말 이해할 수가 없었다. 내력만으로 따져도 자신의 내력이 저 여인의 그것을 상회하고도 남음이 있었다.

원래 이런 사이한 무공, 특히 마음을 현혹시키는 무공류는 정신만 똑바로 차려도 쉽게 막을 수 있었다. 무공의 고하, 혹은 내력의 고하로 승부를 내는 것이 아니기에 강한 정신력을 가진 사람이면 무공을 하지 못해도 충분히 가능했다.

한데 이런 이치를 뻔히 알면서도 당했으니 규앙은 스스로를 책망할 뿐이었다. 돌이켜 생각해 봐도 어이없는 일이었다.

단 한 번, 딱 한 번 여인의 삼목을 봤을 뿐인데 그것으로 끝이었다. 바로 몸이 굳어버리는 어처구니없는 일이 일어났던 것이다.

순간 몸 안에 내력을 일으키면서 보이지 않는 힘에 대항했지만 이미 조금 늦은 감이 있었다. 단전 어림에서 강렬한 기운이 일어나지만 그것을 외부로 돌릴 수가 없었던 것이다.

아마도 힘 자체를 빠지게 하는 무언가가 있는 듯 보였다. 그러나 그것이 무엇이든지 이대로 있을 수는 없었다.

"……."

검을 쥔 오른손에 잔뜩 힘을 준 채 규앙 도장은 입술을 꽉 다물고 있었다. 오른손에 들어간 힘만큼 왼손 엄지와 검지에 온 힘을 기울이고 있었는데 이윽고 두 손가락은 서로 맞닿고 있었다.

검결지… 검을 쥔 자들이라면 누구나 할 수 있는 동작이지만 지금 규앙에겐 의미가 달랐다. 이를 시작으로 온 내력을 천천히 이동시키기 시작했던 것이다.

"평통! 이 미친놈! 정신 못 차려!"

진소곤은 피를 토하듯 외쳤다. 벌써 평통은 대여섯 명의 아이들을 죽이고 있었다. 그저 손을 올렸다 내리는 것으로 한 생명이 사라지고 있었던 것이다.

"이 개자식아! 그만두라고! 내 말 안 들려!"

아무래도 평통의 몸을 움직이기 위해 내력을 살짝 거둔 듯, 말은 자유롭게 나오고 있었다. 하나 움직이는 것은 무리였는지라 이렇게 말로 소리치는 것이 전부였다.

"야, 평통!"

"빌어먹을! 빌어먹을……!"

또다시 진소곤이 소리치는 순간 평통의 입이 열렸다. 들려오는 그의 음성은 화가 나 있으면서도 슬퍼 보였다. 진소곤은 왠지 불안해지기 시작했다.

"야, 진소곤……!"

파각…….

또 한 아이의 머리를 부수며 평통은 소리치고 있었다. 진소곤은 머리칼이 쭈뼛 서는 기분이었다. 진소곤의 귓가에 평통의 목소리가 들려왔다.

"젠장… 돈 때문이었다. 돈 때문이었어!"

"…미친놈아, 무슨 말이야! 정신 못 차려!"

진소곤은 평통의 정신이 온전치 못하다고 생각했다. 스스로의 의지로 하는 일이 아니기에 반쯤 미쳐 있다고 생각했다. 그런데 그것이 아니었다.

"왜 정보를 팔았냐며? 돈 때문이라고!"

"……."

옛날 이야기였다. 과거 평통이 개방의 정보를 판 일이 있었다. 그 일로 평통과 진소곤이 틀어진 것이고…….

"젠장! …사는 게 지랄이야! 화하… 그 아이가 기적에 팔려 버렸었어! 알았냐, 이 자식아!"

"…뭐? 야 이 미친놈아, 그게 무슨… 뭣!"

또다시 오른손을 올리며 평통은 이야기하고 있었다. 처음엔 그게 무슨 말인지 모르다가 진소곤은 퍼뜩 알 것 같았다. 십 년 전에 그가 왜 개방을 배신해야 했는지 그것을 알려주고 있었던 것이다.

"빌어먹을 세상… 그럼 내 어떻게 할까? 그냥 두 손 놓고 기다려? 할 수 있는 것은 다 해봐야 할 것 아니야!"

우웅…….

또다시 장심에 기운이 어리기 시작했다. 이번에도 한 아이를 노리고 있었는데 조종하는 삼목의 여인은 평통이 하는 모양이 재미있는 듯 소리치는 평통을 말리지도 않으며 지켜볼 뿐이었다.

"그래서 돈 만들었다. 젠장. 내가 할 줄 아는 것이 있어야지……."

"이 병신 같은 놈아! 그런 거였으면 왜 말을 안 했어!"

뒤쪽에서 진소곤이 커다랗게 소리를 질렀다. 오른손을 번쩍 든 채 평통은 그 자리에 우뚝 서 있었는데 그때였다.

평통의 고개가 오른쪽으로 서서히 움직이고 있었다. 진소곤의 눈에 그의 옆얼굴이 들어왔다. 아마도 뭔가 더 할 말이 있는 듯이 보였는데 왠지 그 모습을 본 삼목의 여인은 표정이 확 변하고 있었다.

"젠장… 이건 비밀인데……."

"……."

"나… 화하 좋아한다……."

"……!"

진소곤은 별 뜬금 없는 소리를 듣는다고 생각했다. 어째서 이런 말이 지금 상황에서 나오는지 모를 노릇이었건만. 그때였다. 평통의 몸이 조금 이상한 반응을 보이고 있었다.

떨리고 있었다. 그것도 상당히 심하게 떨고 있었는데 진소곤은 갑자기 머리가 쭈뼛 서는 듯한 느낌을 받았다.

"그… 근데 말이야……."

평통의 목소리가 다시금 들려왔다. 진소곤은 움직일 수 있다면 당장 달려가 그의 입을 틀어막고 싶었다. 들으면 들을수록 기분이 좋질 않았던 것이다.

"화하는… 쿨럭! 컥!"

"……! 평통!"

평통의 입에서 피화살이 뿜어지고 있었다. 분명 그는 몸을 금제당했을 뿐 아무런 해를 입지는 않았었다. 그러나 지금 그의 모습은 커다란 내상을 당했을 때와 같았다.

"널 좋아하더라……. 제길… 우억!"

투두두두둑!

평통의 입에서 붉은 피가 쏟아져 나왔다. 뜨거운 피는 그대로 차가운 동굴 바닥을 적시며 뜨거운 김을 쏟아내고 있었다. 진소곤은 너무나 놀라 아무런 말을 할 수가 없었다.

"허… 황당할 따름이군. 그 와중에 스스로 심맥을 끊어?"

문득 들려오는 여인의 목소리에 진소곤은 정신이 퍼뜩 들었다. 그제야 상황을 제대로 알 수 있었던 것이다. 불길한 예감은 적중했다.

"……! 펴, 평통! 이 멍청한 놈!"

평통은 자신의 손으로 아이들을 죽이느니 차라리 죽는 길을 택한 것이다. 진소곤은 이를 악물며 몸을 흔들었다. 아니, 흔들려 노력했다. 그러나 그의 몸은 움직이지 않았다.

"죽으면 다냐! 그게 다야, 이 개자식아! 정신 못 차려!"

진소곤의 음성은 점점 커져 고성이 되고 있었다. 눈을 빠르게 깜박이며 진소곤은 눈에 고인 눈물을 떨구었다. 행여나 평통의 모습이 잘 안 보일까 싶어서 말이다.

"쿨럭… 젠장……."

평통은 이제 금제가 풀려 버린 것같이 보였다. 몸 안에 언뜻 보였던 강대한 기운도 사라졌고 굳건하게 딛고 있던 두 다리도 무릎을 꿇은 상태였다. 당장이라도 쓰러질 것같이 휘청거리지만 그는 겨우 중심을 잡고 있었다.

문득 그의 고개가 돌아간다. 완전히 돌려지진 않았지만 그의 두 눈이 보일 정도로 고개가 돌려지자 진소곤은 어금니를 꽉 깨물었다. 보여지는 평통의 양볼엔 붉은 핏물이 흐르고 있었다. 두 눈에서 피눈물을 흘리고 있었던 것이다.

구하러 온 아이들을 제 손으로 죽여야 하는 상황, 평통은 그것을 용납하지 못했을 터였다. 그래서 스스로 심맥을 터뜨려 이 말도 안 되는 상황을 피하려 한 것이다. 지극히 그놈다운 선택이었다.

십 년 전에 바보같이 입 꽉 다물고 배신자 소리 들었던 바로 그놈이었다. 진소곤은 아무 말이라도 소리치고 싶었지만 그럴 수가 없었다. 입을 열면… 말이 아니라 울음이 터질 것만 같았던 것이다.

"사자님, 거의 다 되었습니다. 그만 여기를 떠나시는 것이……."

"잠시 기다려라."

아이들 사이로 누비던 흑의인 중 한 명이 여인에게 입을 열자 삼목의 여인은 차가운 목소리를 내었다. 왠지 입술이 비틀린 것이 심사가 좋지 않은 듯했는데 여인은 눈을 내리깔며 평통을 보고 있었다.

"흥! 구역질 나는 놈들이군 그래. 꼴에 협을 추구한다 이거지? 어디 그 협이 얼마나 대단한지 한번 볼까?"

사자라 불린 여인은 오른손을 살짝 들었다. 그러자 평통의 앞에 서 있던 아이가 자리에서 일어나고 있었다. 바로 평통이 죽이려던 아이였다.

딸그랑…….

맑은 소리가 허공에 울리고 아이는 허리를 숙여 무언가를 주워 들고 있었다. 아마도 여인이 던진 것 같았는데 그건 작은 침이었다.

　그냥 침은 아니었고 나선형으로 휘어져 있는 침이었다. 아이는 그 침을 주워 들고는 평통을 향해 돌아서고 있었다.

　"죽이지 못하면 죽는 법, 평범한 강호의 진리를 다시금 보여주어야 하겠군 그래. 네가 죽이지 못했으니 죽어야겠지?"

　사이한 미소와 함께 여인은 평통을 향해 손을 뻗었다. 그러자 아이가 움직이기 시작했는데 고사리 같은 손에 예리한 침을 든 아이의 모습은 그야말로 섬뜩함 그 자체였다.

　"펴… 평통! 이 죽일 년! 평통을 그냥 두지 못해!"

　상황을 인지한 진소곤은 소리를 질렀다. 아울러 온 힘을 다해 몸을 움직이고자 했는데 그야말로 진소곤은 사력을 다하고 있었다.

　"으아… 으아아아아!"

　움직이지도 않는 신형을 움직이게 하기 위해 진소곤은 고함을 고래고래 지르기 시작했다. 물론 움직일 턱은 없었지만 그래도 진소곤으로선 그냥 있을 수는 없었다.

　"오호홋! 백날 움직여 보거라. 어디 내 금제에서 풀려날 수 있을 것 같으냐? 거기서 이 미친놈이 죽는 것이나 똑똑히 보시지."

　진소곤의 반응에 여인은 잔뜩 비웃음을 흘리며 입을 열었다. 여전히 그녀는 아이를 조종하는 손을 내리지 않았는데, 그때 갑자기 여인의 눈이 한껏 커졌다.

고오오오오…….

공기가 크게 울렁이고 있었다. 자신이 금제를 가한 사람들 주변의 공기가 심상치 않았다. 그녀는 재빨리 그 원인을 찾다가 이내 한곳으로 시선을 고정시켰다.

진소곤, 놀랍게도 그의 움직임이 금제를 울렁이게 하고 있었던 것이다. 이 금제가 어떤 것인지 잘 아는 그녀로선 황당한 일이었다.

한 사람에 대한 금제가 아니었다. 모두 다 한꺼번에 걸어버린 것이기에 내력 소모도 적으면서 효과적으로 걸 수 있었다. 또 당한 사람이 깨어버리려면 자신의 것만 깨는 것이 아니라 모든 사람에게 걸린 금제를 다 깨야 하는 것이다.

그래서 그녀는 여유만만했었다. 여기서 그만큼 경계를 할 사람은 저 규앙 도장뿐이라 규앙 도장은 따로이 금제를 걸어 놓은 상태였다. 절대 깰 수 없는 금제인 것이다.

그런데 지금 그 생각이 틀어지고 있었다. 이렇듯 크게 울림이 있다는 것 자체가 깨어지는 전조였다. 물론 그 전조는 바로 사라지게 할 수 있지만 말이다.

"헛수작 마라!"

우우우웅!

잠시 아이를 조종하는 손을 멈춘 채 그녀는 내력을 끌어올려 다시 사람들을 속박했다. 이젠 말조차 제대로 못할 듯싶자 그녀는 만족한 웃음을 지으면서 아이에게 손을 뻗었다.

아이는 다시금 침을 평통에게 뻗으려 하고 있었다. 흰자위를 보이며 가만히 있는 평통의 목을 찌르려는 아이에게선 어떠한 감정도 느껴지지 않았다. 아이 역시 조종을 당하는 상황이기에 살기 따위가 있을 턱이 없었다.

그 아이의 손이 평통의 목에 이르렀다. 나선형으로 구불구불 휘어진 암기에 목이 뚫릴 것만 같은 그 순간 진소곤은 두 눈을 부릅떴다. 아이의 손이 더 이상 평통의 목을 향해 움직이지 않았던 것이다.

규앙 도장, 바로 그였다. 기어이 그가 정력을 일으켜 삼목안을 이겨낸 후 아무런 소리도 없이 다가가 아이의 손목을 잡아 멈추게 한 것이었다. 눈앞의 여인은 황급히 뒤로 물러남과 동시에 규앙 도장의 목소리가 들려왔다.

"진정 용서할 수 없는 여인이로고……. 무량……."

왼손으론 아이의 손목을, 오른손으로는 검을 잡고 있던 규앙은 오른손을 앞으로 내밀었다. 그의 송문고검이 허공에 길게 뻗고 있었다.

"수불!"

쩌어어엉!

검날에서 강렬한 소리가 치달아 오르며 허공에 강력한 기운이 퍼졌다. 그리고 그 기운 속에 한가닥 스며 있는 청량한 기운은 모두의 정신을 일깨우고도 남음이 있었다.

"평통! 평통!"

진소곤은 앞으로 달려가 평통의 신형을 안아 들었다. 평통은 정신이 없는 듯 눈만 힘겹게 깜박이고 있었다.

"모두들 저자들을 없애라! 어서!"

스스슷……

순간 귓가에 여인의 목소리가 들려오자 여기저기서 살기가 치달아 오르고 있었다. 규앙 도장은 아이의 손을 놓고 한 걸음 앞으로 나섰다. 이미 뒤편엔 그의 제자들이 원진을 형성하고 있었다.

"이때까지 살면서 많은 일을 봤지만 정말 이런 일은 처음이구나."

차분하게 그는 이야기하지만 그의 분노는 이미 하늘을 찌르고 있었다. 부드럽게 보이는 그의 눈에선 강렬한 살기가 폭출하고 있었다. 무당에 입문하고 난 후 느껴보는 살기 중 오늘이 가장 극렬한 듯싶었다.

"인간이기를 포기한 악마들에게 내 어찌 인정을 따질 수가 있으랴."

고오오오오……

규앙 도장의 몸에서 거대한 기운이 흘러넘쳤다. 단지 기운을 일으켰을 뿐인데 바라보는 흑의인들의 눈에선 긴장감이 넘치고 있었다. 규앙 도장은 이른바 필생의 내력을 끌어올린 것이다.

"천제님께 그저 이 죄를 빌 뿐이다! 차아압!"

파아앙!

오른손 가득 검기를 담은 채 규앙은 앞으로 쏘아졌다. 휘날리는 검기만이 그의 분노를 대변할 뿐이었다.

第二章

쓰러질 수 없는 자

1

"나타난 것인가······."

장연호는 낮은 목소리를 내었다. 살짝 저려오는 오른팔을 가볍게 털면서 두 눈으로 어디론가 응시하고 있었는데 그 시선의 끝에 한 사람이 서 있었다.

잘 보이진 않았지만 장연호의 감각엔 그 사람의 형상이 느껴지고 있었다. 중키에 단단한 체형을 가지고 있던 자. 규앙 도장을 살리고 싶으면 따라오라 이야기했던 그자였다.

과연 자신과 현백에게 따라오라 말할 만한 실력이었다. 지금 보이는 이 모든 살수들 중 가장 강한 사람이라 해도 과언이 아니었는데 장연호는 감히 경시하지 못하고 내력을 가득 끌어올리고 있었다.

"어둠 속에서 손님을 맞는 것을 용서하시게. 배우고 익힌 것이 이것이라 어쩔 수가 없네."

검은 어둠 속에서 들려오는 목소리였다. 낮은 목소리이긴 하나 내력이 실린 음성이라 충분히 들을 수 있었다. 하나 그 음성으로 사내의 위치를 정확히 알아낼 수는 없었다.

"살수가 어둠 속에서 적을 맞는 것은 당연한 이치. 굳이 거기엔 유감이 없소이다. 다만 살수임에도 이렇듯 말싸움부터 시작하는 것이 이상하외다."

"훗… 한 방 맞았소이다."

적의없는 목소리가 들려오고 있었다. 장연호는 오른손에 든 송문고검을 좌우로 살짝 비틀며 손목의 상태를 확인했다. 문득 그의 감각에 더 이상 움직이는 사람들이 느껴지지 않고 있었다.

느껴지는 것이라곤 뒤편에 있는 현백의 느낌뿐이었다. 현백은 내력을 바싹 올린 채 주위를 경계하는 모양이었지만 더 이상의 공격은 없었다. 수장이 나섰으니 어쩌면 당연한 노릇인지도 몰랐다.

"탈명천검사 장연호……. 정식으로 검을 신청하네. 받아주겠는가?"

"……."

문득 들려오는 목소리에 장연호는 입술을 살짝 내밀었다.

이 사람, 아무래도 살수라기보다는 그저 무공을 사랑하는 무인에 가깝게 느껴지고 있었다.

"밀천사 양각, 그대가 당신의 별호를 걸고 이야기하는 것이라면… 경건히 받아들이겠소이다."

장연호로서는 받아들이지 않을 이유가 없었다. 규앙 도장을 찾는 것도 중요하지만 왠지 이 사람의 태도로 봤을 때 그의 목숨은 별 지장이 없을 것 같은 느낌이 들었다.

시링…….

송문고검에 내력을 주입하며 그는 본격적으로 상대를 시작했다. 아무리 자신이 무당에서 주목받는 사람이고 한 걸음 더 나아가 무림의 주목을 받고 있는 사람이라 해도 상대는 그리 녹록한 사람이 아니었다.

밀천사 양각, 그 이름만으로도 충분히 두려운 사람이었다. 더욱이 지금은 아무것도 보이지 않는 짙은 어둠 속, 오히려 양각의 세상이었다.

"……!"

과연 밀천사라는 생각이 절로 들고 있었다. 가만히 있는데도 그의 몸 이곳저곳에서 저릿저릿한 감각들이 치달아오고 있는 것이 자연스럽게 긴장되고 있었다. 장연호는 오른발을 살짝 옆으로 벌리고는 오른손의 검을 축 늘어뜨렸다.

세상에서 가장 편한 자세. 그러한 자세를 만든 후 양각을 기다리려 한 것이다. 어차피 이 승부에서 장연호는 선수를 가질 수가 없었다. 보이지 않는 어둠 속에서 승부를 걸어오는 것은 살수의 특권과도 같은 것이니 말이다.

그리고 그 특권은 곧 발휘되었다. 장연호가 몸을 편안하게 만들어놓은 순간, 그 순간을 노리고 양각의 공격이 시작된 것이다.

타닷… 파아앙…….

장연호는 양 발끝에 힘을 주고 뒤로 빠르게 신형을 물렸다. 그야말로 적절한 시기의 공격, 양각은 마치 자신이 보이기라도 하듯 공격해 온 것인데 장연호는 허리를 틀어 신형을 모로 세웠다. 그리곤 조용히 송문고검을 위로 들어올렸다.

시시싯!

아주 작은 소리가 귓가에 들려오고 있었다. 그것이 세검의 파공음이라는 것은 굳이 보지 않아도 잘 알 수 있었다. 장연호는 순간 오른 손목에 힘을 확 주면서 송문고검을 좌우로 흔들었다.

쩌저정!

그냥 슬쩍 닿은 것뿐인데 그 소리가 심상치 않았다. 세검과 같이 두께가 얇은 검이 이러한 소리가 난다는 것은 양각의 내력이 상상 이상임을 알려주는 증거였다.

스으읏… 파아아앗!

세검을 쳐낸 후 장연호는 그대로 오른발을 앞으로 내밀며 오른손을 밀어내었다. 검이 부딪치면서 어느 정도 상대의 위치는 파악된 셈이었다. 나머진 적당히 세검을 경계하며 자신이 선공을 가져가면 될 듯이 보였다.

그래서 내지른 일검이었다. 그 일검을 수비하면서 마지막 위치 파악이 될 것이라 생각한 것이 장연호의 의도였다. 그러나 그의 생각은 여지없이 빗나갔다.

따다다당!

"……!"

장연호의 눈이 커졌다. 자신의 송문고검, 그 옆면에 여러 번의 타격이 일며 밀리고 있었다. 그 때문에 검이 우측으로 조금 비껴졌는데 그것이 문제가 아니었다.

문제는 양각의 검, 그 궤적에 있었다. 한쪽으로만 부딪치는 것이 아니라 양쪽을 번갈아 튕겨내어 어느 쪽에 위치해 있는지 모른다는 점이다. 그리고 바로 그의 공격이 이어진다는 것이고 말이다.

결과적으로 선수를 잡는 데 실패한 것이다. 선공을 빼앗겼으니 당연히 수비로 돌아서야 했고 그건 아주 좋지 않은 징조였다. 더욱이 상대는 밀천사라 불리며 어둠 속에서 명호를 얻은 자. 마음대로 공격하게 둔다면 상황이 어찌 될지는 너무나 뻔했다.

따다다다당!

빠르면서도 강한 세검의 공격에 장연호는 연신 뒤로 물러나고 있었다. 순간순간 번쩍이는 검광 때문에 두 사람의 모습은 어둠 속에서도 환하게 보이고 있었다. 마치 정지 화면을 여러 개 돌린 것 같은 그런 모습이 보였던 것이다.

그리고 그 작은 불빛으로 보인 것 때문에 장연호에게 기회가 돌아올 수 있었다. 장연호는 오른손의 검을 살짝 떨었다. 순식간에 그의 검은 네 개 이상으로 불어나고 있었다.

"차아앗!"

따라라랑!

단 한 번에 공수가 바뀌었다. 장연호의 송문고검은 얇은 양각의 검보다도 더욱더 빨리 움직이고 있었다. 네 개의 검은 양각의 유근혈 두 군데와 견정혈 두 군데를 향해 쇄도했다.

물론 네 개의 검 중 세 개는 가짜일 터였다. 하나 그 세 개 중 어떤 것이 가짜인지는 아무도 알 수가 없었다. 양각은 순간 뒤로 한 걸음 물러났다. 좀 더 시간을 두고 이를 알아보려 한 것이다.

그러나 그것이 양각의 실수였다. 장연호가 노리는 순간은 바로 이 순간이었던 것이다.

파아아앗!

"……!"

양각은 이를 악물었다. 뒤로 물러나는 자신의 목 바로 한 치 앞에 송문고검이 와 있었다. 뒤로 물러날 것을 예상하고 장연호가 검을 찔러왔던 것이다.

타탓… 파아아앙…….

허공으로 크게 도약해 보지만 송문고검은 한 치 이상 벌어지지 않고 있었다. 이미 작정하고 양각을 노렸기 때문에 떨칠 수가 없는 것이다.

피리리리링……!

검을 들어 막을 수도 없었다. 조금이라도 움직이는 속도가 떨어지면 목이 뚫릴 판이었다. 검을 들어 막기도 전에 목 먼저 떨어져 나갈 듯싶었던 것이다.

양각은 가슴속으로 뼈저리게 탈명검의 무서움을 느끼고 있었다. 이건 안다고 해서 막아지는 것이 아니었다. 흐르는 공기의 흐름 하나하나를 모두 생각하며 쳐내는 공격이었다. 걸렸다 생각했을 땐 이미 늦은 것이다.

결국 양각은 어금니를 꽉 깨물었다. 더 이상 끌려 다니다간 한 수에 끝날 듯싶었다. 그는 최대한 원호를 그리며 도망치면서 내력을 한 점에 모았다. 그리곤 어느 한순간 허리를 뒤로 확 젖히며 오른손의 검을 밀어 올리고 있었다.

장연호는 마음속으로 미소를 지었다. 그가 원하던 상황, 그것이 지금 펼쳐지고 있었다. 목표를 궁지에 몰아넣은 후 일격을 가하려는 것이 그의 생각이었다. 그리고 지금 그것이 정말 제대로 이루어지고 있는 것이다.

추월검(追月劍), 탈명검식 중에서도 가장 위력이 강한 검법이 지금 보여진 이 추월검이란 것이었다. 저 하늘에 있는 달을 따라가듯 상대를 찾아 격살하는 것이 추월검이었다. 그리고 그것은 자신의 내력이 강해 가능한 것이 아니었다.

상대가 흘리는 내력, 그 종적을 찾아 움직이는 것이다. 즉 장연호가 의도한 방향으로 흘러가기보다는 상대의 내력 자체가 장연호를 끌어당기게 되어 있었다.

그 이치를 알지 못하면 절대로 추월검의 마수에서 벗어날 수가 없었다. 바로 지금 양각처럼 말이다.

피이이잉…….

철판교의 수법으로 누운 양각이 검을 들어올리지만 이미 상황은 돌이킬 수 없는 일이었다. 장연호는 허공으로 몸을 띄운 채 송문고검을 아래로 떨어뜨렸다.

카라라랑…….

강한 힘으로 양각이 검날을 밀어 올리지만 송문고검엔 거의 힘이 들어가 있지 않았다 서로가 강한 힘으로 부딪친다면 그 반탄력으로 양각은 도망칠 수 있을 터였다. 이미 장연호는 잘 알고 있었다.

그래서 그는 힘을 뺀 것이다. 그와 함께 장연호의 검이 아래로 뚝 떨어졌다. 송문고검은 바로 양각의 목젖을 노리고 있었다.

"……."

양각으로선 어처구니없는 상황이었다. 정말 말도 안 되게 허무한 순간이었다. 뭐 하나 제대로 한 것 없이 당한 꼴이니 말이다.

 그가 익힌 무공은 흑살검(黑殺劒)이라는 이름을 가지고 있었다. 어둠 속에서도 상대의 기운을 찾아 단 한순간에 쳐내는 검법이었다. 속도가 그 무엇보다도 중요한 것이 이 흑살검인 것이다.

 그런데 그 흑살검을 채 펼치기도 전에 끝나 버렸다. 초반에 초식도 아닌 탐색 한번 한 것으로 말이다. 그 탐색이 양각이 해본 공격 전부가 돼버렸다.

 마지막에 한 번 더 승부를 보려 했지만 이미 장연호는 자신의 의중을 알고 있었다. 확실히 그가 왜 무당을 대표하는지 잘 알 수 있는 순간이었다. 무공도 대단하지만 그 나이에 경험이 보통 이상인 것이다.

 어쨌든 이젠 다 끝난 일이었다. 양각은 왠지 마음이 편해지는 것을 느꼈다. 아니, 어쩌면 본인이 원한 것일 수도 있었다.

 그간 참 머리 아팠던 순간이었다. 초 대인과의 관계도, 그렇게 마음에 들지 않은 사람들을 곡 내에 들여놓는 것도 그랬었다. 한데 이젠 다 끝이라는 생각뿐이었다.

 오히려 그는 웃었다. 그렇게 양각이 자신에게 찾아오는 죽음을 순순히 받아들일 때였다.

 "……!"

 죽음을 받아들이려던 양각도, 내려치던 장연호도 온몸을 살짝 떨었다. 갑자기 느껴지는 강대한 기운 때문이었다.

그 기운은 두 사람이 뿜어내는 것이 아니었다. 두 사람의 정면, 보이지 않는 곳에서 나타나는 엄청난 기운이었고 장연호는 바로 검날을 돌렸다. 지금 양각을 죽이려다간 그가 죽게 될 판인 것이다.

휘리리리링…….

손목을 꺾으며 멋들어지게 돌려 올리자 장연호의 송문고검이 허공으로 들려 올려지고 있었다. 잠깐 떨리듯 흔들리는 그의 검은 한순간 커다란 소리와 함께 불꽃을 만들어내고 있었다.

쩌어어엉… 카라라락!

그 불꽃으로 상대를 확인할 수 있었다. 번쩍이는 순간 보인 것은 화등잔만 한 눈이었다. 그리고 턱밑 가득한 수염들…….

쩡… 쩌정!

사내는 장연호에게 숨 돌릴 틈을 주지 않고 있었다. 그 연속적인 빛의 번쩍임 속에서 사내의 무기를 확인할 수 있었다. 그건 날이 거의 없이 크기만 한 도끼였다.

하지만 그 도끼엔 파란 기운이 덧쒸워져 있는 데다 원래 가지고 있는 신력이 대단한 사내였다. 장연호는 이를 악물며 송문고검을 양손으로 잡아 올렸다.

까아아앙!

"큭!"

저절로 신음성이 흘러나올 정도로 강대한 위력이었다. 그러면서도 빠르게 다음 공격을 해오는 사내에게 장연호는 어이없이 밀리고 있었다. 스스로 생각해도 황당하게 생각될 정도인 것이다.

도무지 틈이 없었다. 이 정도의 힘과 속도라면 초식의 오묘함은 때려치우고서라도 저 양각보다도 고수였다. 그러한 고수가 숨어 있음을 몰랐던 것이다.

카칵… 카라라락!

"……!"

한순간 도끼의 폭풍이 느껴지고 있었다. 그동안은 힘으로만 치고 나온 것이라면 이번엔 제대로 된 초식이 나온 것인데 머리 좌우측이 모두 쪼개질 듯한 강렬한 기운이 느껴지고 있었다.

그냥 막기만 해선 될 일이 아니었다. 어떻게든 수를 내야 하지만 지금으로선 방법이 없었다. 뒤로 한참을 물러서고 있는 데다 자세 또한 그리 좋지가 않았다. 한데 그때였다.

"……."

뒤쪽에서 섬뜩한 기운이 느껴지고 있었다. 반사적으로 신형을 돌리려다 장연호는 흠칫하며 신형을 멈추었다. 그리고는 양각이 그랬던 것처럼 철판교의 신법을 사용했다.

우드드득!

허리가 부러질 듯 꺾이며 기괴한 소리가 들려오지만 장연호는 어금니를 꽉 깨물고 참았다. 그가 살아날 수 있는 길은

이 길뿐이었던 것이다.

물론 앞에서 도끼를 휘두르는 자는 장연호의 가슴을 쪼갤 듯이 도끼를 내려치고 있었다. 장연호는 그자의 도끼를 마치 보지 못했다는 듯 허리를 뒤로 젖힌 것인데 그때였다. 장연호의 눈앞으로 서늘한 바람이 휘몰아치고 있었다.

파아아앗… 쩌저저정!

이어 들린 것은 강렬한 내력의 울림… 장연호는 다시금 허리를 되돌리며 눈을 치떴다.

"……."

칙칙한 어둠 사이로 한 사람의 모습이 어렴풋이 보이고 있었다. 이 척도 안 되는 곳에 등을 돌리고 있는 사내의 머리 부분엔 양옆으로 긴 빛의 꼬리가 새어 나오고 있었다.

그냥 앞에 서 있기만 할 텐데도 사내의 모습은 조금씩 일그러져 보였고 흔들거리는 그의 모습은 마치 야수의 그것처럼 보이고 있었는데 특히나 살짝 굽힌 허리는 이를 잘 반영하고 있었다.

"고맙네, 현백."

장연호의 입에서 작은 목소리가 흘러나오고 있었다. 현백은 그저 도를 거꾸로 쥔 채 조용히 고개를 끄덕일 뿐이었다.

* * *

"……."

주비는 신형을 멈추었다. 신법을 펼쳐서 최대한 빠르게 이동하여 지금 그는 상호산 기슭에 와 있는 중이었다.

조금만 더 가면 현백이 있는 곳으로 갈 수 있을 것 같았건만 그를 붙잡는 기운들이 있었다. 바로 주변에 보이지 않게 둘러싼 무리들이었다.

꽈득!

오른손에 힘을 꽉 주며 창대를 잡자 비틀린 소리가 슬며시 새어 나왔다. 주비는 다시금 눈을 돌려 상황을 가늠했다.

수풀이 우거진 곳이지만 그리 키가 높은 나무들은 없었다. 가축이라도 풀어놓으면 딱일 것 같은 평지였는데 약 오 장여의 공간 밖에 큰 나무들이 빽빽이 나 있었다.

사람들의 인기척은 바로 그곳에 있었다. 내력을 숨기며 움직이는 그들의 모습은 딱 봐도 살수처럼 보였다. 성도 안에서 싸웠던 자들과 비슷한 분위기가 났던 것이다.

주비는 한 걸음 한 걸음 앞으로 다가가며 내력을 키워 올리기 시작했다. 현백을 만나는 것도 중요하지만 이들을 놔두고 갈 이유는 없었다. 그렇게 주비가 창두를 하늘로 치켜들면서 달려나가려 할 때였다.

"오랜만입니다, 주 공자."

"……!"

낮지만 사람을 기분 좋게 만드는 음성이 들려오자 주비의 신형이 멈춘다. 주비는 소리가 나는 곳을 향해 눈을 돌렸다. 저 앞 키가 큰 나무숲 사이로 일단의 무리들이 나오고 있었다.

각양각색의 인물들이었다. 개중엔 성도에서 본 살수 같은 자들도 있었지만 독특한 무기와 옷으로 마치 낭인처럼 보이는 자들이 대부분이었다. 언뜻 가늠해 본 실력도 상당한 수준급이고 말이다.

"허허허, 공자께선 제가 반갑지 않은가 봅니다. 하나 근 십 년 만의 만남 아닙니까? 아는 척 정도는 해주셔도 무방할 듯 싶군요."

"…피차간에 서로 반갑지는 않을 듯한데? 초호……."

주비의 눈에서 파란 불꽃이 일고 있었다. 하나 초호는 싱글거리며 주비의 눈을 피할 뿐이었다. 문득 주비의 목소리가 다시금 들려왔다.

"그럼 이곳에서 일어난 모든 일이 다 네 짓이었나? 대체 무슨 생각으로 황당한 짓을 저지른 거지?"

주비의 목소리엔 일말의 살기조차 깃들어 있었다. 초호는 웃는 얼굴을 바꾸지 않으며 대꾸했다.

"살다 보면 하기 싫어도 해야 하는 일이 있습니다. 그러한 것을 운명이라고 하지요. 그저 운명에 따라 움직였을 뿐입니다."

아무런 일도 아니라는 듯 초호는 입을 열었다. 주비는 그 모습에 눈을 가늘게 뜨며 입을 열었다.

"싫어도 해야 하는 일이라고? 본인이 한 일이 부끄러운 짓임은 알고나 있는 것인가? 하면 강호에선 그런 자들을 공적이라 부르는 것도 아는가?"

"……."

주비의 말에 초호의 얼굴에서 웃음이 사라지고 있었다. 하나 그 표정은 이내 다시 사라지고 다시금 살풋한 웃음이 그려졌다.

"강호라… 과연 공자께서 강호라는 말을 담을 자격이 있는지 모르겠습니다만……."

"…말이 너무 길었다는 것이냐?"

우우우웅…….

초호의 말에 주비는 창대에 내력을 주입했다. 그러자 초호의 주변에 있던 자들 모두가 병기를 꺼내 들었는데 초호는 양손을 들어 그들을 제지했다.

"옛정이 있는데 어찌 서로 목숨을 노리겠습니까? 더욱이 지금 공자께선 이곳에서 있을 때가 아닌 듯합니다만……."

"…무슨 뜻이냐, 초호?"

의미심장한 초호의 말에 주비의 내력이 더욱더 커지고 있었다. 초호는 잠시 생각을 하는 듯하더니 이내 입을 열었다.

"현백이란 친구야 그 옆에 탈명천검사 장연호란 친구가 있으니 별문제가 없겠습니다만… 무한에 있는 일행은 좀 다르지요. 혹 그들의 처우를 보고 오셨습니까?"

"……."

"훗! 보니 모르시는 눈치시군요. 하면 제가 일러 드리지요. 무한에 저희 사람이 한 명 있습니다. 그리고 그에게서 연락이 왔지요. 공자님의 일행을 데리고 있다고 말입니다."

"……!"

초호의 말에 주비의 눈이 살기로 물들었다. 주비는 이를 갈아붙이며 초호에게 말했다.

"그래서?"

"……."

살기 어린 주비의 목소리에 초호는 눈에 이채를 띠었다. 왠지 지금 그의 눈앞에 있는 사람은 그가 알던 주비가 아닌 듯 싶었던 것이다.

차갑고 냉정하기가 그의 주인 이상인 사람이었다. 한데 그렇지가 않았다. 진심으로 동료들을 생각하고 있었던 것이다.

"그래서라니요? 그들을 원하는 것은 제가 아닙니다. 고도간 일행에게 말했더니……."

"초호! 네가 정녕 죽고 싶구나!"

파아앙!

주비의 신형이 허공으로 뽑혔다. 아니, 뽑혔다고 생각하는 순간 이미 창끝은 초호의 눈앞에 와 있었다. 초호는 두 눈을 크게 뜨며 뒤로 한 걸음 내디뎠다.

"건방진 놈!"

"감히 어디서 야료냐!"

초호의 옆에 있던 자들이 일제히 주비에게 달려들었다. 검을 든 자. 혹은 도를 든 자도 있었고 개중엔 도리깨를 든 자도 있었다.

하지만 그 모든 사람들은 한꺼번에 모두 뒤로 튕겨 나갔다. 주비가 오른손을 흔들며 부채꼴처럼 창대를 밀어내자마자 말이다.

피이이잇… 쩌저저저정!

"크으윽!"

"웃!"

그냥 휘두른 것이 아니라 정확히 일식의 공격을 해놓았다. 일순간 덤벼들던 자들은 경직되었고 그 틈을 타 주비는 초호에게 덤벼들었다.

"차아압!"

초호는 양손 가득 내력을 끌어올렸다. 아무리 주비가 대단한 실력을 가졌다 해도 자신 역시 그에게 진다는 생각을 한 적이 없었다. 은은한 금황색의 기운이 휘도는 양손을 주비에게 밀어내었다.

꽈자자작!

그냥 기운을 내보낸 것일 뿐인데 강렬한 대기의 휘말림이 느껴지고 있었다. 주비는 감히 경시하지 못하고 잠시 앞으로 치고 나가던 속도를 줄였다.

"금종초간(金鐘超間)!"

초식을 알아본 주비는 다급한 음성과 함께 앞으로 달려가던 신형을 천천히 멈춰 세웠다. 그와 함께 왼손은 허공으로 뻗은 채 오른손은 창대의 끝을 잡고 축 늘어뜨렸다. 왠지 그의 얼굴은 긴장감으로 물들어 있었다.

금종초간. 그건 쇠로 만든 종을 뛰어넘어 그 뒷공간을 아우른다는 이야기였다. 즉 초현(初現)에서 중양(中揚), 그리고 종결(終結)로 이루어지는 일반적인 장력의 특성을 완전히 뒤틀어 버리는 것이다.

초현이란 장력을 쳐낼 때 맨 처음 준비 자세를 이야기한다. 그 초현이 어떻게 되는가에 따라 일단 고급 장력과 그렇지 않은 무공으로 분류할 수 있을 정도로 중요했다. 초현을 제대로 익히지 못하면 어디를 공격할지 알 수 있는 것이다.

흔히들 안법이라는 이름으로 많이 응용하고 있는 것인데 안법은 이 초현의 동작을 알아보기 위함이라는 것이 옳은 이야기였다.

이후 장력은 중양이란 동작을 거친다.

사실 중양은 동작이라기보다 하나의 장력이 보여주는 결과를 나타내기 전까지의 과정이다. 이때 직선적인 장력이 나가는지, 혹 회선이 있지는 않은지에 따라 달라지고 또 장력의 기운에 따라 달라지기도 한다.

게다가 이 중앙은 장력의 운용 중 가장 많이 보이게 되는 것이기에 아주 특징적인 장력은 이 중앙의 모습을 의도적으로 돋보이게 함으로써 강호에서 자문파의 구분을 하는 곳도 있었다.

그리고 종결은 장력의 위력과 직결되는 것이다. 이 종결의 위치와 모습에 따라 위력이 천차만별로 바뀌는데 보통은 초현, 중앙, 그리고 종결이 하나로 꿰어지는 것이 일반적이었다. 한데 지금 초호가 보여준 이 금종초간의 초식은 그 모든 것을 다 무시하는 것이었다.

초현 이후에 종결이 나올 수가 있었다. 중앙을 생략해도 그 위력이 감소되지 않는 것이 금종초간의 위력이었으니 절대 경시할 수가 없는 것이다.

타탓… 파파팡!

역시나 초호의 손이 어른거린다고 생각하는 순간 이미 공격은 코앞에 와 있었다. 주비는 눈을 부라리며 창두의 바로 아랫부분을 잡았다. 그리고는 좌우로 흔들며 손목을 틀었다.

파파파팡!

좌우로 원호를 그리며 창대가 빠르게 회전하자 초호의 내력이 허공으로 부서지고 있었다. 주비는 허리를 힘껏 틀면서 오른손을 앞으로 주욱 내밀었다.

키이이잉…….

쓰러질 수 없는 자

주비의 창날이 울고 있었다. 강렬한 내력을 주입한 후 주비의 창대는 초호의 미간을 노리며 섬전같이 날아가고 있었다.

초호는 공격하려던 양손을 거두어들였다. 오른손을 왼손 뒤에 댄 후 벽을 밀듯 앞으로 쭉 밀어내었다.

쩌저저저정!

맨살과 쇠로 만든 창대가 부딪치는데 어이없게도 강철의 울림이 들리고 있었다. 초호도, 주비도 더 이상의 움직임은 없었고 두 사람은 서로의 눈을 보며 그대로 서 있었다. 하나…….

끼기기기긱!

가만있다고 해서 아무런 일도 하지 않는 것은 아니었다. 초호와 주비 두 사람의 양팔은 살짝 떨리고 있었다. 온 내력을 다 주입하고 있었던 것이다.

"대단한 발전이십니다. 공자님, 금와모결(金渦矛訣)을 근 십성 가까이 익히신 것 같군요."

"초호 너야말로 대단하군. 금황천심결이 구성이 넘었나?"

끼이이익!

서로가 말을 하면서도 내력은 거두고 있지 않았다. 창대가 부러질 듯이 크게 휘었지만 두 사람은 그 누구도 물러설 생각이 없는 듯 보였다.

"건방지게 들리실지도 모르지만 지금 여기서 이러고 계실 시간이 없어 보입니다만……. 그들, 공자님께 중요한 사람들이 아니었던가요?"

"……."

초호의 말에 주비는 어금니를 꽉 깨물었다. 상황이 그렇다면 더 이상 이곳에 있을 이유가 없었다. 비록 현백이 걱정되기는 하지만 그 혼자만 있어도 어떻게 해볼 도리는 있었다.

그러나 일행은 달랐다. 거의 다 다친 사람들이라 몸도 제대로 움직이지 못하는 이들이었다. 그가 곁에 있지 못하면 어떤 일이 일어날지 모르는 것이다.

결국 주비는 결정을 내렸다. 그는 왼발을 뒤로 크게 물리며 허리를 틀었다. 그리곤 휘어진 창대를 뒤로 빼내었다.

치리리링…….

두 사람은 서로 내력을 거두고 삽시간에 이 장여를 물러서고 있었다. 주비는 더 볼 것도 없다는 듯 신형을 틀었다. 그리곤 왔던 곳을 향해 다시 달려가려 했다.

"아직도 결정에 후회는 없습니까? 지금이라도 늦지 않았습니다. 대인께선 아직도 공자님을 기다리……."

"그런 일은 없다, 초호."

"……."

초호는 입을 꽉 닫았다. 양 주먹을 불끈 쥔 채 그는 그저 주비만 바라보고 있을 뿐이었다.

주비는 그렇게 사라지고 있었다. 창대를 꽉 쥔 채 달려가는 그의 등 뒤로 초호의 신형만이 덩그렇게 서 있었다. 꽉 쥔 그의 왼 손가락 사이로 점점이 떨어지는 피만이 을씨년스러운 세상과 어울릴 뿐이었다.

2

쩡… 쩌저저정!

강렬한 울림과 함께 허공에 섬전이 퍼져 나갔다. 현백과 도끼를 든 사내와의 대결은 그야말로 박진감의 연속이었다. 흡사 서로 약속 겨루기를 하듯 두 사람은 한 치도 떨어지지 않으며 양손을 움직이고 있었다.

대단한 실력이라고밖에 말할 수 없는 노릇이었다. 지켜보는 장연호나 양각은 서로가 싸웠었다는 것을 잊은 채 숨을 죽이며 두 사람의 움직임을 주시할 뿐이었다.

특히나 장연호의 놀람은 정말 대단했다. 그는 현백이 이 정도까지 대단한 무위를 보여줄지 상상도 못하고 있었는데 현백의 움직임은 그가 알던 것과도 달랐다. 이곳에 들어오기 전까지만 해도 이런 움직임이 아니었던 것이다.

처음 현백을 봤을 때 장연호는 강호에 상당한 무위를 가진 친구가 있다고 생각했었다. 그러나 그것은 그저 수위가 상당하다는 것일 뿐 그것이 경계할 만한 가치가 있다고 생각하지 않았다.

특이하다고 생각했었다. 왠지 다듬어지지 않은 보석과도

같은 느낌, 그 느낌을 보고 현백을 따라왔었다. 그런 현백이 지금 전혀 다른 사람처럼 느껴지기에 장연호는 놀라고 있는 것이다.

'한 번 더……'

스스로 다짐을 하며 그는 눈을 감았다. 어차피 보이지 않는 어둠 속이지만 정신을 집중하기 위해선 눈을 감는 것이 훨씬 나았던 것이다.

탈명검은 한번 뽑히면 피를 보고야 마는 검이었다. 그건 검 자체가 수비보다는 공격이 위주로 되기 때문도 있지만 그 외에 다른 이유가 하나 있었다. 다른 사람들은 잘 알 수 없는 그것은 바로 안법에 있었다.

탈명검은 보는 것이 아니라 느끼는 것이다. 다른 여타의 무공처럼 뭔가를 보고 움직이려면 이미 늦은 것이었다.

아니, 이건 거미줄 같은 것이었다. 보는 것에서 나아가 느껴야 했고 거기서 더 나아가 그가 원하는 방향으로 움직이게 해야 했다. 그래야만 진정한 탈명검이라 할 수 있는 것이었고 실제로 그는 여태껏 그렇게 해왔다.

조금 전, 밀천사라 불리는 양각, 그를 상대할 때만 해도 그렇게 했었다. 워낙 오래전부터 몸에 배인 습관이라 그리 어려운 일도 아니었었다. 그의 움직임 하나하나를 보면서 충분히 예상할 수 있었던 것이다.

그런데 지금은 달랐다. 분명 현백의 무공은 밀천사의 그것에 비해 강하다고 할 수 없었다. 연환의 묘는 현백이 앞선다고 말할 수 있지만 살수의 특성상 일검의 위력은 밀천사 양각이 훨씬 앞섰다.

하나 지금 보여주는 현백의 무공은 양각보다 그가 더 강하다는 것을 반증하는 듯했다. 마치 삽시간에 무공이 늘어난 것만 같았다.

쩡… 쩌저저정!

정신을 집중하고 있는 장연호의 귓가에 또 한 번의 울림이 들려오고 있었다. 정체불명의 사내와 현백의 부딪침은 여전히 계속되고 있었는데 그 소리를 들으며 장연호는 다시금 어금니를 꽉 깨물었다.

"어떻게……."

자신도 모르게 그는 작은 신음성을 흘렸다. 현백의 움직임… 느껴지지가 않았다.

분명 그는 예측했고 그 예측대로 현백의 움직임을 추측했건만 현백이 만들어내는 소음은 엉뚱한 방향에서 나오고 있었다.

마치 이건 그가 탈명검을 처음 배울 때와도 같았다. 아무리 해도 현백의 신형을 쫓을 수가 없는 것이다.

"……."

이제 장연호에겐 이 승부가 문제가 아니었다. 그는 다시 한 번 온 신경을 다해 집중을 시작했다. 그의 신경은 현백의 움직임만 쫓고 있을 뿐이었다.

"후욱… 후욱……."
 점점 몸이 지쳐 가고 있었다. 무림인답지 않게 호흡은 거칠어지고 몸은 작은 떨림이 계속되지만 현백은 그 어느 때보다 기분 좋은 상황이었다.
 이곳에 들어온 이유조차 잊을 정도로 그는 즐기고 있었다. 눈앞의 상대가 누구인지 모르나 현백에겐 정말 좋은 상대가 되어주고 있었다.
 부우우웅… 쩌어엉!
 휘두르는 도끼의 궤적에서 중압감이 느껴질 정도로 대단한 내력의 소유자였다. 게다가 그 중압감만큼이나 빠른 도끼의 공격이었다.
 그런데 현백에겐 그 도끼의 움직임이 아주 잘 보이고 있었다. 더욱이 지금은 칠흑 같은 어둠 속, 보일 리가 없건만 현백은 정말 잘 보였다. 아니, 느낄 수가 있었다.
 물론 그것은 본인이 원해서 그렇게 되는 것이 아니었다. 공격의 시작부터 그렇게 잘 알게 된 것도 아니고 공격이 현백에게 다가올 때 즈음 잘 알 수 있었다. 마치 살기를 느낀 듯 몸이 먼저 반응하는 셈이었다.
 거기에 자신의 움직임이 더해지고 있었다. 초식 따위 애초에 신경 쓰는 현백은 아니었지만 지금 움직임이 더해진 자신의 모습엔 작은 웃음을 지을 뿐이었다.

그야말로 동물의 모습 그대로였다. 호랑이나 곰이 웅크리고 있는 듯한 형상으로 상대의 공격을 기다리고 있는 것이다. 이건 그가 생각해도 의외의 현상이었다.

내력적으로 뭔가 실마리를 본 현백이었다. 그 실마리를 따라 몸을 움직이면서 무공에 대한 생각을 해왔던 그였다. 한데 초식이라는 것이 이렇게 풀려 버릴 줄은 정말 몰랐다.

좀 더 자세하게 말해보자면 최소한의 움직임으로 최대한의 효과를 내는 셈이었다. 공격은 돌려짐이 없었고 모두 일직선상의 공격이었다. 적어도 현백이 보는 관점은 그랬다.

한데 문제는 그건 현백만의 생각일 뿐이라는 것이다. 현백을 상대하는 사람은 절대 그렇게 느끼지 않았다. 그건 현백의 묘한 움직임 때문이었다.

회오리치는 내력이 자연스럽게 직선 운동을 방해하고 있었다. 내력을 크게 돌리면 돌릴수록 현백이 가진 도의 궤적은 더욱더 많은 떨림을 동반하게 되었던 것이다.

물론 현백은 그 원인은 모른다. 아마도 이것이 연천기의 진솔한 모습이 아닐까 하는 추측은 해보지만 그것이야말로 추측일 뿐 아무것도 알 수는 없었다. 그저 많은 경험을 통해 더 알아보는 수밖엔 말이다.

"……!"

한참 무아지경에 빠져 도를 휘두르던 현백의 머릿속에 위험 신호가 울리고 있었다. 눈앞에 있는 상대가 그 색깔을 달리하고 있었다. 지금껏 느끼지 못했던 거대한 기운인 것이다.

그 기운이 한꺼번에 현백에게 폭사되고 있었다. 현백은 오른발을 굴러 뒤로 빠르게 빠졌다. 한번에 약 반 장이 좀 넘게 빠진 것 같았다.

부우우우웅!

귓가에 거대한 도끼의 파공음이 들려오고 있었다. 그 소리를 들으니 상대 역시 현백의 움직임을 쫓아 달려온 듯했다. 현백은 허리를 낮게 숙이며 이번엔 뒤에 있는 왼발에 힘을 주었다.

파아앙!

현백은 기운을 느낀 순간 이것은 자신의 내력으로 해볼 수 있는 게 아니라는 것은 느낄 수 있었다. 그건 본능과도 같은 것, 거의 오차는 없을 터였다.

그럼 상대를 이길 수 있는 길은 단 하나, 빠름이었다. 이 도끼보다도 빠른 신형의 움직임으로 인해 상대를 제압하는 길뿐인 것이다.

마치 거대한 종이 머리 위로 떨어져 내리듯 도끼가 가까이 오자 중압감이 엄청나게 커지고 있었다. 그러나 현백은 앞으로 나아가는 신형을 늦추지 않았다. 단 한 번의 승부인 상황에서 머뭇거림이란 있을 수 없는 일이니 말이다.

머리가 쪼개질 듯이 아파오지만 현백은 정신을 집중하려

애썼다. 어쩌면 피하기엔 너무 늦었다고 생각이 드는 순간이었다.

"……!"

느껴졌다. 거대한 중압감이 하나로 묶여지며 노리는 곳이 어디인지 알 수 있었다. 현백의 왼 어깨 위였다. 현백은 왼발을 살짝 움직이며 허리를 틀었다.

부우우웅! 파아앗!

등 어림을 스치듯 거대한 도끼가 지나가자 현백의 신형은 그 위력에 살짝 휘청거렸지만 현백은 아랑곳없었다. 흔들리는 신형을 잡을 생각도 없이 그는 계속 허리를 틀었다.

쉬이이잇…….

뒤틀리는 허리를 따라 현백의 오른손이 움직이고 있었다. 그와 함께 거꾸로 쥐고 있던 그의 도에서 회오리치는 듯한 소리가 흘러나왔다. 현백은 그대로 오른손을 위로 밀어 올렸다.

파아아앗!

현백의 도가 도끼를 든 사내의 가슴을 향해 올라가기 시작했다. 둘은 서로 이 척 정도의 거리를 두고 있었다. 문득 현백의 눈에 한 사내의 눈이 보이고 있었다. 파아란 안광을 내며 놀란 눈으로 현백을 바라보고 있었다.

그 눈이 움직이고 있었다. 잠시 떨린다고 생각하는 순간 오히려 그 눈은 점점 커지고 있었다. 그도 현백에게 달려들고 있었던 것이다.

"……."

 대단한 순발력에 판단력이었다. 현백의 도는 사실 이 정도 가까이에서 휘두를 정도로 짧지 않았다. 자신의 도끼 역시 마찬가지였지만 지금 여기서 할 수 있는 최선의 방법은 바로 이것이었다. 아예 간격을 좁혀 공격을 무력화하는 것이다.

 그 정체를 알 수 없지만 상대는 상당한 실전 경험을 가진 자였다. 그리고 찰나에 이런 결정을 내릴 정도의 상대라면 더 이상의 공격은 무리한 결정이었다. 현백은 재빨리 쳐올리던 도를 가슴께로 끌어들였다. 그러자……

 까가가가각!

 현백의 가슴 부위에서 신경을 거스르는 소리와 함께 불꽃이 일고 있었다. 현백은 손목을 틀어 도를 곧추세웠다. 세워진 도는 그의 오른팔과 딱 붙은 채 앞으로 밀어지고 있었다.

 현백은 두 발에 힘을 꽉 주었다. 그리곤 어깨에 힘을 가하며 이를 꽉 물자 이윽고 영원히 멈추지 않을 것 같던 두 사람은 신형을 멈추었다.

 키리릭.

 신형은 멈추어도 승부는 계속되고 있었다. 현백이나 도끼를 든 자나 모두가 내력으로 승부를 겨루려는 듯이 버티고 있었던 것이다.

 "대단한 친구로군. 이 내가 이토록 밀릴 줄이야……."

 저음… 지금껏 살면서 이렇게 낮은 목소리는 처음이었다.

현백은 눈을 가늘게 만들며 상대를 바라보았다. 그러자 어둠 속에서 흐릿하게나마 그의 모습이 눈에 들어왔다.

키가 현백보다 머리 하나는 더 컸다. 마치 지충표를 보는 듯한 생각이 들었는데 머리만 큰 것이 아니었다. 상박근이 현백의 머리만큼이나 굵은 사내였다.

"거래 하나를 제안하지."

"……."

밑도 끝도 없이 말하는 사내였다. 말투도 그렇지만 말의 내용도 황당했다. 처음 보자마자 하는 말이 거래라…….

하나 확실한 것은 한 가지 있었다. 적어도 현백보다는 강한 내력의 소유자였다. 현백은 이렇게 버티는 것만으로도 힘든데 상대는 말까지 하고 있으니 말이다.

"피차간에 목숨을 걸 일이 없다면 이대로 그만두었으면 하는데? 물론 그쪽도 얻는 것이 있지."

"……."

현백은 잠시 생각을 했다. 아니, 생각이고 뭐고 일단 말을 해야겠는데 말을 하면 바로 밀릴 것 같아 그럴 수가 없었다. 그러자 사내가 다시 입을 열었다.

"이런, 멍청하게 힘쓰면서 싸우지 말자고 하다니. 큭."

자조적인 웃음이 사내의 입에서 흘러나오며 현백은 어깨에 가중되는 힘이 점점 적어지는 것을 느꼈다. 현백 역시 힘을 거두며 천천히 신형을 뒤로 물렸다.

시링.

두 사람은 완전히 뒤로 물러났고 서로가 일 장여의 공간을 남길 때까지 아무런 행동도 취하지 않았다. 그러자 사내의 목소리가 다시 들려왔다.

"그럼 서로가 동의한다는 것으로 이해해도 될까?"

"어차피 내가 널 이길 수 있을 것 같지 않다."

솔직한 대답이었다. 현백의 목소리에 사내는 어둠 속에서 한 번 더 눈을 빛내었지만 이내 그 눈빛은 사라졌다. 사내는 허허로운 웃음을 지으며 말을 이었다.

"푸훗! 솔직한 친구로군. 무공도 그렇지만 성격도 마음에 들어. 왼쪽으로 가면 자네들이 원하는 곳이 나올 것일세."

"……."

시원시원한 대답이었다. 그렇다면 여기서 멀지 않은 곳에 규앙 도장이 있다는 말인데 그때, 여태껏 조용히 있었던 밀천사 양각의 목소리가 들려왔다.

"형님, 이러시지 않으셔도 됩니다. 전 이곳에서……."

"분명히 이야기하지. 한 번만 더 멍청하게 군다면 내 가만있지 않을 것이야. 자네 의식을 잃게 만드는 한이 있어도 데려가겠네."

"……."

사내의 낮은 목소리에 양각은 아무런 말을 하지 못하고 있었다. 현백과 장연호가 그저 예의 주시하고 있을 때였다. 문득 사람들의 움직임이 느껴졌다.

점점 멀어지고 있었다. 데리고 있던 살수들 모두 다 철수하는 듯 보였는데 그들의 종적이 완전히 멀어지려 할 때였다.

"자네가 마음에 들어 하나 더 이야기해 주겠네. 나라면 빨리 성도로 돌아가겠네. 남겨둔 사람들이 있지 않나?"

"……!"

예의 낮은 목소리였다. 그 말이 무슨 뜻이라는 것을 모른다면 그건 바보였다. 현백의 귓가에 다시금 그의 목소리가 들려왔다.

"관부를 믿지 말게. 내가 해줄 수 있는 말은 그것뿐이네."

현백은 어금니를 꽉 깨물며 또 한 번 눈을 파랗게 빛내었지만 이미 그들의 종적은 느낄 수가 없었다. 한데 그때였다.

화아아악!

밝은 빛이 뒤에서 뿜어져 나왔고 현백은 돌아보았다. 그러자 장연호가 화섭자 하나를 들고 있는 것이 보였다.

그는 불씨를 들고 한쪽 벽으로 움직였다. 그리곤 벽에 걸린 횃불 하나를 찾아 불을 밝혔다.

"정말 저들이 악인인지 아닌지 헷갈리는군. 하는 짓으로 봐선 그리 나쁜 사람들은 아닌 것 같은데?"

"…그 점에 관해선 동의하오. 하나 완전히 믿기는 어렵겠지."

말과 함께 현백은 바로 움직이기 시작했고 본의 아니게 장연호는 뒤에서 불을 비추어주는 형국이 되었다. 장연호는 빠른 걸음으로 움직이는 현백을 보며 쓴웃음을 지었다. 현백의 보폭에 맞추어 장연호도 빠른 걸음으로 움직이기 시작했다.

"일행이 위험하다고 하지 않았나?"

장연호의 목소리가 들려왔다. 현백에게 돌아가야 하지 않겠냐는 의사를 물은 것이었는데 현백은 고개를 좌우로 저으며 입을 열었다.

"쉽게 당할 일행이 아니오. 그리고 주비도 있으니……."

"……."

현백은 한마디 툭 던지고 앞서 나가고 있었다. 하긴 여기까지 와서 그냥 가기도 좀 뭣했다. 그렇게 두 사람은 도끼를 지닌 거한이 말한 곳으로 움직이고 있었다.

톡… 톡… 톡…….

문득 장연호의 귓가에 기이한 소리가 들려오고 있었다. 신경을 거스르는 소리에 장연호는 주의를 기울였고 이윽고 그 소리의 정체를 알 수 있었다.

현백, 소리는 현백의 몸에서 나오고 있었다. 도를 들고 있지 않은 왼손에서 나는 소리였다. 그건 바로 팔을 타고 흐르는 핏방울이었던 것이다.

그러고 보니 현백의 몸은 엉망이었다. 여태껏 잘 왔고, 또 따라오면서 거의 신경이 쓰이지 않을 정도로 싸운 사람이 바로 현백이었다. 이 정도로 부상당했을 줄은 몰랐던 것이다.

"……."

그야말로 상처 입은 야수… 딱 그 모습이었다. 하나 그렇다고 해서 현백을 무시할 수는 없었다. 현백의 실력을 가늠할 땐 상처 따위에 현혹되어선 안 된다는 것을 장연호의 본능이 계속 소리치고 있었다.

            *   *   *

"빌어먹을! 빌어먹을!"

진소곤은 욕밖에 나오는 것이 없었다. 상황은 점점 나빠져만 가고 있었던 것이다.

절체절명의 순간 규앙 도장이 초인적인 정력을 발현, 위기를 벗어난 것은 다행스러운 일이었다. 게다가 규앙 도장의 무공은 이미 강호에서도 일절로 꼽히는 바라 삼목을 지닌 여인과 그 일당을 곧 몰아붙일 것으로 생각했다.

그리고 실제론 어느 정도 그렇게 되었다. 규앙 도장의 중검 앞에 흑의인들은 도망도 치지 못하고 당했다. 순식간에 세 명이 그의 검에 박살나고 제자들이 정신을 차리면서 이젠 되었다고 느꼈었다.

그런데 상황은 그렇지가 못했다. 흑의인들이 한꺼번에 뒤로 빠지고 새로운 적들이 나타나자 전세는 당장 뒤바뀌었다. 이건 무공에 관한 문제가 아니었다.

"놈! 모두들 정신을 차리지 못할까!"

추상과도 같은 규앙 도장의 목소리가 들려왔다. 이번 음성엔 항마후가 같이 실려 있는 공격이건만 적들은 여전했다. 진소곤은 이를 악물며 앞으로 나섰다. 어쨌든 여기서 누구라도 평통을 한 번만 더 건드린다면 평통은 산 사람이 아닐 터였다.

"이놈들, 정말 정신 못 차릴 것이냐!"

속이 터지는지 진소곤은 버럭 소리를 질렀다. 하나 역시 상황은 변함이 없었다. 올망졸망한 걸음걸이로 적들은 밀려오고 있었다.

아이들, 새로이 나타난 적들은 바로 아이들이었다. 흑의인들이 다니면서 이 아이들의 입에서 뭔가를 빼내었고 그 후 삼목을 지닌 여인이 그 아이들을 일어나게 만들었다. 그리곤 바로 일행에게 덤벼들게 했던 것이다.

힘이나 무공 따위가 있을 턱이 없었다. 아무리 진소곤의 몸이 온전치 못하다고 해도 손가락 하나로 충분히 죽일 수 있었다. 그런데 문제는 규앙 도장들이 함부로 손을 대지 못하고 있었던 것이다.

비록 이성을 잃은 상태라고는 하지만 이들은 아이들이었다. 그리고 이들의 구출이 일행의 목적인데 그 목적을 스스로의 손으로 부술 수는 없었던 것이다.

그래서 그냥 뒤로 밀어버리는 것이 규앙 도장이 할 수 있는 전부였다. 스승이 이렇게 움직이니 그 제자들이 따라 하는 것은 불문가지였고 말이다.

"참 중원엔 희한한 놈들이 많아. 지금 자신들의 처지가 어떤지 전혀 알지 못한 채 그저 인의란 두 글자에 매달려 있다니… 그따위 입에 발린 말이 뭐 그리 중요하다고……."

마치 들으라는 듯 여인은 입을 열고 있었다. 그 말에 진소곤은 이를 악물며 주위를 둘러보았다. 그만이 아니라 모든 일행이 다 이를 악물며 참고 있었다.

지금 저 여인의 말대로 한다면 당하는 것이었다. 여인은 지금 무공이 아니라 안에서부터 철저히 무너뜨리려 하고 있었다. 가치관 자체를 다 무너뜨리려 하고 있는 것이다.

그것만은 안 될 일이었다. 어떻게든 이 상황을 타개하고자 규앙은 생각하고 또 생각했다. 그러나 결론은 이미 나 있는 상태였다.

원흉을 제거해야 했다. 저 여인, 삼목을 지니고 있는 여인을 제압해야 될 일이었다.

"차아아압!"

파아앙!

더 이상 생각할 것도 없이 규앙은 허공으로 신형을 뽑았다. 더 이상 시간을 지체한다는 것은 바보짓이었다. 스스로 불리한 세를 더욱더 불리하게 만드는 것이다.

"규앙 도장님!"

진소곤은 소리쳤다. 그나마 그들에게 기둥이 되었던 그가 날아가자 암담한 기분이었다. 물론 무공으로는 충분히 몸 하나 건사할 수 있지만 문제는 이 아이들의 목숨이었다. 평통을 지키려면 죽여야 했던 것이다.

어떤 것이 옳은 결정일지 머리가 아파왔다. 평통을 살리기 위해 평통 자신의 목숨도 아끼지 않은 대상을 죽여야 하는 상황이 온 것이다.

두 번 다시 겪고 싶지 않은 상황이었다. 그러나 선택은 해야만 했고 자신이 맡은 방위는 분명히 있었다. 진소곤은 입술을 질끈 깨물었다. 결정은 이미 내려진 것이나 다름이 없었다.

"제길… 미안하구나!"

성한 한 팔을 들어올리며 진소곤은 소리쳤다. 그리곤 맨 앞에서 양팔을 벌린 아이를 향해 주먹을 날리려 했다. 이 주먹이 아이의 얼굴에 꽂히면 절대 무사할 리가 없었다. 온전한 내력이 다 모여 있는 주먹이니 말이다.

어찌 된 일인지 이 아이들은 기절도 하지 않았다. 혹시나 해서 때려서 다리를 부러뜨렸는데도 기어서 오는 아이들이었다. 정녕 지독한 정신 무공에 당한 것처럼 보였던 것이다.

진소곤의 머릿속에서 아이들과 평통 양측에 대한 부등호가 그려지고 있었다. 말할 것도 없이 평통 쪽으로 벌려짐은 당연한 일이었다.

파아앙!

"지… 진 소협!"

뒤쪽에서 규앙 도장의 제자 중 한 명이 소리치고 있었다. 진소곤의 일장에 한 아이가 피떡이 되어 뒤로 튕겨 나가고 있었던 것이다. 진정 일말의 주저함도 없는 공격이었다.

"애들 장난 같은 짓은 그만둡시다. 이 아이들을 다 살릴 수 없다면… 차라리 우리 손으로 보내는 것이 나을 것이오. 난… 그렇게 생각하오이다!"

파아앙!

또다시 접근하던 한 아이가 죽어나갔다. 진소곤은 이를 악물며 앞으로 나가려 했다. 일단 손을 대기로 한 이상 사정없이 손을 봐야 했다.

두 눈을 꽉 감으며 장력을 날리고 있었다. 또한 아이의 신형을 눈에 담은 채 그는 손을 들었다. 그리고는 크게 내려치려고 하던 순간이었다.

콰아악!

"……! 뭐야, 평통! 왜 이래?"

평통이 진소곤의 발 어림을 꽉 부여잡고 있었다. 어디서 이런 힘이 나오는지 알 수 없었지만 진소곤의 귓가에 평통의 목소리가 들려왔다.

"아… 안 돼… 안… 돼……."

"……."

겨우겨우 음성을 짜낸 듯한 평통의 말에 진소곤은 이를 악물었다. 평통은 진심으로 진소곤에게 호소하고 있었던 것이다.

"이 멍청한 놈아! 이 아이들이 그렇게 대단하냐! 널 기다리는 화하보다 이 아이들이 더 중요해? 당장 놔! 그렇지 않으면 힘없는 아이들이라도 네 목숨을 부지하긴 힘들다!"

"그래… 도… 안… 돼……."

고집도 이런 고집은 없었다. 진소곤은 오른손을 그냥 번쩍 들어올렸다. 평통을 치려는 것은 아니었고 한쪽에서 덤벼드는 아이들을 쳐버리려 하는 것이다.

"……! 미친……. 안 비켜!"

평통이 그의 앞을 막아서고 있었다. 스스로 심맥을 끊어 제대로 걷기조차 힘들 텐데도 평통은 움직이고 있었다. 양손을 좌우로 벌린 채 끊임없이 신형을 흔들거리면서도 진소곤을 막았던 것이다.

"우리… 똑같은… 놈……. 안 된… 다……."

"……."

힘겹게 그는 입을 떼고 있었다. 진소곤은 이를 꽉 깨물었다. 그가 무슨 말을 하려는지 잘 알 수 있었던 것이다.

지금 이 아이들을 죽인다면 이들을 이용한 저 흑의인들과 다름이 없다는 뜻이었다. 물론 그 말은 옳은 말이었고, 진소곤 역시 그렇게 생각하고 있었다.

하나 그건 평통이 다치지 않았을 경우였다. 지금과 같은 상황이라면 더 생각할 것도 없었다. 진소곤은 평통을 밀치며 다시 손을 들어올렸다.

"……."

그러나 그는 다시 손을 쳐 내리지 못하고 있었다. 그저 어금니만 꽉 깨문 채 아이들만 바라보고 있을 따름이었다.

"젠장……."

한참 동안 그렇게 서 있던 진소곤은 한마디 툭 뱉으며 손을 내렸다. 그리곤 평통에게 다가가 그의 신형을 잡아 올렸다. 평통은 여전히 애원 섞인 눈빛으로 진소곤을 바라보고 있었다.

"그딴 눈으로 쳐다보지 마라. 네 소원대로 애들 그냥 두려면 도망이라도 쳐야 할 거 아냐! 어서 일어나! 끙차!"

말이 좋아 부축이지, 사실 진소곤이 평통을 업는 것이나 마찬가지였다. 진소곤은 그렇게 힘겹게 발걸음을 옮기기 시작했다. 조금이라도 이 아수라장에서 벗어나는 것만이 아이들을 살리는 길인 것이다.

"젠장… 빌어먹을… 개 같은 세상 같으니……."

입으로 온갖 악담을 퍼부으며 진소곤은 움직이고 있었다. 부축하는 진소곤도, 부축받는 평통도 모두 눈에서 진한 눈물을 흘리고 있었다.

第三章

탈출

1

"전혀 찾을 수가 없다라……."
"살인멸구를 해버린 듯합니다. 흠, 생각보다 일이 커질 것 같군요."
양평산의 목소리는 착 가라앉아 있었다. 그는 두 눈을 번뜩이며 생각에 생각을 거듭하고 있었는데 무언가 실마리를 잡을 듯하더니만 이내 다시 미궁으로 빠져 버린 것이다.
남아 있는 현백 일행, 그들의 행방이 전혀 밝혀지지 않고 있었다. 현장에 남아 있는 약과 같은 것으로 보아 근방의 의원들이 한통속임이 분명한데 문제는 그들의 종적을 모른다는 것이다.

금방 찾을 줄 알았건만 전혀 그렇지가 않았다. 무한에서 있을 만한 곳은 다 뒤져 봤는데도 아무런 성과가 없어 양평산은 혼자 답답해하던 중이었다.

　"막내는 마음을 가다듬거라. 급하게 생각해서 될 일이 아니구나."

　왠지 양평산이 조급히 구는 듯하자 큰형인 오호십장절 토현이 입을 열었다. 그러자 양평산은 고개를 끄덕이며 크게 심호흡을 했다.

　"후우… 죄송합니다. 송구한 모습을 보였군요."

　"그게 어찌 네 잘못이겠느냐? 나 역시 마찬가지이니라."

　사실 가장 마음이 급한 사람은 바로 지금 이야기를 한 모인이었다. 모인은 이들과 남다른 관계를 가지고 있었다. 현백과의 관계도 그렇고, 가장 가깝다고 볼 수 있는 것이다.

　그저 답답한 노릇이었다. 처음 이곳에 왔을 때 금방 그 흔적을 찾을 줄 알았었다. 한데 그것이 아니었다. 사정이 있어서 조금 늦게 도착한 첫째 장로 토현이 이곳에 왔을 때까지도 전혀 단서가 없었던 것이다.

　"분명한 것은 약에 취해 데리고 갔다는 것, 그것뿐이구나. 하나 그것으론 단서가 될 것이 너무나 약하다. 혹 다른 단서는 없더냐?"

　"이장로님께 죄송할 따름입니다. 방도들 역시 아직 아는 것이 거의 없습니다. 현재로선… 말입니다."

혁련월은 고개를 푹 숙이며 입을 열었다. 요 며칠 동안 주야로 사람들을 풀어 일행의 종적을 쫓았지만 아무런 소득이 없었다. 답답한 것은 그 역시 마찬가지였던 것이다.
"으음… 이렇게 시간만 흐르는 것은 아무런 도움이 되지 않을 터, 무언가 수를 내기는 내야 하겠구나."
"그렇습니다. 하나 그 수라는 것이 문제가 되겠지요. 어떤 것인지 알 수가 없으니……."
 모인은 결국 답답한 자신의 마음을 내비추었다. 뭔가 하고 싶어도 이래선 할 수 있는 것이 거의 없었던 것이다.
"허어……."
 오호십장절 토현의 입에선 짧은 탄식이 흘러나왔다. 개방에서도 가장 배분이 높은 세 사람이 왔지만 할 수 있는 것이 아무것도 없었다.
 토현과 모인, 그리고 양평산은 지금 일행이 사라진 것으로 추측되는 방 안에 있었다. 그곳에서 벌써 사 일째 있으며 알아보고 있었지만 전혀 그 실마리조차 없었던 것이다.
 이곳 무한 분타주인 혁련월도 같이 있으면서 눈에 불을 켜고 사람들을 찾았지만 전혀 알 길은 없었다. 정말 나이만 먹고 할 줄 아는 것 없다는 자괴감마저 들고 있었다.
"하면 이제 아무런 단서가 없는 것입니까?"
"……."
 문득 들려오는 목소리에 사람들의 이목이 쏠렸다. 그곳엔 한 사람이 서 있었는데 바로 무당의 경호였다. 탈명천검사 장연호의 여인 예소수와 함께 같이 있었던 것이다.

 그 아이의 물음에 세 사람은 그저 시선만 돌릴 뿐이었다. 특히나 모인은 또다시 나이만 먹고 할 줄 아는 것이 없다는 생각이 들고 있었다.

 "참으로 이해할 수 없는 일이군요. 세 분께서 이토록 난감해하실 문제가 있을 것이라곤 생각지 못했습니다."

 "…무슨 뜻이오?"

 한 여인의 곱디고운 목소리에 토현의 눈썹이 살짝 꿈틀거렸다. 바로 예소수였는데 생각하기에 따라 책망하는 듯한 목소리일 수도 있었다.

 가뜩이나 세 사람 모두 단서가 없어 난감한 상황에 어찌 이렇게 기름을 끼얹으려 하는지… 여리게 생긴 얼굴과는 전혀 다른 성격인 듯 보였다.

 "이런… 실례가 되었군요. 하나 소녀의 말은 그런 뜻이 아닙니다. 죄송합니다."

 "……"

 세 사람의 표정 속에서 무언가를 읽었는지 예소수는 바로 고개를 살짝 숙이며 입을 열었다. 다소곳이 손을 모은 채 무릎을 굽히는 그녀의 모습에서 왠지 일반적인 가정교육을 받은 사람이 아닌 듯싶었다. 마치 기녀 같다는 생각이 들고 있었던 것이다.

"제 말은 다른 뜻이었습니다. 천하에 그 이름을 울리는 세 분께서 나섰는데 어떻게 이렇게 오리무중일까를 말입니다. 하나 노여워하지 마십시오."

"그게 그 말이 아니오이까? 아니면 어떻게 다른 생각을 할 수가 있소이까?"

양평산은 노골적으로 화를 내기 시작했다. 물론 강호의 배분이나 나이로 봐서 막말을 할 수는 없었지만 이 정도 표시한 것만으로도 대단한 노기였다. 양평산은 좀처럼 화를 내는 사람이 아니었던 것이다.

"아… 저 어르신들… 조금만 진정하시는 것이 어떻는지요? 사숙모님께서도 좀 진정하십시오."

사태가 이렇게 되니 난감한 것은 경호였다. 그는 얼른 일어나 양측을 향해 조용히 입을 열었다. 물론 자신이 나서 이렇게 이야기하는 것 자체가 건방진 일이긴 하지만 그냥 있을 수는 없었던 것이다.

"게다가 사숙모님, 어르신들이 그냥 있으신 것도 아니지 않습니까? 워낙 사건이 오리무중이니 그런 것을 탓할 수는 없지 않겠습니까?"

"호호, 그래서 이야기하는 것입니다. 천하의 세 분이 나섰는데 그 이목을 이토록 숨기는 사람들이 있습니다. 세 분의 이목은 이미 정평이 나 있습니다. 그렇다면 그간 단서가 나타나는 것이 아니라 그 사라진 일행이 있을 곳이 나타나야 하는 것이겠지요. 한데 그렇지가 않았지 않습니까?"

경호의 말에 예소수는 다시 입을 열었다. 그러자 양평산의 얼굴은 완전히 붉게 물들었다. 이건 완전히 세 사람을 놀려먹는 것이나 마찬가지인 것이다.

"아니, 지금 그게 무슨…… 형님!"

"잠시 진정하거라, 막내야. 하면 소저께선 어떤 생각을 갖고 계시오이까? 이 늙은이들의 생각을 조금이라도 넓혀주시지 않겠소?"

양평산이 막 발작을 하려 할 때 모인이 그의 앞을 막아서고 있었다. 모인은 그녀의 말에서 무언가 다른 점을 찾아낸 것인데 그녀는 지금 세 사람을 탓하는 것이 아니었다.

관점이 다른 것이다. 자신들의 관점이 아닌 다른 사람의 관점으로 사건을 생각하고 있었고 그 생각을 말하려는 것일 뿐이었다. 화낼 일이 아닌 것이다.

"이해해 주시니 감사드립니다. 말 그대로 세 분 앞에선 그 무엇도 숨기기 힘들다는 뜻입니다. 없어진 사람들이 무한을 벗어나지 않았다면 말입니다."

"그들이 무한을 벗어날 리는 없습니다. 무한에서 오가는 모든 통로는 다 지키고 있습니다. 절대 실수는 없습니다."

혁련월의 말에 예소수는 고개를 끄덕였다. 그리곤 자신이 생각하는 것을 이야기했다.

"그럼 이야기는 한 가지로밖에 가정할 수 없습니다. 여태껏 세 분께선 소식을 들을 수 없는 곳을 찾으셨다는 말밖엔 안 되는 것이지요. 이 무한에서 세 분께서 가보지 않으신 곳이 있으십니까?"

"……."

그제야 세 사람은 예소수의 말을 알아들었다. 마치 둔기로 맞은 듯한 느낌이었다.

천하에 개방삼장로의 이목을 속일 수 있는 사람은 많지 않다. 더욱이 사라진 의원들은 무공도 모르는 사람들, 더더욱 이해가 안 되는 일인 것이다.

세 사람이 누군가. 그들은 이십여 장 안의 기척을 느낄 수 있는 사람들이었다. 양평산은 이곳 무한을 조사할 때 그냥 말로만 묻고 다닌 것이 아니었다. 내력을 사용하여 사람들의 종적을 같이 쫓았던 것이다.

매사에 어떤 일을 할 때 반드시 흔적은 남는다. 그 흔적을 쫓아가면 진실에 한 걸음 더 다가가는 셈인데 이번 일은 그 흔적이 없었었다. 그것이 이상한 점이었다.

그런데 지금 예소수의 말을 빌자면 흔적이 있지도 않은 곳을 찾은 셈이었다. 모인은 미간을 살짝 좁히며 양평산에게 물었다.

"자네 혹 이곳 무한에서 어디어디를 살폈나? 혹 가보지 않은 곳이 있나?"

"실은 가보지 않은 곳이 없습니다. 말이야 이곳 의원들을 본다고 했지, 움직인 것은 훨씬 더 큰 반경입니다."

양평산의 말에 모인은 고개를 끄덕였다. 양평산은 그러고도 남을 사람이었다. 그렇지 않고서는 스스로 만족을 못하는 사람이 바로 그인 것이다.

말이야 이쪽 부근을 훑었다고 하지만 이쪽만 훑고 끝낼 사람이 아니었다. 보이지 않는 구석구석 모두를 다 봤을 터였다.

그러면서도 아무런 성과가 없었다라……. 그건 예소수의 말처럼 정말 이상한 일이었다. 한번쯤 상황을 의심해 볼 필요가 있었던 것이다.

"제가 가보지 않은 곳은 이곳 무한에선 없습니다. 뭔가 이상한 느낌이 있었다면 바로 파고들었을 터이지만 유감스럽게도 그런 일은 없었습니다."

양평산은 단호한 어투로 입을 열었다. 그가 그렇다면 사건은 다시 원점이었다. 그렇게 모인이 턱을 괴며 생각에 빠지려 할 때였다.

"사제, 다 가본 것이 확실한가?"

"예? 형님께선 무슨 말씀을 하시는 겁니까?"

오호십장절 토현의 말에 양평산은 눈을 동그랗게 뜨며 반문했다. 그러자 토현은 고개를 끄덕이며 말을 이었다.

"다 가봤을 것이라는 자네의 말을 믿네만 가보지 않은 곳이 없다는 자네의 말 역시 믿기 어렵군. 한군데 빠뜨리지 않았나?"

"……."

여전히 모호한 말을 하는 토현을 보며 양평산은 고개를 갸웃거렸다. 토현은 싱긋 웃으며 입을 열었다.

"서로 관여하면 골치 아픈 곳, 그곳은 아직 건드려 보지 못했겠지. 그렇지 않은가?"

"…서로 골치 아픈 곳이라면……!"

양평산의 눈이 커졌다. 토현의 말이 맞았다. 이 무한에서 가보지 않은 곳이 있었다. 딱 한군데가 말이다.

"즉시 가보겠습니다!"

"아니, 다 같이 가세나. 이번엔 좀 신중해야 할 터이니……."

양평산의 말에 모인이 눈을 빛내며 말했다. 그러자 토현도 고개를 끄덕이며 자리에서 일어났다.

"허허허, 나이만 먹은 노망난 노인네들을 깨우쳐 주어 감사하오이다. 탈명천검사 장연호가 영무지회 따위보다 내자가 우선이라 한 이유를 알겠소이다."

"어인 말씀을……. 좋은 소식을 기대하겠습니다."

토현의 말에 예소수는 작은 미소와 함께 입을 열었다. 그리곤 개방삼장로는 바로 시야에서 사라졌다. 알 수 없는 어딘가로 사라져 버린 것이다.

그러자 황당한 것은 남은 두 사람이었다. 혁련월과 경호는 이게 무슨 일인지 알 수가 없어 눈만 끔벅거렸는데 예소수는 살짝 웃으며 입을 열었다.

"호호호, 두 분께선 넋이 나가셨나 봅니다. 그만 정신들 차리시지요."

"예? 아! 대체 어디로 가신 것인지……."

"예. 사숙모님, 개방삼장로께서 놓친 곳이 대체 어디입니까? 궁금해 죽을 지경입니다."

혁련월과 경호는 예소수에게 볼멘소리를 내었다. 그러자 예소수는 빙긋 웃으며 답을 주었다.

"그 세 분께서 가장 껄끄러워하는 곳이 어디겠습니까? 세 분 다 강호에선 거칠 것이 없는 분이십니다. 물론 강호와 연관된 곳은 아니겠지요."

"……?"

더더욱 모를 소리뿐이었다. 고개를 주억거리며 경호가 미간을 찌푸릴 때였다. 갑자기 혁련월의 얼굴이 확 굳어지고 있었다.

"설마……!"

"…에? 아셨어요? 어디예요, 그곳이?"

뭔가를 알아낸 듯한 그의 모습에 경호는 다시금 입을 열었다. 그러자 혁련월은 멍한 얼굴로 입을 열었다.

"…서로가 껄끄러운 곳… 게다가 무림이 아니라는 곳은 한 군데밖에 없지 않나?"

"……!"

경호는 그제야 알 것 같았다. 예소수가 그토록 알려주고 싶어했던 곳이 어딘지를 말이다. 경호의 입에서 작은 목소리가 흘러나왔다. 그 목소리에는 강한 긴장감이 어려 있었다.
"관부……!"

* * *

지충표는 진정하기 위해 무던히 애쓰고 있었다. 성질이 있는 대로 솟구치고 있었지만 지금 화를 내면 자신의 손해일 뿐이었다. 어떻게든 정신을 차리고 차가운 이성을 회복해야 했다.

"……."

눈을 돌려 주위를 돌아보지만 별다른 수가 없었다. 혈을 점해 내력을 끌어올릴 수가 없는 상황이라 온몸에 힘이 하나도 없었다. 거기에 동아줄로 상체를 결박당해 있어 옴짝달싹도 못할 상황이었던 것이다.

차가운 땅바닥에 얼굴을 대고 누워 있던 터라 뺨에 지푸라기의 거친 느낌이 여과없이 느껴지고 있었다. 어두울 대로 어두워진 주위 환경은 이곳이 지하라는 것을 알게 하고 있었다.

"큭!"

또다시 머리가 깨질 듯이 아파오자 지충표는 자신도 모르게 작은 비명을 토해내었다. 다 참을 만한데 이 빌어먹을 현상은 참기가 어려웠다. 아무래도 그들이 마신 이상한 약 때문인 듯싶었다.

고통을 잊게 해준다면서 의원이 준 약, 그 약을 먹은 후 기억이 없었다. 기억나는 것이라곤 간간이 스쳐 지나가는 얼굴들, 그 얼굴 중 낯익은 얼굴은 없었다.

"아저씨! 아저씨, 정신 들어요?"

"…이도냐?"

이도의 작은 목소리가 들려오자 지충표는 고개를 들었다. 칙칙한 어둠 속에서 뭔가 흐릿한 것이 보이고 있었는데 일단 보이는 것은 격자무늬의 창살이었다.

아무래도 이곳은 감옥 같은 느낌이 들었다. 차가우면서도 축축한 땅바닥이 그렇고 눅눅한 지푸라기로 어느 정도 예상을 했지만 이렇게 확실한 격자무늬를 보니 분명했다.

그 창살 너머에 또 하나의 창살이 보였다. 그리고 그 안에 한 사람이 쓰러진 것이 보였는데 그가 바로 이도였다. 이도 역시 자신과 마찬가지로 묶여 있었는데 잘 움직이지 못하는 것을 보니 혈도가 찍힌 것 같았다.

"제길! 움직이기가 너무 힘들어요. 이놈들이 혈도를 찍어놔서……."

"나도 그렇다. 일단 움직이지 말고 그대로 있어. 힘을 비축해."

지충표는 이도에게 말을 한 후 허리를 굽혔다. 자신은 어느 정도 힘을 쓸 수 있을 것 같은 생각이 들어 그런 것인데 그건 그가 익힌 무공과도 관련이 있었다.

애초에 복잡다단한 무공을 익힌 지충표의 몸이기에 내력과는 그리 큰 관련이 없었다. 게다가 근자에 들어 상대의 힘을 이용하는 원래 본가의 무공에 눈을 조금 뜬 상태라 더욱더 그랬는데 그는 인상을 쓰면서도 결국 일어나 설 수 있었다.
 "흑… 후욱……."
 가쁜 숨을 몰아쉬며 그는 주위를 둘러보기 시작했다. 바로 앞의 격자무늬 창살 앞엔 횃불이 하나씩 타오르고 있었고 그 횃불로 겨우 세상을 알아볼 수 있었다.
 "오유! 남궁 어르신!"
 자신의 바로 옆방엔 오유가 쓰러져 있었고 저 앞쪽 이도의 옆방엔 남궁장명이 쓰러져 있었다. 지충표는 어금니를 꽉 깨물며 앞으로 시선을 던졌다.
 자신과 다른 사람들이야 어쨌든 일어날 수 있겠지만 남궁장명은 달랐다. 그의 상세가 가장 컸기에 그런 것인데 이런 습한 곳에 부상당한 남궁장명을 놔두었다가는 정말 큰일 날 수도 있었다.
 할 수만 있다면 그를 꺼내고 싶었지만 그럴 수는 없었다. 자신조차 어떻게 할 도리가 없는데 어찌 남을 돕겠는가?
 "아저씨… 살아 있었네요."
 오유의 목소리가 들려왔다. 오유 역시 머리가 아픈지 아미를 한껏 찌푸리고 있었다. 지충표는 안도의 한숨을 살짝 내쉬었다. 이제 남궁장명만 깨어나면 될 것이니 말이다. 한데 그

때였다.

"호오, 드디어 일어났구만. 그래, 기분들은 어떤가?"

누군가의 심드렁한 목소리가 들려오자 지충표는 고개를 돌렸다. 왼쪽에서 한 떼의 인물들이 보였는데 정확히 그게 누군지는 잘 알 수가 없었다.

"큭큭… 아마도 머리가 깨질 듯이 아프고 힘이 하나도 없을 것이야. 너무 무리하지 말라고, 어차피 힘써봐야 본인만 손해가 날 뿐이니……."

말을 하는 이는 상당히 비대한 사람이었다. 퉁퉁한 몸에 투실한 턱살이 잘 보이는 자였는데 왠지 지충표는 그 모습이 상당히 낯이 익은 것 같은 생각이 들었다.

"한데 생각 외로구만. 네놈이 제일 먼저 깨어나다니……. 지충표라 그랬던 놈이던가?"

"누구냐, 넌……."

지충표의 입에서 작은 목소리가 흘러나오자 뚱뚱한 사내는 턱살을 한 번 더 떨었다. 그 모습은 웃는 것이 아니라 씩씩대는 것처럼 보였는데 이내 지충표의 생각이 맞다는 증거가 보여지고 있었다. 퉁퉁한 오른손을 쭉 뻗어 지충표의 멱살을 잡아챘던 것이다.

콰아악!

"빌어먹을 놈! 날 그렇게 놀릴 땐 언제고 지금은 기억을 못해!"

"…응?"

지충표는 반항할 힘도 없었다. 그저 그자가 휘두르는 대로 몸을 움직일 수밖에 없었는데 그러다 이내 눈을 반짝였다. 이제야 그가 누군지 알 것 같은 것이다.

"눈치를 보아하니 이제 안 것 같군. 그래, 기억이 나냐?"

"큭! 누군가 했더니 너구나, 돼지."

"이런 죽일 놈이!"

콰아앙!

사내는 바로 고도간이었다. 어째서 도망쳤다던 고도간이 이곳에 있는지는 알 길이 없으나 그놈이 확실했다. 지충표는 이를 악물며 터져 나오려는 신음을 참아내었다. 고도간은 지충표의 멱살을 확 잡아당기며 격자무늬의 창살에 부딪치게 만들었던 것이다.

"……."

입을 꽉 다문 채 간신히 비명만은 거두었지만 오른 어깨가 이상했다. 아무래도 관절이 조금 빠진 듯했는데 고도간은 고통으로 일그러진 지충표의 얼굴을 보며 입을 열었다.

"그래, 이제 좀 상황이 파악되나? 한 놈 정도는 죽어야 정신을 차리려나?"

"당주님, 조금만 진정하시지요."

점차 거칠어지는 숨결을 토해내며 고도간의 목소리가 커지자 누군가 뒤에서 작은 목소리로 입을 열었다. 그는 제룡이었다.

고도간의 뒤에는 제룡과 소룡이 같이 있었다. 한데 왠지 둘 다 긴장한 듯한 모습이 역력했는데 고도간은 뒤편을 향해 일갈을 쳐내고 있었다.

"사내놈들이 무슨 담이 그리 작아! 현백이나 창룡 모두 이곳에 없는 것이 이상하냐? 있지도 않은 놈들을 왜 두려워해!"

"꼬리가 길면 잡히는 법입니다. 일단 이들을 데리고 이곳 성도 무한을 벗어나야 합니다. 지금은 그 길만이 최선입니다."

으르렁거리는 고도간의 말에 제룡은 다시금 입을 열었다. 얼굴은 분명히 두려워하는 듯한 모습인데 그러면서도 제룡은 할 말 다 하고 있었다.

"제룡… 너 말하는 것이 좀 이상해졌구나. 우리가 이렇게 도망 다닌다고 내가 우습게 보이더냐?"

털썩.

지충표의 멱살을 잡았던 손이 풀어지자 지충표는 땅에 힘없이 쓰러졌다. 고도간의 신경은 더 이상 그에게 있는 것이 아니라 제룡에게 있었는데 제룡은 허리를 공손히 숙이며 말을 이었다.

"그럴 리가 있겠습니까? 하나 이런 정보를 저희에게 제공한 밀천사 양각의 행동은 재고할 여지가 있다는 것입니다. 이들을 저희에게 맡긴 것만으로 서로 간의 관계는 끝난 것이나 다름없습니다."

"…그건 또 무슨 말이더냐?"

왠지 머리 아플 것 같은 말을 하며 제룡이 차분하게 입을 열자 고도간은 인상부터 썼다. 요즘 조금 건방지게 구는 것 같아 보이긴 해도 제룡의 머리는 무시할 수 없었던 것이다.

"만일 직접적으로 현백, 그리고 창룡과 싸우려 했다면 양각은 저희에게 이들의 신병을 넘겨주지 않을 것입니다. 그들이 이용하는 것이 더 좋겠죠. 저희를 부리는 명분도 될 수 있고 말입니다. 실제로 지난번 저희들이 그들의 지휘하에 이곳에서 싸움을 벌이지 않았습니까?"

"……."

"마찬가지입니다. 저들이 이들의 신병을 넘겼다는 것 그 하나만으로도 의도는 충분합니다. 이젠 상관하지 않겠다는 것이지요. 이들을 이용하여 살길을 스스로 열라는 말입니다."

"뭐라?"

한쪽 눈썹을 찡그리며 고도간은 비틀린 목소리를 내었지만 제룡의 생각을 무시할 수는 없었다. 머리 하나는 정말 뛰어난 놈이니 말이다.

"제룡, 자네 정말 그렇게 생각하나? 그럼 지금 우리의 행보가 문제가 될 소지가 너무나 큰 것 아닌가?"

"물론일세, 소룡. 그렇기에 서둘러야 하네. 시간이 늦어지면 늦어질수록 위험할 뿐이야…….”

　소룡과 제룡은 서로 간에 대화를 나누며 생각에 잠기고 있었고 그 모습을 고도간은 입술을 씰룩이며 바라보았다. 그리곤 제룡을 향해 다시금 입을 열었다.

　“이봐, 제룡.”

　“…….”

　“가감없이… 쉽게 말해라…….”

　“예, 당주님.”

　제룡은 머릿속의 생각을 정리하고 있는 것이 아니라 어떻게 고도간에게 이야기해야 할지 그것을 생각하고 있었다. 고도간은 그런 제룡의 마음을 알아본 것인데 제룡은 굳은 얼굴로 고도간에게 입을 열었다.

　“저희가 미끼가 될 확률이 너무 높습니다. 상문곡의 식구들 수는 상당하지요. 그만한 사람들이 움직이는 데 걸리지 않으려면 한 가지 수밖엔 없습니다.”

　“…시선을 돌린다?”

　“그렇습니다, 당주님.”

　고도간은 그제야 제룡이 이토록 나서는 이유를 알았다. 필요하다고 해놓고 결국 당한 셈이었다. 아마도 다시 만나기로 한 곳에서는 상문곡의 사람들이 나오지 않을 공산이 컸다.

　버려진 것이다. 고도간은 이를 부득부득 갈며 눈을 파랗게 빛내었다. 사실이라면 그냥 있을 수는 없는 일인 것이다.

"제룡, 방법을 생각해 내라! 네 말이 맞다면 그냥 당할 수는 없지. 하나 이놈들 역시 그냥 둘 수는 없어. 알겠나?"

"……."

고도간의 말에 제룡은 잠시 난처한 표정을 지었다. 고도간의 말은 상황을 타개하면서도 여기 있는 네 명을 다 이용하는 방법을 생각하란 것인데 그게 그리 쉬운 일이 아니었다.

"알겠습니다, 당주님."

"너만 믿겠다……."

차가운 한광을 한번 날리곤 고도간은 신형을 돌렸다. 그리곤 아직도 바닥에 널브러져 있는 지충표를 향해 입을 열었다.

"운 좋은 줄 알아라. 생각 같아서는 반으로 쪼개려다 시간이 없어 놔둔다."

"어이구, 감사해라. 누가 살려달라 하더냐?"

"이놈이 정말!"

"당주님!"

불리한 상황에서도 지충표는 입을 멈추지 않았다. 그러자 고도간은 다시금 화를 버럭 내려다 이내 입을 꽉 다물었다.

"끄웅… 어디 두고 보자! 어서들 움직일 준비를 해라!"

결국 한마디 툭 뱉고선 그는 신형을 움직였다. 제룡과 소룡은 아무 말 없이 그 뒤를 따르고 있었는데 지충표는 멀어져 가는 그들의 발자국 소리만 들을 뿐이었다.

감옥… 이곳은 감옥이었다. 그리고 이런 감옥이라면 어느

대갓집 내에 있는 사설감옥이 아니었다. 이건 틀림없는 관청의 감옥이 분명했던 것이다.

꽤나 깊은 곳, 다른 사람 하나 없는 것이 그간 잘 쓰지 않는 감옥 같았다. 이 정도의 감옥은 관청에서나 가능한 구조였다. 그만큼 감옥을 증축해 왔다는 이야기니 말이다.

그럼 이미 이야기는 된 것이나 마찬가지였다. 이 일이 일어나는 데 가장 지대한 역할을 한 사람이 누구인지 말이다.

"빌어먹을 세상… 뭐 하나 제대로 되는 게 없구만."

기억을 잃기 전에 봤던 사람, 포정사 종요가 바로 간자였던 것이다.

2

쫘아아악! 휘리릭…….

너덜너덜한 윗옷을 마저 길게 잡아 뜯으며 진소곤은 가쁜 숨을 몰아쉬었다. 그리곤 숨 돌릴 틈도 없이 바로 오른손을 떨쳐 내었다. 한 아이의 상체가 통째로 찢어진 옷자락에 휘감기고 있었다.

타탓!

빠르게 앞으로 나가며 진소곤은 아이의 몸을 꽉 동여매기 시작했다. 한바퀴 휘돌린다 싶은 순간 아이는 완전히 결박된 상태가 되어 뒤로 던져졌다. 그러자 뒤쪽에서 규앙 도장의 제자 한 명이 받아 들고 있었다.

벌써 그런 아이들이 근 사십여 명이 되어가고 있었다. 그들의 뒤편엔 흑의인들이 다 건드리지 못한 아이들이 이십여 명 정도가 있는데 그들과 합치면 이제 육십여 명의 아이들을 수중에 넣은 셈이었다.

이제 조금만 더하면 아이들을 다 구할 수 있을 터였다. 진소곤은 다시 한 번 자신의 몸에 걸친 옷을 잡아당기며 다음 아이를 잡으려 했다.

찌이익!

"……."

한데 이젠 걸친 것이 거의 없었다. 이미 상의는 탈의된 상태였고 하의는 간신히 걸친 수준이어서 더 이상 끈을 만들 도리가 없었던 것이다. 진소곤은 주위를 살폈다.

하나 주위를 살펴도 다 같은 수준이었다. 진소곤뿐만이 아니라 무당의 사람들 역시 마찬가지로 하고 있는지라 그들의 옷도 곧 동날 태세였다. 난감한 상황이 된 것이다.

문득 진소곤은 고개를 돌려 평통을 바라보았다. 평통은 바닥에서 꿈틀거리며 뭔가를 하려 했는데 진소곤은 실소를 머금었다. 자신의 옷을 벗으려 하고 있었던 것이다.

"알았다, 이 자식아. 아이들 손 하나 못 건드리게 하마."

진소곤은 너털웃음을 지으며 평통의 윗옷을 벗겨내었다. 그리고는 길게 찢어서 또다시 던지려 했다. 일단 지금은 저 앞의 규앙 도장이 삼목여인을 막고 있는지라 이렇게 다른 짓을 할 수 있지만 상황이 조금만 잘못되면 어찌 될지 몰랐던 것이다. 한데…….

"……!"

한 아이가 서 있었다. 여아였는데 왠지 분위기가 조금 이상한 아이였다.

그 자리에 우두커니 서서 울상을 짓고 있는 그 아이의 눈동자는 분명히 평통을 바라보고 있었다.

다른 아이들 모두 초점이 거의 맞지를 않았었다. 뭔가 조금 이상한 기분이 들자 진소곤은 옷을 찢어 던지려 하다 일단 멈추었다. 그때 그의 귓가에 여린 목소리 하나가 들려왔다.

"아저씨… 평 아저씨……."

"……!"

진소곤과 평통은 동시에 눈을 동그랗게 떴다. 이 아이… 정신을 지배당하고 있지 않은 아이였다. 진소곤은 소름이 돋는 것을 느끼며 재빨리 앞으로 달려나갔다. 그리곤 아이의 허리를 껴안고는 다시 뒤로 나왔다.

"너… 넌… 괜찮구나! 그렇지?"

진소곤이 아이를 평통의 옆에 놓으며 묻자 아이는 말없이 눈물만 떨구고 있었다. 울먹거리던 아이의 입에서 작은 목소리가 다시금 들려왔다.

"대방이… 양이… 명운이… 다 이상해요, 아저씨……."

"소… 소이야……."

평통은 소이라 부른 여아를 끌어안았다. 제 몸 하나 가누기도 힘든 사람이 어떻게 저런 힘이 나오는지 알 수 없었는데 진소곤은 그 모습에 주먹을 꽉 쥐었다. 최소한 이 아수라장에서 한 명의 생명은 구한 셈이니 말이다.

하나 그것이면 족했다. 진소곤은 다시 몸을 돌려 아이들을 향해 다가갔다. 이 아이들 모두를 저 소이란 아이처럼 다시 돌려놓겠다고 다짐하면서 말이다.

쩡… 쩌저정!

강렬한 검의 울림이 들리고 흑의인들이 뒤로 튕겨났지만 규앙 도장의 얼굴은 여전히 굳어만 있었다. 지금 현 상황은 이겨도 이긴 것이 아니었다. 언제 수세에 몰리게 될지 아무도 몰랐던 것이다.

얼추 보이는 숫자는 근 이십여 명, 모두 무공이 상당한 수준이었다. 중앙에서 계속 내력을 통해 공격을 하는 삼목의 여인이 없다손 치더라도 고전할 만한 상황이었던 것이다.

그런 데다 만만치 않은 여인이 가운데 있으니 상황이 안 좋은 것은 뻔한 일이었다. 잠시 흑의인들이 주춤한 사이 규앙 도장은 숨을 고르기 시작했다.

"정말 대단한 정력을 지닌 노인네로군. 나의 무공이 이토록 말을 안 듣는 것은 처음 같은데 말이야. 내 사람으로 만들고 싶을 정도인걸."

 감탄인지 비꼬는 것인지 모르지만 여인의 입에선 교성이 흘러나오고 있었다. 규앙 도장은 아무런 말 없이 내력을 끌어올렸다. 그러면서도 한편으론 마음속으로 상념을 비우기에 여념이 없었다.

 여인은 말을 하면서도 규앙 도장의 머릿속을 계속 헤집고 있었다. 규앙 도장은 머릿속으론 여인과 싸워야 했고 몸으로는 흑의인들과 싸워야 했다. 그래서 더더욱 힘들고 빨리 지쳐가고 있는 것이었다.

 "요망한 것! 아무리 이 상황이 힘들다 한들, 내 너희들에게 이 자리를 넘겨줄 수는 없다! 헛소리 그만 하고 어서 덤비거라!"

 규앙 도장의 추상같은 목소리에 여인은 고운 아미를 한껏 찡그리고 있었다. 그리곤 규앙 도장을 향해 입을 열었다.

 "훗! 곧 죽을 자리인지도 모르는 채 덤비는 노망난 노인네가 말은 잘하는구나. 어디 얼마나 대단한지 한번… 응?"

 여인은 규앙 도장에게 눈길을 던지며 말을 하다 이내 입을 닫았다. 그녀의 눈은 규앙이 아니라 그 뒤편을 향하고 있었는데 정확히는 쓰러져 있는 평통을 바라보고 있었다.

 아니, 평통이 아니라 그 품에 안겨 있는 한 아이를 보고 있었던 것이다. 여인은 아무런 말 없이 양손을 들어 앞으로 까딱였다. 그러자 흑의인들이 다시 규앙 도장을 향해 덤벼들기 시작했다.

한데 여인은 규앙 도장을 목표로 하고 있지 않았다. 그녀는 신법을 펼쳐 옆으로 돌아가고 있었다. 바로 평통이 안고 있는 아이를 향해 다가서고 있었던 것이다.

"몇 명이나 남은 거야?"

진소곤은 눈으로 아이들을 세었다. 근 십여 명만 더 하면 될 듯싶었고 그럼 한숨 돌릴 수 있을 것처럼 보였다.

힘들어 허리가 부들부들 떨리고 있었지만 진소곤은 다시금 손을 내밀며 끈을 던졌다. 그리곤 한 아이의 몸을 잡으려 할 때였다.

콰아악! 투투툭!

"……!"

그 끈의 끝이 누군가에게 꽉 잡혀져 있었다. 그리곤 힘없이 뜯겨졌는데 진소곤은 그 자리에서 신형을 멈추었다. 나타난 사람은 삼목을 지닌 여인이었다.

"이거야 원… 중원에서 이런 아이를 보게 될 줄이야. 어디……."

우우우웅!

여인은 혼잣말을 하더니 바로 내력을 일으키기 시작했다. 이미 진소곤이나 무당의 다른 제자들은 신경도 쓰고 있지 않는 듯했는데 그녀가 신경 쓰는 것은 아무래도 평통의 품에 안겨 있는 여아 같아 보였다.

일순 주위의 공기가 차갑게 식어가는 듯하자 진소곤은 어금니를 꽉 깨물었다. 이러한 느낌이라면 전에도 한번 경험해 본 것이었다. 삼목 안에서 빛이 나며 몸이 움직이지 않을 때 느끼던 것이었다.

"……."

그러나 우려하던 일은 일어나지 않고 있었다. 그리고 그의 귓가에 여인의 목소리가 다시 들려왔다.

"정말이군. 이거야 원, 소 뒷걸음치다 쥐 잡은 격이군. 아니, 용을 잡은 격인가? 넌 나와 함께 가야겠다."

다른 사람들은 안중에도 없다는 듯 여인은 앞으로 다가오고 있었다. 진소곤은 자신도 모르게 앞으로 한 걸음 나서며 평통의 앞을 막아섰다. 물론 부상까지 당한 그가 여인을 막을 것이라고는 생각지 않았지만 그래도 그냥 있을 수는 없었다.

"마녀! 무슨 헛소리냐! 가긴 누가 너 따위와 같이 가!"

"모두들 앞쪽으로!"

진소곤은 소리쳤고 이어 무당의 무인들이 진소곤과 평통의 앞으로 나서고 있었다. 그러자 여인의 입에서 사이한 살소가 떠오르기 시작했다.

"하루살이 같은 놈들. 내가 가진 무공이 이것밖에 없어 보이더냐!"

피이잇!

순간적으로 여인의 신형이 사라졌다. 아니, 사라졌다고 생각한 순간 앞쪽으로 나가던 무당의 무인들 바로 앞에 나타나 있었다.

파파팟!

"우욱!"

"컥!"

뭘 어떻게 하는지 모를 정도로 여인의 손은 빨랐다. 그 빠른 손이 허공에 휘저어지자 앞에 있던 두 명의 무인이 바닥에 쓰러지고 있었다.

"……! 도운! 운상! 이 요망한 것! 차아앗~!"

진표의 얼굴이 확 일그러졌다. 어쨌든 그는 규앙 도장의 대제자, 바로 스승을 도우러 가지 못하는 것도 죄송스런 일인데 그의 앞에서 두 명의 사제가 쓰러지니 그의 눈이 붉어지기 시작했다. 너무도 화가 치밀어 올라 혈관이 파열된 듯싶은 것이다.

시링!

오로지 삼목을 지닌 여인 한 명을 향해 그는 앞으로 달려나갔다. 그리곤 현란한 초식 따위는 다 생략하고 빠름으로서 승부를 걸었다. 그것이 아니면 상황을 역전할 수가 없었던 것이다.

탓! 타탓! 파아앙!

그냥 빠르게만 움직인 것이 아니었다. 단 세 발을 내디디며 신형을 좌우로 흔들며 움직인 것인데 진표의 모습은 한순간에 세 명으로 보였다. 빠르기로만 따지면 쾌검의 정수를 익혔다고 해도 과언이 아니었던 것이다.

게다가 진표는 쾌검을 성명절기로 삼는 사람이 아니었다. 그의 성명절기는 사부와 같은 중검이었던 것이다.

"압천(壓天)!"

우우우웅!

진표는 검을 하늘 높이 치켜 올렸다가 바로 내려쳤다. 그러나 내려치는 그의 검날은 그리 빠르지 않았다. 대신 주위의 공기를 모두 내리누르고 있었다.

진표의 검은 옆으로 돌려져 있었다. 검날이 아닌 검면으로 누르는 것인데 그 효과는 대단했다. 삼목의 여인이 움직이질 못하고 있었던 것이다.

"파산(破山)!"

우드드드득!

기괴한 소리가 들려오고 있었다. 일갈과 함께 진표의 검은 땅바닥까지 내려왔고 주변의 내지가 뒤틀리는 소리가 들려오고 있었다. 당연한 이야기지만 여인의 신형 역시 뒤틀리고 있었다.

인간의 육신이 뒤틀린다는 것은 정말 잔인한 이야기였다. 하나 그만큼 상황은 위중했고 여인이 하는 짓을 보면 이렇게 대할 만했다. 그렇게 스스로를 위로하며 진표는 여인의 최후를 똑똑히 바라보았다.

"……."

한데 뭔가가 좀 이상했다. 여인의 모습은 머리에서부터 눌려져 끔찍한 모습을 보이고 있었지만 왠지 어떤 것이 좀 부족해 보였다. 그리고 그 부족한 것이 무엇인지 이젠 알 수 있었다.

피… 피가 흘러나오질 않았다. 이 정도의 부상이라면 막대한 양의 피를 흘리고 죽었어야 정상이었건만 그렇지가 않았던 것이다. 순간적으로 진표는 신형을 돌렸다. 하나 돌린 순간 목줄기에 따끔한 감각을 느꼈다.

"큭!"

"둔한 놈이로구나. 허깨비와 실체도 구분을 못하다니."

여인의 차가운 목소리가 들려오자 진표는 절망했다. 그가 죽인 것은 환영이었다. 실체는 다른 곳에 있었던 것이다.

"그따위 무공으로 날 제압할 수 있다고 생각했다니. 나 참."

어이없다는 투로 그녀는 입을 열곤 움직이고 있었다. 진표는 이를 악물며 몸을 움직이려 했지만 그럴 수가 없었다. 대관절 어떤 혈을 짚었는지조차 모를 상황인 것이다.

슬쩍 눈알만 돌려 쓰러진 두 사람을 바라보니 두 사람 역시 목 어림에 무언가가 꽂혀 있었다. 작은 나선형의 침이었는데 그 모습을 보니 자신의 목에 꽂힌 것이 어떤 것인지 미루어

짐작할 수 있었다. 마치 의원처럼 침을 놓아 그 효과를 극대화한 것이다.

"이 세 사람을 다 죽이려면 덤벼라. 아니라면 뒤로 물러서, 슬슬 짜증나는 참이니……."

여인은 마치 제 세상인 양 앞으로 다가오고 있었다. 진표의 사제들은 함부로 움직이지 못하고 뒤로 물러서기만 했는데 여인은 이윽고 평통이 안고 있는 아이의 앞까지 다가왔다.

"아이를 내놔. 그럼 살려주마."

"…미… 친……."

평통은 말을 잘 잇지 못했지만 그가 말하는 것이 어떤 것인지는 대강 알 수 있었다. 절대로 넘겨주지 못하겠다는 뜻인 것이다.

"참 귀찮게 만드는 놈들이군. 그럼 죽여서라도 데려가마!"

"누구 마음대로!"

진소곤은 일갈을 쳐내며 앞으로 달려나갔다. 진즉에 부러진 왼팔은 이미 옆구리에 단단히 고정시켜 놓은 상황이라 오른손밖엔 없지만 그는 상관없었다. 넘벼들려면 저 이상한 눈으로 몸이 굳기 전에 해야만 했던 것이다.

짜자작!

그냥 손을 쫙 펴고 앞으로 내밀었을 뿐인데 진소곤의 오른손에선 강한 내력이 휘돌고 있었다. 진소곤은 이른바 젖 먹던 힘까지 모두 끌어올렸던 것이다.

석화장에 내력이 주입된 것인데 여인은 비릿한 미소와 함께 손을 움직였다. 그러자 또다시 예의 그 이상한 침을 들고서 진소곤의 손을 찌르고 있었다.

까라라랑!

"……!"

처음으로 여인의 눈에서 당황한 기색이 보였다. 진소곤의 손에 어린 기운은 오른팔을 돌처럼 단단하게 만들어놓았고 그녀가 들던 침은 단박에 부러져 나간 것이다.

"차앗!"

기회라고 생각했다. 진소곤은 이 한 수에 목숨을 걸었다고 생각하고 호구를 펼쳤다. 그리곤 여인의 목 어림을 겨냥한 채 그대로 앞으로 나아갔다. 그의 생각은 그녀의 목을 잡아 바로 비틀어 버리는 것인 듯 보였다.

그러나 그것은 그의 생각일 뿐이었다. 여인의 눈에 나타난 당황한 기운은 나타날 때보다 더욱 빠르게 사라졌고 이내 그녀의 두 팔은 빠르게 움직이고 있었다.

타탓… 우드드득!

"크아아악!"

진소곤의 입에서 비명이 터져 나왔다. 여인이 진소곤의 두 팔을 잡아 비틀어 올린 것인데 진소곤의 팔은 기이한 모양으로 뒤틀려 있었다. 완전히 부러져 버린 것이다.

"벌레 같은 것들이 갈수록 가관이군. 썩 비켜나지 못해!"

퍼어억!

"후욱!"

진소곤의 복부에 여인의 발길질이 꽂히자 진소곤은 바람 빠지는 소리를 내며 뒤로 물러났다. 그는 자리에 풀썩 주저앉으며 먹은 것을 다 게워내고 있었는데 여인은 차가운 눈으로 일별한 뒤 다시 손을 뻗었다.

"자, 어서 가자꾸나. 여기 있는 사람들을 다 죽이고 싶지 않다면 말이다."

"……."

아이는 두려운 얼굴로 여인을 바라보았다. 어린 여아가 과연 이 여인의 말을 알아듣기라도 한 것인지 의심이 되긴 했지만 애당초 아이의 의사를 존중할 마음은 없었는지라 여인은 그대로 손을 뻗었다. 아이의 머리채를 휘어 잡아 데려갈 생각을 한 것이다. 한데…….

"……!"

타탓! 피리리릿!

갑자기 여인의 손이 빨리 움직이고 있었다. 우측을 향해 오른손을 쫙 뿌려낸 것인데 어두운 대기에 반짝이는 작은 물체들의 편린들이 보이고 있었다. 한 움큼의 침을 쏟아낸 것이다. 그리곤 빠르게 뒤로 물러났다.

갑자기 미친 것이 아닌가 하는 생각이 들 때였다. 어둠 속에서 한줄기 빛살이 번뜩이고 있었다.

파아아아앗!

"끼아아악!"

듣기만 해도 소름이 돋는 비명 소리가 허공에 울려 퍼지고 있었다. 여인은 바로 신형을 돌려 왔던 곳으로 빠르게 움직이고 있었다. 그러자 여인이 있던 곳에 사람의 형상이 보이고 있었다.

일단 키가 상당히 작았다. 사람이라면 아이 정도의 키인 듯 보였는데 자세히 보니 아이는 아니었다. 허리를 낮게 숙이고 있었던 것이다.

문득 진소곤의 눈에 그의 오른팔이 보이고 있었다. 그저 평범한 손, 어디서든 볼 수 있는 흔한 손이었다.

한데 그 팔의 끝에 한 자루의 도가 들려 있는 것이 보였다. 왠지 무겁고 약간 길어 보이는 도를 사내는 거꾸로 쥐고 있었다. 진소곤은 그 칼의 끝에서 뭔가 떨어지는 것을 보았다.

또옥… 똑…….

피였다. 칼끝에서 떨어진 피는 사내가 신형을 돌리자 옆으로 흩뿌려지듯이 튕겨지고 있었다.

투투툭.

하나 진소곤은 더 이상 사내의 칼끝에 신경 쓸 수가 없었다. 그가 돌아서자 이번엔 또 다른 눈이 보이고 있었다. 삼목은 아니었지만 삼목보다도 더욱더 두려운 눈이었다. 좌우로 길게 그 꼬리를 남기는 안광. 마치 야수의 그것과 같은 눈…….

 진소곤의 입이 작게 열렸다. 왠지 모르지만 그는 긴장이 쫙 풀어지는 것을 느끼며 자리에서 큰대(大) 자로 뻗었다.

 "…혀… 현백……. 큭큭큭!"

 이유는 알 수가 없었다. 왠지 진소곤의 입에선 작은 웃음이 흘러나오고 있었다. 그는 그렇게 긴장의 끈을 놓았다. 오늘 하루는 정말…… 참으로 긴 하루였다.

 팟… 파파팟!

 내력의 부딪침 따위도 없었다. 공기를 가르는 장연호의 검날에 따라 핏방울이 허공으로 튀고 있었다.

 탈명검… 그 대단한 위력이 오늘 유감없이 발휘되고 있었다. 규앙 도장은 거친 숨을 헐떡이며 새로이 나타난 사내를 바라보았다.

 그는 무당의 희망이었다. 무공도 그렇지만 정말 규앙이 좋아하는 것은 그의 인격이었다. 명리 따윈 언제든지 훌훌 털어버릴 수 있는 사람이 바로 눈앞에 있었다. 상연호는 그런 인물인 것이다.

 "늦어서 죄송합니다, 사형."

 파아앗!

 또 한 명의 목줄기에서 피를 솟구치게 하면서도 그는 입을 열었고 규앙은 고개를 끄덕였다. 늦게 온 것을 책할 이유는 없었다. 오히려 고맙기만 한데 뭐라고 할 이유가 없었던 것이다.

슬쩍 고개를 돌려 뒤쪽을 바라보니 이미 그곳도 위험은 사라진 듯이 보였다. 그곳엔 반가운 얼굴 하나가 보이고 있었는데 다름 아닌 현백의 얼굴이었다.

현백은 지금 삼목여인을 몰아붙이고 있는 중이었다. 아무래도 그는 삼목에 아무런 영향을 받지 않는 것처럼 보이고 있었는데 삼목여인은 연신 뒤로 물러서기만 할 뿐 여타의 공격을 하진 못하고 있었다.

"퇴, 퇴각! 퇴각한다!"

"사자님을 호위하라!"

여인의 뾰족한 목소리가 들려오더니 이내 흑의인들의 외침이 들려왔다. 그러자 여태껏 규앙을 공격하던 흑의인들 모두가 썰물 빠지듯 뒤로 물러나고 있었다.

물론 규앙이나 장연호가 그냥 놔둘 리는 없었다. 두 사람은 이젠 힘을 합쳐 앞으로 나갔는데 그때였다. 전면에서 거대한 폭음이 일어나고 있었다.

꽈아아앙!

"큭!"

귀청이 떨어져 나갈 듯한 소음에 현백은 비칠거렸다. 이어 자욱한 흙먼지가 피어오르자 세상은 더욱더 어두워지고 있었다. 피아의 구분도 없는 상황이 연출된 것이다.

달려나가려던 규앙과 장연호는 그 자리에서 멈출 수밖에

없었다. 아무리 규앙, 장연호, 그리고 현백 세 명만이 저 안으로 들어간다지만 서로 간에 칼부림을 할지도 모르는 상황인 것이다.

게다가 그들이 더 이상 가지 못하는 상황은 또 있었다. 충격으로 인해 머리 위의 흙들이 무너져 내리기 시작한 것이다.

"연호와 현백은 어서 뒤로 오거라! 그자들의 목숨보다 이 아이들의 목숨이 우선이다!"

쩌렁한 목소리로 규앙이 입을 열자 짙은 어둠 속에서 두 개의 그림자가 뒤로 섬전같이 빠져나오고 있었다. 좌우측으로 움직여 오는 두 사람은 장연호와 현백이었다.

"고맙다는 말도 제대로 못할 상황이구나. 일단 이곳을 빠져나간 후에 이야기하자."

"예, 사형. 저희가 온 길로 안내해 드리겠습니다."

말과 함께 장연호와 현백은 빠르게 움직여 아이들에게 다가서고 있었다. 이미 아이들 중 상당수는 정신을 차린 상태였다. 아마도 삼목을 지닌 여인이 사라지자 이렇게 된 것 같은데 아직까지 정신을 차리지 못한 아이들은 가부좌를 한 이십여 명의 아이들이었다.

그 아이들을 허리춤에 꿰어차고 사람들은 빠르게 이동하기 시작했다. 그렇게 무너지는 동굴을 뒤로한 채 사람들은 어둠 속으로 사라져 갔다.

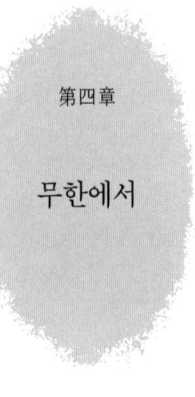

第四章

무한에서

1

"저… 장로님……."
"응?"
"뭐 하나 여쭈어봐도 될까요?"
개방의 무한 분타주 혁련월은 조심스런 목소리를 내었다. 그러자 모인 장로는 고개를 살짝 끄덕였는데 혁련월은 주위를 둘러보다가 이내 입을 열었다.
"이곳밖에 의심 가는 곳이 없다는 말도 이해를 하고, 또 그렇기 때문에 저를 비롯한 무한의 아이들을 모두 모은 것도 이해가 갑니다만……."
"그런데?"

조금은 심드렁한 모습이 모인에게서 보여지고 있었다. 그러자 혁련월은 더욱더 조심스런 모습으로 말을 이었다.

"대체 무엇을 더 기다리시는지 알 수가 없습니다. 오늘로 벌써 삼 일째입니다. 이곳에 오신 첫날 분명 무슨 징후를 보신 것 같았는데 왜 이렇게 보기만 하시는지요?"

그동안 내내 혁련월이 궁금하게 여기던 것을 기어이 물어봐서 그런지 혁련월의 얼굴은 쫙 펴져 있었다. 그러나 정반대로 대답을 해야 하는 모인의 얼굴은 살짝 구겨져 있었다.

"지난 며칠 동안 아무 말 없이 지켜보기에 알고 있는 줄 알았더니 모른단 말이더냐?"

"……."

살짝 힐책에 가까운 모인의 말에 혁련월은 등허리에 땀이 배이는 것이 느껴졌다. 아무리 개방에서 중견 이상의 급으로 통하는 그였지만 모인에 비한다면 새 발의 피나 마찬가지였던 것이다.

"확실한 상황을 알지도 못하면서 바로 쳐보자고? 지금 우리가 어디를 둘러싸고 있는지 몰라서 그래?"

"……."

혁련월은 이번에도 대답하지 못했다. 지금 혁련월이 수하들을 시켜 철통같은 경계를 서는 이곳은 성도의 심장부였다. 무한부(武漢部)를 완전히 둘러싸 버렸던 것이다.

그것도 이 장여 간격을 넘지 못할 정도로 촘촘히 사람들이 둘러싸고 있었다. 거기에 이곳 무한 자체를 또 한 번 둘러싸면서 아무도 이곳을 빠져나가지 못하도록 했던 것이다.

"물론 저도 잘 알고 있습니다. 하나 이 정도의 시간 동안 아무런 소득도 없다면 이젠 빨리 다른 방법을 찾아야 하는 것 아닐는지요. 아무래도 이곳에 사라진 일행은 없는 것 같……."

"이놈아, 그 녀석들이 없다면 왜 우리가 이곳에 있을 것 같으냐? 응?"

"…그럼 이곳에 있단 말입니까?"

어두워져 가는 하늘 아래 혁련월의 목소리가 조금 커져 있었다. 피식 웃으며 모인이 이야기하려던 찰나 어디선가 다른 목소리가 먼저 들려왔다.

"거의 그럴 확률이 높아. 역시 그놈이 틀림없어."

"그렇습니다. 분명 그 녀석이었습니다."

"……."

나타난 사람은 오호십장절 토현과 양평산이었다. 며칠간 계속 보이지 않아 이상하게 여기던 참이었는데 갑자기 나타난 그들의 모습에 혁련월은 긴장하며 고개를 숙였다.

"두 분 장로님을 뵙습니다."

"그래, 그동안 기다리느라고 좀이 쑤시더냐?"

"아니… 그런 것은 아닙니다만……."

양평산의 말에 혁련월은 다시금 입을 열었다. 문득 모인의 목소리가 다시금 들려왔다.

"틀림없습니까, 그놈이?"

"그래, 그놈이었다. 모습을 숨긴 채 무한부에 숨어 있기는 하지만 틀림없는 그놈의 느낌이야."

토현이 고개를 끄덕이자 모인은 어금니를 꽉 깨물었다. 역시 이 안에 무언가가 있는 것이 확실한 것이다.

"……."

그러자 마냥 세 사람만 지켜보던 혁련월은 눈만 껌벅거릴 뿐이었다. 혁련월의 그러한 모습에 양평산은 실소를 지으며 입을 열었다.

"훗! 아무래도 둘째 형님이 아무런 말씀도 하지 않으신 것 같구려. 이 안에 양명당의 졸개들이 숨어 있는 것 같구나. 그리고 그것이 이도와 오유가 있는 이유가 될 것이다."

"……."

양평산이 설명했지만 혁련월은 여전히 잘 알 수가 없었다. 양평산은 쓴웃음과 함께 입을 열어 더욱 자세히 설명하기 시작했다.

처음 세 사람이 이곳에 바람처럼 도착했을 때 세 사람은 누군가의 자취를 느꼈다. 세 사람이 주의를 기울이는 데도 어디인지 모를 정도로 상대는 은신의 귀재였다.

왠지 이상한 느낌에 그 존재를 찾으려 모인은 눈을 빛내며 주위를 둘러봤지만 나머지 두 사람의 반응이 좀 이상했다. 그들은 서로의 얼굴을 보며 신중한 얼굴을 하고 있었던 것이다.

바로 그 느낌은 이전에 현백과 창룡이 비무할 때, 현백을 암격한 자들을 이끌던 놈이었다. 그의 종적을 쫓아 토현과 양평산은 움직였었고 부상을 입힐 수는 있었지만 잡을 수는 없었던 놈인 것이다.

분명 그자는 그때 양명당 근처에서 사라졌었던 것으로 기억했다. 십중팔구 양명당의 인물일 확률이 컸던 것이다.

"이제야 알겠습니다. 왜 이곳에서 계속 이렇게 있어야만 하는지……. 확신이 필요하셨군요."

"그래, 확신이 필요했지. 그리고 그간 지켜본 결과 확신이 섰다. 이젠 들어가는 것이 어떻겠습니까?"

"물론이다. 마냥 기다릴 수만은 없지. 후원 쪽에서 그놈의 기운이 느껴지니. 게다가 그동안 그토록 찾던 의원들이 모두 이곳에 다 와 있는 듯한 모양새구나. 하니 이젠 가자꾸나."

토현은 말과 함께 신형을 돌렸고 그의 움직임에 모두의 신형이 움직였다. 점점 어두워져 가는 하늘 아래 수십여 명의 개방 제자들이 조용히 움직이고 있었고 그들 모두 다 무한부의 정문으로 향하고 있었다.

* * *

"후우우……."

규앙 도장은 큰 호흡을 내쉬고 있었다. 땀이 송골송골 배어나오는 이마를 훔칠 생각도 하지 않은 채 가부좌만 내리 틀고 있었는데 그의 앞에는 한 아이가 그처럼 가부좌를 틀고 있었다.

"사부님, 이제 좀 쉬셔야 합니다. 더 이상 내력을 쉼없이 쓰시면 사부님께서 위험합니다."

"그렇다고 그냥 있을 수는 없지 않으냐. 여러 소리 말고 어서 다른 아이를 내게 데려오너라. 시간이 별로 없다."

대제자 진표는 걱정스런 목소리로 규앙 도장을 말리고 있었지만 규앙의 생각은 단호했다. 진표는 결국 뒤로 한 걸음 물러나 규앙 도장을 바라볼 수밖에 없었고 규앙은 또 한 아이를 앞에 앉혀놓고는 오른손을 아이의 등에 대었다.

규앙 도장의 머리 위에서 작은 수증기가 피어오르고 있었다. 그는 내력으로 무언가 하는 듯 보였는데 다름 아닌 아이들의 치유였다. 어떤 일을 당했는지 모르나 일단 아이들에게 내력으로 힘을 북돋아주는 것이다.

"……."

지켜보는 진표는 결국 이를 악물며 고개를 돌릴 수밖에 없었는데 그야말로 참담한 순간이었다. 모자라는 무공으로 스승의 자리를 채울 수가 없는 것이었다.

아니, 그것은 진표뿐만이 아니었다. 보는 사람 모두가 다 같은 생각을 하고 있었는데 특히 한쪽 구석에서 규앙을 바라보는 장연호는 더했다. 그의 무공은 이미 규앙 도장을 넘어섰건만 그가 할 수 있는 일이 없었다.

아이들의 상처는 내력으로 고치는 것이 아니었다. 그것은 내력이라기보다는 정신력에 가까운 것인데 바로 도력이라 불리는 것이 있어야 했다.

규앙 도장은 무공도 무공이지만 입문 때부터 도사의 길을 그 누구보다 충실하게 닦아온 사람이었다. 그러하기에 비단 무공에 관한 것뿐만이 아니라 도력에 힘을 많이 써서 상당한 수준에 올라 있었다.

바로 그 도력으로 아이들을 치유하는 것이다. 사실 치유라기보다는 조금 눌러놓는 것이나 다름없었지만 이건 엄연히 무공과는 달랐다. 도력은 몸이 아니라 마음에 관계된 것이기에…….

"자네는 돌아가 봐야 하지 않나?"

"…믿을 만한 친구가 있다고 하지 않았나. 어차피 지금 달려가도 상황은 늦어."

장연호의 목소리에 현백은 조용히 입을 열었다. 그러자 장연호는 고개를 돌리며 다시 입을 열었다.

"그 창룡인가 하는 친구 말인가? 참으로 궁금하군 그래. 자네가 그토록 믿고 있는 사람이 있다니……."

조금은 의외라는 듯 장연호가 말했다. 이제 두 사람의 대화는 상당히 친밀했는데 성도를 떠나고부터 같이 다닌 것이 정이 들었는지 거의 격식이 없는 대화를 하고 있었다.

"내가 사람을 믿지 않는다고 한 적 있던가?"

"아니, 그런 적은 없지. 하나 사람은 말보다 얼굴이 더더욱 많은 말을 할 때가 있네. 그리고 자넬 보는 사람 대부분은 그런 생각에 동의를 할 것일세."

"…지금 그걸 농담이라고 하는 건가?"

되지도 않는 농담을 지껄이는 장연호를 보며 현백은 한쪽 눈을 살짝 찌푸리며 입을 열었다. 장연호의 말은 현백에게 사람이 함부로 다가갈 수 없음을 넌지시 말하는 것이었다.

"아니, 그냥 이렇게 할 일 없이 있으니 답답해서 말이야……."

조금은 씁쓸한 표정을 지으며 장연호가 말하자 현백은 고개를 살짝 끄덕였다. 그리곤 다시 장연호를 향해 물었다.

"그럼 다른 이야기를 하지. 이번 영무지회의 무당 대표라 들었다. 한데 왜 여기 있는 거지?"

"…더 싫은 이야기를 하란 말인가?"

현백의 말에 장연호는 비릿한 웃음을 지었다. 왠지 그의 표정은 그리 좋지 않았는데 장연호는 슬며시 눈을 돌려 주위를 바라보았다.

이곳은 사람이 없는 빈 농가였다. 수해가 오기 전 기근이

심했었는데 아마 그 때문인 듯싶었다. 일행은 그 농가의 대청에 모여 있었던 것이다.

장연호의 감각에 많은 사람들의 기운이 걸려들고 있었다. 모두들 딴 짓을 하는 것 같아도 장연호의 행동에 다 주목하고 있었다. 장연호는 쓴웃음을 지으며 입을 열었다.

"못할 이야기도 아니니 해주지. 간단하네."

"……."

"아내가 황학루를 보고 싶어했네. 그래서 그냥 왔지."

"……."

정말 황당한 이야기였다. 웬만하면 놀라는 성격이 아닌 현백도 그의 말엔 고개를 갸웃거렸다. 어쩌면 진짜 이유를 말하기 싫어하는 것일 수도 있었다.

"내가 거짓을 이야기하는 것이라곤 생각지 말게나. 자네에게 거짓을 말하고 싶은 생각은 추호도 없네."

"너를 알기에 거짓이라 생각지 않는다. 헛헛! 녀석, 과연 너답구나."

장연호의 말에 대답을 한 것은 현백이 아니었다. 바로 규앙 도장이었는데 그는 이제 막 마지막 아이를 보고 일어서고 있었다. 땀을 비 오듯 흘리지만 기분은 좋은지 만면에 웃음을 짓고 있었다.

"도움이 되지 못해 죄송합니다."

"아니다. 어찌 네가 미안할 일이더냐? 악독한 무공을 가진 그 사갈 같은 여인이 문제이지."

규앙은 너털웃음을 지으며 현백과 장연호의 앞으로 다가왔다. 그리곤 앉으면서 다시 입을 열었다.

"게다가 능력이 모자라 저 아이들은 손도 못 대고 있네. 후, 무량수불."

도호를 외며 규앙은 눈을 돌렸다. 그곳엔 이십여 명의 아이들이 가부좌를 틀고 있었는데 그들은 흑의인들이 시간이 없어 건드리지 못한 아이들이었다.

그곳엔 평통과 진소곤이 한 여아와 함께 아이들을 돌보고 있었다. 규앙은 그저 하늘에 감사하는 마음뿐이었다.

토굴이 무너져 내리는 줄 알았건만 그렇지는 않았다. 내심 규앙은 아이들을 데리고 나오지 못하면 어쩌나 했는데 결국 아이들을 다 데리고 나올 수 있었다.

나오는 길엔 아무도 그들을 제지하지 않았다. 덕분에 사람들은 안심하고 아이들을 다 데리고 나왔는데 모든 일이 다 끝나자 근 한 시진 가까이 걸리게 되었다.

"뭔가 하기는 한 것 같은데 내관질 이 아이들에게 무슨 짓을 했는지 알 길이 없구나. 그것이라도 알면 뭔가 돌파구를 찾을 수 있으련만……."

이해가 안 간다는 듯 그는 고개를 좌우로 저으며 입을 열었다. 어째서 이 아이들을 잡아왔고 그 아이들로 무엇을 했는지는 결국 알 수 없었다. 단서라고는 정신이 멀쩡한 아이 한 명이 있으니 그 아이에게 물어볼 수 있었지만 아이는 별다른 도움이 되질 않았다.

그저 입에 뭔가를 물고 있었다는 것만 기억할 뿐 그 외엔 어떠한 것도 도움이 되질 않았던 것이다. 게다가 입에 물고 있었던 것도 어느 사이엔가 빠져나가 버려 어떤 것인지조차 몰랐다.

다만 굳이 알고자 한다면 지금 가부좌를 틀고 있는 채 미동도 없는 아이들, 그 아이들의 입에는 아직도 있으니 빼낼 수는 있었다. 하나 그렇게 할 수는 없었다. 지금 저 아이들을 조금이라도 건드린다면 그들의 목숨을 보장할 수가 없었던 것이다.

"기(氣)와 신(身)을 연결시켜 놓았으니 함부로 건드리기도 힘들고. 아마도 장문인 정도는 돼야 가능할 듯싶구나. 허참."

규앙은 쓸쓸한 미소를 지었고 이내 눈을 돌려 신경을 돌리는 듯했다. 하나 그것이 상황을 회피하는 것이 아님을 누구나 알 수 있었다. 눈앞에 있으면서도 아무것도 할 수 없다는 것이 얼마나 사람을 무력감에 빠지게 하는지 다들 잘 알고 있었던 것이다.

"그렇다면 장문인에게 가야지요. 그래서라도 아이들을 제정신으로 돌려야 하지 않겠습니까?"

"물론 그렇게 해야지. 하나 시일이 좀 걸릴 것 같구나. 이 정도의 아이들을 데리고 가려면 말이다."

무당으로 가는 길은 여기서 그리 멀지 않았다. 보통 경우라면 늦어도 보름 이내엔 닿을 거리가 바로 무당산이었지만 이 아이들을 다 데려가려면 시일이 많이 걸릴 것이 뻔했다. 아무리 생각해도 한 달 이상이었던 것이다.

"그렇다면 방법을 바꾸어야 하지 않겠습니까? 무당산이 아니라 성도가 어떻겠습니까?"

"응?"

문득 들려오는 목소리에 규앙은 고개를 돌렸다. 언제 왔는지 진소곤이 일 장 앞에 다가오고 있었는데 규앙은 잠시 생각에 잠겼다.

확실히 그 방법이 좋을 것도 같았다. 이 일은 비단 무당의 일만이 아니었다. 전 무림이 다 같이 나서도 괜찮을 만한 일이었고 특히 그곳에서 지금 말한 진소곤이 속한 개방의 도움을 받는다면 더욱더 좋았다. 무한 분타의 연락망으로 인해 개방삼장로라도 온다면 그것처럼 좋은 일은 없었으니 말이다.

"제 생각도 같습니다. 본산까지 시일이 너무나 많이 걸립니다. 하니 무한으로 가시지요."

대제자 진표까지 이야기하자 규앙은 결정을 내렸다. 그는 고개를 끄덕이며 바로 입을 열었다.

"그래, 그렇다면 모두들 성도로 가기로 하자. 한데 이 아이들은 어떻게 데려간다?"

"저와 이 친구가 먼저 출발하면서 이쪽으로 마차를 보내겠습니다. 제일 가까운 마을에서 말입니다. 그럼 그 마차를 타고 오시는 것이 어떻겠습니까?"

마치 혼잣말 같은 그의 질문에 대답한 사람은 장연호였다. 그러자 규앙은 싱긋 웃으면서 대답했다.

"그래, 그 방법 외엔 없을 것 같구나. 지금 출발하겠느냐?"

"그렇게 하겠습니다. 하면 성도에서 뵙겠습니다."

짧은 한마디를 남기고 장연호는 신형을 돌렸다. 그러자 현백 역시 신형을 돌렸는데 두 사람은 움직이다 한 사람의 앞에서 멈추었다. 스스로 심맥을 끊어버린 평통의 앞이었다.

장연호나 현백 모두 아무런 말도 하지 않은 채 그저 평통을 바라만 보고 있었다. 평통 역시 옅은 웃음을 짓고 있을 뿐, 그 외에 어떤 행동도 하고 있지 않았다. 문득 그들의 귓가에 진소곤의 목소리가 들려왔다.

"어째 우리만 도움을 받은 꼴이 되었군요. 이럴 생각은 아니었는데……."

"…상황이 이렇게 된 것일 뿐이오. 게다가 내 목표도 어느 정도는 달성했고."

어느 정도 목표를 달성했다고는 하지만 그것이 거짓임을 누구나 다 알고 있었다. 진소곤이 알기로는 이곳에서 현백이 얻은 것은 거의 없었다. 양명당의 사람들을 찾기 위해 왔다고는 했지만 결국 사람들을 대신하여 싸워주었을 뿐 별다른 소득은 없었던 것이다.

"그렇게 생각해 주니 고마울 따름이오. 이 녀석도 고마워할 것이오."

슬쩍 턱을 주억거리며 평통을 가리키자 평통은 보일 듯 말 듯 고개를 끄덕이고 있었다. 스스로 심맥을 끊은 그로서는 죽지 않은 것이 다행이었다. 아직은 말하기조차 힘들 것이니 말이다.

문득 현백의 눈에 한 아이의 모습이 보였다. 가만히 누워 있는 평통의 옆에 앉아 있는 아이. 그 아이는 이곳에서 유일하게 제정신인 아이였다. 나머지 아이들은 모두들 어딘가 멍해 있었던 것이다.

"저도… 감사드립니다."

"……."

쪼롱한 아이의 목소리가 들려왔다. 인사를 받으러 온 것은 아니지만 왠지 현백의 마음 한구석이 조금 풀려 나가고 있었다. 그러다 현백은 아이의 이름을 생각해 내었다.

소이… 소이라고 했다. 문득 현백은 작은 기억 하나를 떠올렸다. 이곳에 오기 전 한 아이가 해주었던 말을 말이다.

"양호란 아이를 아느냐?"

"……! 양호! 어디 있어요, 양호? 예?"

반가운 이름에 여아는 뛸 듯이 기뻐했다. 역시 그 아이가 말한 애들 중 한 명이 틀림없었는데 현백은 다시 입을 열었다.

"네가 있던 곳에서 잘 있다. 곧 보게 될 것이다."

뭔가 따뜻한 말을 해주고 싶지만 그게 잘되지 않았다. 그러고 보니 현백이 가진 인간관계는 그리 말이 많은 관계가 아니었다. 아니, 그런 말들이 필요가 없는 관계였었던 것이다.

충무대원들조차 서로가 서로를 돕는 것을 당연하게 여겼기에 고맙다는 말은 하지 않았었다. 중원에 와서도 몇 명만 같이 다니니 그러한 말을 하고 다닐 이유가 없었다.

왠지 머쓱한 기분에 현백은 신형을 돌렸다. 그리곤 허름한 집을 나서려는 순간이었다.

"고맙습니다!"

작은 여아의 높은 목소리가 들려오자 현백은 다시 고개를 돌렸다. 그곳엔 소이가 고개를 힘차게 숙이며 활짝 웃고 있었다.

"……."

왠지 어색한 기분에 현백은 그냥 본체만체하며 바로 신형을 돌렸다. 그리곤 집 밖으로 완전히 벗어날 때였다.

"한마디 정도는 해주어도 되는 거 아닌가? 괜찮다고 말이야. 그래야 협사답지."

장연호였다. 현백이 살짝 눈을 흘기자 한쪽 얼굴을 찡그리며 웃는 그의 얼굴이 보였다.

"하긴 자네 얼굴 보니 그런 것에 연연하진 않을 것 같군.

하나 가끔은 나 잘났다고 우기는 것도 필요할 터인데……."

"그런 일은 없을 것일세."

현백은 단호한 어투로 입을 열고는 바로 움직였다. 그러자 그의 뒷모습을 보며 장연호는 한쪽 입술을 비틀어 올리며 입을 열었다.

"그래, 없을지도 모르지. 그래서 내가 이렇게 신경 쓰이는지도 모르고 말이야."

달랐다. 현백은 여타의 사람들과는 전혀 다른 사람이었다. 무공이 강하다고 남을 업신여기지도 않는다. 하나 그렇다고 해서 나이 먹은 은자(隱者)처럼 굴지도 않았다. 기분 내키는 대로 사람에게 살검을 휘두르는 것이 현백이었다.

변덕이 심하다거나 성격이 좋지 못해 그런 것이 아니었다. 가치관. 그가 가진 가치관이 일반인과는 남다른 것뿐이었다. 한데 그런 가치관을 가진 사람을 아직까지 장연호는 본 적이 없었다. 현백 외에는 말이다.

"하나 그렇게… 계속 강호를 살아갈 수 있을까?"

왠지 자조적인 독백을 흘려내는 장연호였다.

*　　　　*　　　　*

"이… 이자들은 대체 어디로 간 것이냐!"

"사자님, 진정하십시오. 일단 상처부터 돌보심이 옳습

니……."

"이따위 피 몇 방울이 중요하더냐! 쓸데없는 짓 말고 저리 비켜!"

팔에 난 상처를 동여매려는 수하를 그녀는 거칠게 밀어붙였다. 이미 그녀의 오른팔은 피로 물들었지만 얼굴엔 아픈 표정보다 분한 표정이 더 많이 떠오르고 있었다.

"그냥 별것 아닌 놈인 줄 알았건만… 어째서 이렇게 사사건건 내 일에 훼방이야!"

파아앙!

오른발을 힘껏 구르며 그녀는 가슴에 치밀어 오르는 분노를 표출했다. 그녀의 옆에 있던 흑의인들은 그저 조용히 있을 수밖에 없었는데 여인은 자신의 옷섶을 그대로 잡아뜯었다.

부우욱!

속내의가 그대로 보이는 낯뜨거운 모습이지만 여인을 비롯한 흑의인들은 아무런 생각도 없는 듯 보였다. 사자라 불린 여인은 다친 오른팔에 천을 칭칭 감은 후 매듭을 지었다. 그리곤 눈을 돌려 누군가를 향해 입을 열었다.

"빌어먹을 중원 놈들! 믿을 놈이라곤 하나도 없구나. 어서 월성님이나 만나뵈야겠다. 이놈들을 믿다가는 내 명에 못 죽겠다. 월성님께서 어디에 계신지 어서 알아보거라."

"예, 사자님."

여인의 말에 흑의인들은 복명복창을 했다. 여인은 아랫입술을 한 번 질겅 깨물고는 갑자기 누군가에게 손을 벌리자 한 사내가 품속에서 무언가를 꺼내었다.

"두 개면 충분하다. 나머지는 거두어놔라."

"예, 사자님."

여인의 말에 사내는 공손히 나머지 것을 거두었는데 그것은 작은 보석 같은 것이었다. 바로 아이들에게서 모은 순음의 기운이었던 것이다.

사내의 손에서 두 개를 꺼낸 여인은 바로 입으로 가져갔다. 그리곤 꿀꺽하고 삼켰다.

"후우우… 그럼 잠시 잠 좀 자볼까?"

말과 함께 그녀는 정말 잘 생각인지 그 자리에서 편하게 눕고 있었는데 그녀의 몸 주변에 기이한 연기가 피어오르고 있었다.

"그리고 참, 너희들……."

갑자기 생각이 났다는 듯 그녀는 눈을 돌렸다. 그리곤 흑의인들을 향해 입을 열었다.

"분명히 이야기했다. 난 이곳에서 사자가 아니다. 미호라고 몇 번을 이야기해야 알아들어?"

"……."

여인의 눈빛이 대번에 차갑게 얼어붙고 있었다. 그녀는 뭐라고 더 이야기하려다 이내 입을 다물었다. 갑자기 입술이 파리해지며 입김이 나오기 시작했기 때문인데 여인의 음성이 다시 들려왔다.

"한 시진 동안… 건드리지… 마라……."

마지막 음성은 희미해져 무슨 말인지 알아들을 수가 없었지만 흑의인들은 마치 오래전부터 연습해 왔던 모양인 듯 조용히 여인을 둘러싸기 시작했다.

완연한 어둠이 세상을 휩쓸고 세상은 적막에 휩싸이고 있었다. 우거진 수풀의 장막 아래 미호와 사내들은 마치 나무라도 된 듯 미동도 없었다.

*   *   *

"참으로 무도한 자들이로다! 이곳이 어디라고 야료를 부리는가!"

"야료가 아니라 의혹을 풀고자 함이오. 하늘 아래 부끄러움이 없다면 어째서 우리의 출입을 허가하지 않는 것이오?"

포정사 종요의 말에 모인은 나긋한 목소리를 내었다. 최대한 부드럽게 이야기하려 했지만 말의 내용상 어투만 부드럽다고 해결될 일이 아니었다. 결국은 이렇게 될 수순이었던 것이다.

개방의 일행이 무한부에 들어와 본격적인 이야기를 하려는 것이 벌써 한 시진 전이었다. 물론 시간이 늦은 것은 미안하게 여기는 바이지만 그렇다고 해서 그냥 돌아갈 수도 없는 문제였다.

찰나간의 시간도 더 이상 허비할 수가 없었다. 시간이 지나면 지날수록 사라진 일행의 목숨이 위험해지기 때문이었다.

분명 누군지는 모르나 일행을 데려간 자는 의도한 바가 있을 터였다. 그렇다면 그가 원래 계획대로 하도록 빠르게 압박하는 것이 좋았다. 그렇지 않으면 쓸모없다는 인상을 주게 되어 죽일 수도 있는 것이다.

한데 문제는 그 주체가 아직 모호하다는 데 있었고 아직은 의심일 뿐이지만 관부가 연관되어 있다는 점에 있었다. 함부로 막 나갈 수는 없는 상황인 것이다. 그런데 이미 그렇게 반쯤은 되어버린 듯싶었다.

"대관절 무슨 일인지 모르나 관부를 포위하다니! 황상의 권위에 먹칠을 해도 유분수지 어디서 이런 행패인가! 출입을 허가하지 않는다면 너희들이 어찌 이곳에 와 있겠나! 이곳은 그 누구에게도 열려진 공간이지만 그것도 여기뿐이다. 이 뒤로 들어간다 함은 대명을 인정하지 못한다는 뜻이며 황제 폐하는 안중에도 없다는 뜻이다! 알겠는가!"

생각보다 강경한 어조로 종요는 입을 열었다. 그는 얼굴이 벌게져서 소리쳤는데 사실 그 말은 틀린 말이 아니었다.

이곳은 앞마당도 아닌 의사청이었다. 국문도 이곳에서 행해지고 포고도 이곳에서 행해진다. 즉, 일반인이 이곳 무한부에 들어올 수 있는 최대한의 장소가 여기뿐인 것이다.

물론 예외도 있다. 더 깊은 곳으로 들어갈 수 있는 사람도 있는데 그중 대표적인 것이 범법자였다. 감옥은 가장 깊은 곳에 있으니 말이다.

"분명 이곳으로 암습자의 그림자가 어른거리고 있소이다. 이는 포정사 종 대인뿐만이 아니라 이곳에 살고 있는 모든 사람들에게 위험한 일이오. 하니 우리가 나서 그 암습자의 정체를 밝히리라."

"허허허, 이보시오. 이곳은 관부이기도 하지만 이 지방의 병권이 있는 곳이기도 하오이다. 각 대인이 성도수비 문제로 잠시 나가 있다고 해서 이곳이 그토록 허술한 곳이라곤 생각지 않소이다. 하니 썩 나가시오! 더 이상의 무례는 용서치 않으리라!"

추상과도 같은 소리였다. 생각할 것도 없다는 듯 종요는 준엄한 표정으로 인상을 쓴 채 오른손의 짧은 판관봉(判官棒)을 길게 휘두르고 있었다.

"그러시다면 다른 부탁을 드리겠소이다. 듣자 하니 이곳에 무한에 있는 의원은 거의 다 있다고 하는데 그들을 만나볼 수는 있겠소이까? 설마 이것도 안 된다고는 아니 하시겠지요?"

"뭐라, 의원?"

양평산의 말에 종요는 다시 눈썹을 살짝 떨었다. 그 모습을 보며 양평산은 속을 차분히 가라앉히려 무진 애를 쓰고 있었다.

 이곳에 있는 혁련월의 말을 들어볼 때 이 종요라는 인물은 상당히 후덕하고 강호 무인들과의 관계를 아주 편히 가지는 사람이라고 했다. 그래서 별다른 생각 없이 들어온 것인데 듣던 것과는 전혀 달랐던 것이다.

 막혀도 이렇게 막혀 있는 사람은 없었다. 강호의 배분으로 본다면 여기 온 개방삼장로는 상당한 배분의 사람이었다. 아니, 강호의 배분이 아니더라도 그냥 나이로만 봐도 저 종요란 인물이 함부로 할 수 없는 것이 이 세 사람이었다.

 그런데 조심은커녕 완전히 하대에다가 전형적인 관료의 모습을 보여주고 있었다. 황당할 정도로 평판이 다른 것이다.

 "얼마 전 괴무리들이 이곳 성도로 왔을 때 우리 군사들이 사력을 다해 막았다. 그런 연유로 다친 병사들이 부지기수인데 그들을 고치는 의원을 만나서 무얼 어찌하겠다는 것인가! 쓸데없는 짓 말고 썩 돌아가라!"

 "……."

 마지막 기대까지 참담하게 무너지는 순간이었다. 들어올 때 어느 정도 짐작이야 했지만 뭔가 수가 있을 줄만 알았었다. 그런데 수는커녕 아무런 일도 할 수 없는 상황이 된 것이다.

 토현과 모인, 그리고 양평산은 양 주먹을 꽉 쥐며 어금니를 깨물었다. 상황이 이렇다면 방법은 단 하나였다. 조용히 들어가는 것, 그뿐인 것이다.

그렇기 위해선 그냥 뒤로 물러서는 것이 좋았다. 그렇게 세 사람이 서로의 의중을 눈빛으로 교환할 때였다.

"참으로 답답하신 분입니다. 어찌해 이렇게 말귀를 못 알아들으시는지. 그러고도 현관이라 할 수 있겠소이까?"

"감히 누가 현관을 운운하는가!"

어디선가 들려온 목소리에 종요의 눈이 확 뒤집혀지고 있었다. 각기 서로가 건들지 말아야 할 것을 건드리니 당연히 그렇게 된 것이다. 한 사내가 앞으로 나섰다.

"무당의 경호라 하외다. 보면 볼수록 속이 터져 앞으로 나왔소이다. 아, 천하의 관부가 이렇게 백성을 업신여겨도 됩니까? 이봐요, 혁 형, 그리고 양 형 두 분 말을 들으니 저 종 대인이란 사람이 아주 현명하고 사려가 깊다고 하는데 지금 보니 전혀 아니올시다."

"이보게, 경호! 이 무슨 추태인가? 그만 하시게!"

당황한 혁련월은 갑작스런 경호의 발언을 막기 위해 앞으로 나왔지만 경호는 손사래를 치며 이야기했다.

"백성의 말을 듣지 않는 자가 어찌 현관이라 할 수 있겠소이까? 탐관오리가 달리 탐관오리일까? 귀를 닫아버리는 것부터 출발하는 것이 탐관오리가 아니오이까?"

"이 사람이 진짜!"

혁련월뿐만이 아니라 그 옆에 있는 양창무관의 양소추도

마찬가지로 당황하고 있었다. 이젠 도가 지나쳐도 한참 지나친 것이다.

꽈아앙!

"갈! 말을 함부로 하는구나! 경을 쳐야 될 상황이긴 하나 그간 무한에 한 일을 보아 한 번은 참는다! 어서 돌아가거라!"

경호의 말에 종요는 화가 머리끝까지 치밀어 오른 듯이 보였다. 그는 수중의 판관봉으로 책상을 내려치며 커다랗게 소리쳤는데 양평산은 그 말에 눈썹을 절로 찌푸렸다.

경호의 마음은 잘 알겠지만 지금 그가 나설 때가 아니었다. 대관절 무슨 이유로 여기 와 있는지 모르지만 어떻게 본다면 그와 혁련월, 그리고 양소추란 인물은 여기 온 것이 짐이었다.

차라리 그냥 조용히 있어주는 것이 더 도움이 되는 일이었다. 그렇게 안하무인 같은 태도를 보여주는 종요를 향해 양평산이 입을 열어 주의를 주려 할 때였다.

"삼제, 잠시만……."

"예?"

"저쪽을 보게나."

모인이 그를 제지하며 슬며시 턱짓으로 한 방향을 가리키자 양평산은 고개를 돌렸다. 그리곤 눈을 반짝였다.

그곳엔 한 여인이 있었다. 바로 이곳 관부를 의심하게 만든 예소수의 모습이었는데 경호의 옆에 있던 그녀는 한 손으로 입을 살짝 가리고 있었다.

아마도 그녀는 경호란 청년에게 뭔가를 계속 이야기하는 듯 보였는데 그제야 왜 경호가 저토록 무례하게 나왔는지 알 수 있었던 것이다.

합법적으로 이곳을 수색하고 싶은 것이다. 아마도 가장 깊은 곳에 감금해 놨을 테니, 그렇다면 감옥이 제일 유력했다.

"참기는 어떻게 참는단 말이오! 지금 상황을 용서한다면 앞으로도 계속 같은 결과가 있을 것이외다. 절대 있어서는 안 될 일이외다!"

"……!"

어디선가 낯선 음성이 들려오자 종요의 얼굴이 확 변했다. 소리친 사람은 도지휘사사 각운평이었던 것이다.

성도 내의 중요 거점을 돌아본 후 바로 돌아온 모양인데 그는 노한 얼굴을 만들며 앞으로 걸어나오고 있었다. 그리곤 경호의 앞에 서서 그대로 손을 들어 외쳤다.

"뭣들 하느냐! 당장 이자를 하옥시켜라! 이곳은 황제의 율법을 행하는 곳, 그 어떤 예외도 없다!"

"예, 장군님!"

그의 추상같은 목소리에 군사들이 달려와 경호를 좌우에서 붙잡았다. 예상대로 경호는 전혀 저항을 하지 않았는데 목적대로 된 것이니 그럴 필요가 없었던 것이다.

"허어, 이 무슨 짓이오이까! 아무리 관부라 하나 관과 무림은 암묵적인 묵계가 있는 법. 함부로 사람을 가둘 수는 없소이다!"

"억!"

누군가 빠른 신형으로 앞에 나와 경호를 잡은 한 군사의 어깨를 틀어쥐고 있었다. 그러자 각운평이 얼굴을 확 일그러뜨렸는데 나타난 사람은 바로 모인 장로였다.

"감히 관인의 몸에 손을 대다니! 여봐라! 같이 하옥시켜라! 내 이들의 죄는 내일 물을 것이다!"

"예, 장군님!"

또다시 군사들이 모인을 둘러쌌고 결국 모인과 경호는 안쪽으로 끌려갔다. 각운평은 주위를 경계하며 앞으로 재빠르게 움직였는데 아무리 이곳이 관부라 해도 상대는 무림인들이었다. 마음먹고 덤벼든다면 이길 수가 없는 상대들인 것이다.

그것도 수십여 명의 무림인들이었다. 그러나 우려하던 일은 일어나지 않았기에 그는 작은 한숨을 쉬었다. 그때였다.

"각 장군, 아무리 이들의 죄가 무겁기는 하나 성도를 위해 노력한 사람들이오. 그냥 보내주는 것이 어떻소?"

"일단 구금하기로 한 이상 그렇게 해야만 하오이다. 그렇지 않으면 관의 위세가 서질 않소이다."

"하나 우리에게 도움을 준 사람들을 구금한다면 세상 인심이⋯⋯."

"관의 권위는 공평함 위에 서는 법이오. 도움을 받았다 해도 그들이 불법을 자행한다면 당연히 구금해야 하오. 치안과 병권은 나의 책임, 더 이상 이야기하지 마시오."

"⋯⋯."

종요도 각운평이 이렇게 나오는 데야 아무런 할 말이 없었다. 각운평은 잠시 중인들을 쏘아보곤 안채로 들어갔고 중인들도 말없이 하나둘씩 대청 밖으로 사라지고 있었다.

"하면 이 사람들은 내일 다시 오겠소이다. 오늘 이곳에 구금된 두 사람의 죄를 묻는다 하시니 할 수 없이 와야겠구만."

"둘째 형님이 구금되셨습니다. 당연한 일입니다."

종요에게 들으라는 듯이 토현과 양평산이 입을 열자 종요는 어금니를 꽉 깨물었다. 그리곤 아무런 말 없이 빠르게 돌아섰다. 아무래도 불길한 느낌이 드는 밤인 것이다.

2

"허허, 또 한 번 신세를 졌습니다."

"아닙니다. 신세라니요. 의당해야 할 일을 한 것뿐입니다."

토현의 말에 예소수는 작은 미소와 함께 입을 열었다. 여전히 나긋한 목소리를 내는 여인의 모습이 이젠 친근하게만 보이고 있었다.

"한데 장로님과 경 형만 보내도 괜찮겠습니까? 혹 일어날지 모르는 상황에 대비하여 좀 더 아이들을 배치하는 것이 어떻겠습니까? 내일 아침이면 더욱더 많은 사람들이 올 수도 있습니다만."

"훗, 내일 아침까지 둘째 형님이 그곳에 있을 것이라 생각하느냐?"

"예?"

양평산의 말에 혁련월은 눈을 동그랗게 뜨며 물어왔다. 대관절 그것이 무슨 뜻인지 알 수가 없었는데 그럼 탈주라도 한단 말인가?

"쯧쯧, 오늘따라 둔한 척하는 것이냐, 아니면 원래 그런 것이냐? 일부러 잡힌 것을 몰라서 하는 말이냐."

"하면 바로 움직일 것이라는 말입니까? 그럼 저희도 바깥에서 준비를 해야……."

알고는 있지만 언제 결행할 것까지는 알 수 없었다. 만일 지금 결행을 한다면 충분히 이복을 끌어주어야 했다. 최소한 관부의 사람들이 신경 쓰일 만한 일만 골라서 해야 하는 것이다.

그래야 모인이 쉽게 움직일 수 있었지만 그건 모인을 너무 모르고 하는 말이었다. 적어도 모인이라면 일단 들어간 이상, 제집 드나들 듯 쑤시고 다닐 사람인 것이다.

"아니다. 오히려 시끄럽게 해 번잡할 수 있다. 그냥 둘째가 알아서 하게 놔두자꾸나. 대신 오히려 이곳이 아니라 이 성도 자체를 잘 감시해야 한다. 그래야 혹 도주하려는 자들을 잡아낼 수가 있겠지."

"그 양명당 놈들 말입니까?"

혁련월의 말에 토현은 고개를 끄덕이곤 얼굴을 돌렸다. 그의 시선은 앞에 있는 예소수에게 향하고 있었는데 뭔가 한마디 더 물어볼 심산인 듯 살짝 입이 벌어진 순간이었다.

"큡!…쿨럭!"

"……!"

사람들의 눈이 휘둥그레졌다. 예소수의 입에서 피가 한 움큼이나 흘러나온 것인데 손으로 입을 가리고 있었지만 작은 손가락 사이로 새빨간 피는 상당량이 흘러넘치고 있었다.

"부인! 괜찮으십니까!"

놀라 혁련월이 물었지만 예소수는 손만 좌우로 흔들 뿐이었다. 남자라면 어떻게 진정이라도 시키겠지만 남녀가 유별한지라 손도 대지 못하고 있었다.

게다가 이곳은 무한부의 바로 앞에 있는 객잔이었다. 일층 다루에서 이야기하고 있었던 것인데 그들뿐만이 아니라 서너 무리의 손님이 더 있었다. 그들의 이목 역시 모두 예소수에게 향하고 있었던 것이다.

"저의… 지병입니다. 염려치 마십시오."

잠시의 시간이 흐르고 여인이 입을 열자 사람들은 고개를 갸웃거렸다. 장연호의 아내인 사람이 어째서 이토록 중한 병을 앓고 있는지가 의문스러웠던 것이다.

장연호의 내력은 이미 세상에 널리 알려질 정도로 대단했고 그만큼 기를 다루는 능력도 상당했다. 하니 장연호 정도라면 웬만한 병은 기를 흘리고 밀어내는 방법을 통해 해소할 수 있었다.

그런데 가장 가까운 사람인 부인이 이렇게 되다니. 그만큼 예삿일이 아니라는 증거였다. 문득 토현의 목소리가 허공에 울렸다.

"무례라 생각하지 마시고 잠시만 그대로 계시지요. 이 늙은이가 좀 볼 것이 있습니다."

"……."

예소수가 대답도 하기 전 토현의 오른손이 허공으로 들려졌다. 이어 토현의 몸에서 보일 듯 말 듯한 아지랑이가 피어오르고 있었는데 그 아지랑이는 허공을 격하고 예소수의 몸에도 일렁이고 있었다.

평소에 하는 것을 보면 예소수는 무공이 없었다. 그러니 지금 무공은 토현이 밀어 넣는 것이라 생각하는 것이 옳았는데 과연 토현이었다. 약 삼 척의 거리를 격한 상황인데도 내력의 전달이 눈에 보일 정도로 강대했던 것이다.

게다가 시간은 어느새 일다경이 넘어가는 데도 토현의 내력은 끊임이 없었다. 과연 토현이라는 말이 절로 나오는 순간이었던 것이다.

"으음……."

토현은 작은 신음성을 내며 손을 거두어들였는데 아무래도 뭔가 좋지 않는 느낌을 받은 듯 그의 안색은 상당히 어두웠다. 오히려 예소수는 그럴 줄 알았다는 듯 밝은 표정을 지었다.

"괜찮습니다. 이미 전 제 병을 잘 알고 있습니다. 그리 심각해지지 않으셔도 됩니다."

예소수는 밝은 표정과 함께 밝은 얼굴을 만들었지만 그녀의 밝은 얼굴은 채 일각을 가질 못했다. 뒤쪽에서 들려오는 청아한 목소리 때문이었다.

"하나 너로 인해 연호가 가슴 아파하니 그것이 문제가 아니더냐. 무량수불……."

"아니, 도 장문이 아니십니까?"

뒤쪽에 있는 문을 열며 새로운 인물들이 앞으로 나오고 있었다. 그 사람들은 토현이 아주 잘 아는 사람들이고 말이다.

"허허허, 천하의 개방삼장로. 그중 두 분을 같이 뵈다니 오늘 이 도모가 아주 호강하는 날입니다그려."

제일 앞에서 넉넉한 웃음을 짓는 이는 다름 아닌 도학운(導學芸), 무당의 장문인이었던 것이다.

"그렇습니다. 오호십장절 토현 어른과 일지신개 양평산 어른을 뵈오니 이 청모 역시 개안을 하는 기분입니다."

"하하하! 이거 청야공(淸惹空) 청목(靑木) 도인께서도 오셨군요. 아니, 오늘 무당산을 몽땅 비우고 나오신 겁니까?"

토현의 너스레에 청목이란 도인은 싱긋 웃어 보였다. 양평산은 그 모습에 역시 같이 웃어 넘겼지만 상황은 그리 쉽게 볼 것만은 아니었다.

어느 문파나 그렇겠지만 최후의 힘이라는 것이 있었다. 그건 글자 그대로 문파에서 숨기는 마지막 힘이라는 것이 아니라 조금 다른 의미를 뜻했다. 그것은 주력이 아닌 힘, 차력(次力)을 이야기하는 것이었다.

그 차력에는 많은 종류가 있었다. 하나 어떤 문파보다 무당의 차력은 든든하다는 평을 듣고 있었는데 그것은 바로 이 청야공 청목이란 사람 때문이었다.

청목 도인의 무공은 무당 장문인 도학운에 비해 거의 떨어지지 않았던 것이다. 아니, 어쩌면 더 강한 무공을 소유하고 있는지도 몰랐다. 청야공 청목이 장문 자리를 고사하지 않았다면 도학운이 장문인이 될 수 없었을 테니 말이다.

한데 그러한 사람이 지금 눈앞에 와 있었다. 그것도 장문인과 함께 말이다. 무당의 거의 모든 전력이 눈앞에 나타난 것이나 마찬가지인 것이다.

"무당을 비우더라도 와야만 하는 일이지요. 이곳은 저희가 있는 곳입니다. 그간 대회 때문에 조용히 있었지만 이젠 그럴 일이 없습니다. 대회도 끝이 났으니까요."

"아, 그렇군요. 허허허, 이제야 이곳의 기강이 바로 서겠군요."

도학운의 말에 토현은 고개를 끄덕이며 입을 열었지만 그의 내심은 차가웠다. 무당이 지금 이 자리에 나타난 이유를 알 수 있기 때문이었다.

사실 이곳 호북의 가장 거대한 세력이라 하면 무당이었다. 무당이 오늘 나타난 것은 그 역할을 충분히 하기 위함이라 해도 과언이 아니었다.

호북의 성도인 무한에서 무당이 그간 조용히 있었던 것은 단 한 가지 이유 때문이었다. 바로 영무지회 때문인데 이들이 이곳에 온 것을 보니 그 영무지회도 막을 내린 듯싶었다.

결국 할 것 다 하고 이곳에 와서 지금 가장 힘을 쓰고 있는 개방의 역할을 대신하고자 한 것이다. 물론 그거야 어찌 보면 당연한 일이기도 했지만 토현의 입장에선 그리 좋지 않게 보이는 것은 사실이었다.

"기강이라니요? 어인 말씀을……. 모든 것은 천존의 뜻일 뿐, 저희가 세상을 어떻게 하고자 하는 생각은 하지도 않고 있습니다. 게다가 저희만 온 것이 아닐진대 어찌 함부로 나서겠습니까?"

"누군가 다른 분들도 오셨습니까?"

웬일인지 모르지만 도학운의 목소리는 부드러웠고 전혀 나서려 하고 있지 않았다. 도학운은 빙긋 웃으며 손을 들어 뒤쪽을 가리켰다.

"저보다 훨씬 견문이 깊으신 오호십장절 어르신이시니 보면 아실 분들입니다. 어서들 들어오시지요."

"허허허, 개방삼장로님들을 오랜만에 뵙습니다."

"전 얼마 전에 뵈었으니 운이 좋은 편인가요? 하나 또 뵈니 여전히 반갑습니다."

도학운의 말이 끝나자마자 청아한 목소리들이 허공에 울렸고 객잔의 문을 통해 일단의 무리들이 들어오자 토현과 양평산은 정말 놀랐다. 나타난 이들은 바로 대회를 마친 소림과 화산의 사람들이었던 것이다.

무당처럼 많은 사람들이 오진 않았지만 각기 대표할 만한 힘을 가진 사람들의 구성이었다. 상황이 이렇게 되자 토현은 앞으로 나서며 포권을 했다.

"하하하, 이것 참, 여러 영웅들을 다시 뵙게 되는군요. 대회장에서 먼저 사라진 점, 죄송스럽게 생각합니다."

"별말씀을……. 이렇게 중한 일이 있으시니 당연한 일입니다. 오히려 명리에 담백하지 못한 저희들이 죄송하지요."

살짝 고개를 숙이며 이야기하는 사람은 화산의 양호검사 이격이었다. 오른팔 격인 비표검수 양진을 필두로 십여 명의 사람들을 데리고 있었는데 토현과 양평산은 고개를 끄덕이며 예를 대신했다.

"아미타불……. 옳으신 말씀입니다. 본승도 절로 고개가 숙여집니다. 일찌감치 대회를 벗어나 무얼 하시나 했더니 강호의 일에 힘쓰고 계셨군요."

소림의 장경각주 백은 대사였다. 거의 대부분의 외부 일을 맡고 있는 백양 대사가 오지 않은 것이 이상한 일이긴 했으나 어쨌든 좋은 일이었다. 백은 대사의 침착함과 무공은 익히 강호에 알려져 있으니 도움이 되었으면 되었지 해는 될 사람이 아니기 때문이었다.

백은 대사의 뒤편엔 교수벽 범오를 비롯한 백양 대사의 제자들로 구성된 이들이 있는 것으로 보아 모종의 임무를 띠고 온 듯했지만 일단은 환영하고 볼 일이었다.

"소림의 은자께서 나오실 것을 알았다면 이 늙은이 맨발로 나가 영접했을 것이오이다. 어서 이쪽으로……."

"과분한 말씀입니다. 아미타불."

자신들이 앉았던 곳을 가리키며 토현은 사람들을 청했고 양호검사 이격과 백은 대사, 그리고 무당의 청목과 도학운은 토현이 있는 곳으로 다가왔다.

"……."

한데 그들의 움직임이 조금 이상했다. 자리를 청했으니 앉으면 될 일인데 앉지 않은 채 그냥 조용히 서 있기만 한 것이었다. 어쨌든 먼저 왔으니 토현이 주인이고 이들이 객이니 객들이 앉아야 주인도 앉는 법, 잠시 토현은 상황을 지켜보았다.

"허허허허, 아직 오실 분이 더 있어 앉지 않은 것이니 두 분 장로님들께서는 너무 궁금해하지 마십시오. 무량수불."

"음? 누가 또 있습니까?"

다른 사람이 있다는 도학운의 말에 양평산은 눈을 동그랗게 뜨며 물었다. 그때, 문을 열고 낯선 사내 하나가 토현과 양평산의 눈에 보이고 있었다.

"오, 어서 오시오. 이쪽이외다."

"아… 실례했습니다. 잠시 살펴볼 것이 있어서 좀 늦었습니다."

이제 삼십이 조금 넘은 사내의 얼굴이었다. 하나 양평산과 토현이 굳이 신경 써서 보지 않으려 해도 기력이 넘치고 있었는데 무공 수준이 보통이 아니었다.

아니, 일견하기에도 여기 있는 그 어떤 사람보다도 강해 보였는데 사람들의 귓가에 도학운의 목소리가 들려왔다.

"허허허, 두 분께서는 아직 이 청년을 보지 못하셨을 겁니다. 직접 소개를 하시는 것이 어떻소이까?"

"오위경(吳爲慶)이라 합니다. 두 분 어르신의 이름을 귀가 따갑게 들어온 말학이오니 많은 지도 편달을 바랍니다."

"흠……."

아무리 생각해도 이름을 알 수 없는 사람이라 토현과 양평산은 조금 난감한 기분을 느끼고 있었다. 한데 그때였다. 도학운의 목소리가 다시금 두 사람의 귓가에 맴돌기 시작했다.

"헛헛, 사람 참 담백하기는……. 어르신께 소개합니다. 이 친구가 이번 대회의 영웅입니다. 솔사림의 오위경, 바로 오서솔(五瑞率)의 으뜸인 친구입니다."

"……!"

도학운의 말에 토현과 양평산은 동시에 눈을 크게 떴다. 그럼 눈앞에 있는 이 사람이 이번 대회의 우승자란 뜻인 것이다.

게다가 이 사람을 소개할 때 오서솔의 으뜸이라 한 것이 더욱더 두 사람을 놀라게 하고 있었다. 오서솔은 솔사림에서 유일하게 중원에 알려진 다섯 사람을 이야기하는데 그것도 이름뿐이었다.

다만 그들 중 한 명이 언제나 대회에 나왔기에 모두가 예의주시하고 있었는데 그들 중 가장 뛰어난 사람이 나왔다는 말이었다. 여러모로 관심이 가는 사람인 것이다.

"아미타불, 워낙 겸손하셔서 그렇습니다. 조금쯤은 가슴을 펴는 것도 좋겠지요."

"백은 대사님의 말씀이 옳습니다. 아무렴요. 대회의 우승자는 강호제일인이라 해도 과언이 아니지 않습니까? 하하하하!"

낭랑한 이격의 목소리가 울려 퍼지는 가운데 토현과 양평산은 주먹을 꽉 쥐었다. 어쩐지 이들이 온 이유를 잘 알 수 있을 듯했던 것이다.

 이곳에서 일어난 이 일 때문에 온 것이 아니었다. 이들이 온 이유는 단 하나 바로 저 사람 때문이었다.

 새로이 뽑힌 영웅, 오위경이란 자와 돈독한 관계를 유지하기 위함이었다. 빌어먹을 성도의 변고 따위는 신경도 쓰지 않았던 것이다.

*   *   *

 찰그랑…….

 생각보다 굵은 쇠사슬을 슬쩍 건드리며 경호는 입술에 지그시 힘을 주었다. 뭔가 의도대로 풀리지 않을 때 하는 그의 습관이었는데 분명 지금 상황은 그리 좋지가 않았다.

 예소수의 방법으로 이곳 옥사로 들어오는 것은 일단 성공이었다. 아마도 사라진 일행은 이 옥사 부근에 있을 가능성이 제일 높았기에 그런 것인데, 뭐 거기다 자신뿐만이 아니라 옆방엔 개방의 보인 장로도 있었기에 별다른 고민 할 것이 없을 것이라 생각했건만, 막상 들어와 보니 좀 많이 달랐다.

 이곳을 탐방을 하든 아니면 수색을 하든 간에 일단 이 옥사를 탈출해야 하는 것인데 그것부터가 그리 쉽지 않았다. 생각보다 옥은 상당히 튼튼하게 만들어져 있었던 것이다.

 과거에 어떤 미친놈이 이곳에서 나가려고 용을 써서 그런지 모르지만 한 뼘이 넘는 두께의 침목이 격자 형식으로 짜여져 있는 데다 그 격자의 교차점엔 기역자 꺾쇠가 박혀 있어 문이나 옥을 부수는 것은 거의 불가능에 가까웠다.

비록 그가 무공을 익혔다곤 해도 이 옥을 부수려다 힘을 다할 것 같을 정도로 상당히 튼튼해 보이는 옥이었다. 경호는 이제 어떻게 해야 할지 생각을 하기 시작했다.

"뭘 그렇게 생각하느냐?"

"아 예, 일단 이곳을 나가야 하는데 어떻게 해야 할지 생각 중입니다."

옆에서 들려오는 목소리에 경호는 돌아보지도 않고 입을 열었다. 아마 옆방에 있는 모인이 말한 듯싶은데 그 말에 신경 쓸 때가 아니었다. 실수하지 않으려면 충분히 계획을 세워야 하는 것이다.

만일 이곳을 나간다 해도 보초들이 있었다. 저 앞에 있는 자들, 약 삼 장여 정도 떨어진 곳에 옥의 입구가 있었고 그곳에 두 명의 보초가 있었다. 체력 소모를 최소한으로 하면서 그들까지 제압하는 상황을 머릿속에 그리고 있었던 것이다.

"그래, 어떤 생각이 들었느냐?"

"뭘 어떻게 하던지 간에 이 사슬은 풀어야지요. 그래야 이곳을 살펴보지 않겠습니까?"

당연한 말이라는 듯 경호는 입을 열었다. 그러자 모인의 목소리가 다시금 들려왔다.

"하면 무슨 방법이 있느냐?"

"방법은 아직 없지만 어떻게든 해봐야지요. 그래서……?"

모인의 목소리에 꼬박꼬박 말대답을 하던 경호는 문득 이상한 생각이 드는 것을 느꼈다. 목소리의 위치가 조금 이상했던 것이다. 옆이 아니라 앞이었다.

"……."

무의식중에 고개를 든 경호는 눈을 동그랗게 떴다. 그곳엔 언제 왔는지 모인이 서 있었던 것이다. 두 눈 가득 장난기를 담은 채 그는 빙글빙글 웃고 있었다.

"…언제 나가셨어요?"

"조금 되었다만."

"……."

자연스럽게 경호의 눈은 옆으로 돌아갔고 모인이 감금되어 있던 감옥의 문을 바라보게 되었다. 문은 활짝 열려 있었고 자신이 그토록 고민을 했던 쇠사슬은 바닥에 떨어져 있었다.

"저, 이건 대체 어떻게……."

슬며시 자신이 갇혀 있는 감옥 문에 칭칭 감긴 쇠사슬을 가리키며 경호가 입을 열자 모인은 싱긋 웃으며 손을 뻗었다.

"어떻게는 뭐가 어떻더냐? 그냥 풀면 되지."

찌잉!

"……!"

황당한 상황이 벌어졌다. 모인의 손이 쇠사슬에 닿자마자 쇠사슬이 힘없이 끊어져 버린 것이다.

덜컹!

"나오기 싫으면 나 혼자 갈까?"

"아… 아닙니다! 나가요, 나가!"

후다닥 감옥에서 몸을 빼며 경호는 고개를 좌우로 흔들었다. 역시 모인은 상당한 무공을 갖춘 사람이었다. 단순히 무공이 강하다는 말로는 설명할 수 없을 정도로 강대한 힘을 가진 사람인 것이다.

간단하지만 이 한 수만 봐도 그와 모인의 차이가 얼만큼인지 잘 알 수가 있었다. 모인이 속해 있는 무공의 세계는 경호가 생각지도 못할 정도로 강대했던 것이다.

"자, 그럼 움직여야겠지. 감옥 상태를 봐서 지은 지 얼마 안 된 것 같은데 예전에 있던 감옥 쪽이 확률이 좀 높겠지. 가 볼까나?"

"아 예. 한데 저 앞에 있는 자들은… 아 예, 알겠습니다."

말하기가 무섭게 앞쪽에 서 있던 두 사람이 쓰러진 것이 보이자 경호는 고개를 끄덕이며 입을 열었다. 이미 다 손을 써 둔 것이다.

"헛헛, 고놈 참 같이 다니면 심심하진 않겠구나? 어떠냐 이번 기회에 개방으로 안 오겠느냐?"

"설마 제가 그러마라는 말을 하진 않을 거라는 거, 다 아시죠?"

"헛헛헛!"

모인은 기분 좋게 웃으며 발걸음을 옮겼다. 하나 웃는 그의 표정과는 달리 그의 온몸에선 강렬한 기운이 뻗어가고 있었다. 혹여라도 있을 사태에 대비하기 위함이었던 것이다.

第五章

추적

1

"음, 상황이 이렇다면 정말 그냥 넘길 일이 아니었군요. 그간 개방의 노고가 정말 대단하십니다. 이 백은, 그저 감탄할 따름입니다. 아미타불."

"노고랄 것이 있겠습니까? 그저 흐르는 대로 움직였을 뿐입니다. 그러다 보니 이렇게 된 것이지요. 게다가 이 일의 시작은 말씀드렸듯이 저희가 한 것이 아닙니다."

소림의 백은 대사가 한 말에 토현은 조용히 입을 열었다. 그러자 백은 대사는 고개를 살짝 끄덕였는데 문득 그들의 귓가에 누군가의 목소리가 들려왔다.

"현백이란 친구라 하셨지요? 정말 보고 싶은 친구로군요.

저와 나이도 비슷하다 하시니 더욱더 궁금합니다. 하하하!"

낭랑한 목소리에 토현의 고개가 움직였다. 그곳엔 한 사내가 있었다. 바로 이번 대회의 우승자인 솔사림의 오위경이었다.

"곧 보실 수 있을 것이오. 소식을 들으니 그 혼자 간 것이 아니라 연호와 함께 움직였다 하던데……."

"예, 장문인. 호랑께서 같이 움직였다 하시더군요. 곧 돌아올 것으로 알고 있습니다."

"네게 물어본 말이 아니다. 나설 데가 아니니 조용히 하거라."

도학운의 말에 예소수가 맑은 목소리로 나섰건만 왠지 모르게 청목 도장은 차가운 목소리를 내고 있었다.

예소수는 그 말에 살짝 붉어진 얼굴을 끄덕이고는 뒤로 신형을 옮겼다. 그 모습에 토현과 양평산은 살짝 미간을 찌푸렸다.

아까부터 계속 느낀 것인데 청목과 도학운은 예소수를 철저하게 무시하고 있었다. 그녀가 무엇을 잘못했는지는 모르나 묘한 긴장감이 느껴졌던 것이다.

그냥 모르는 여인이면 그런가 보다 하지만 상대는 예소수, 은연중에 도움을 받았던 사람이기에 마음이 편치 않았던 것이다. 그때, 오위경의 목소리가 다시 들려왔다.

"한데 듣자 하니 그 현백이란 친구, 화산의 사람이라면서요? 한데 어째서 이번 대회에 나오지 않았는지 궁금하군요. 탈명천검사 장 대협도 그렇고 이번 대회에선 보고 싶은 사람들이 많이 나오지 않은 듯싶습니다."

"허허, 역시 대단한 자신감이오이다. 당대의 진영웅이란 말이 전혀 부끄럽지 않은 호쾌함이오."

화산의 이격이 오위경에게 손가락을 치켜들며 이야기하자 오위경은 살풋 웃으며 포권으로 이에 화답했다. 토현은 마음속으로 살짝 거부감이 드는 것을 느꼈다.

왠지 모르게 과장된 듯한 느낌이 이들에게서 흘러나오고 있었다. 뭔가 서로 얻고 싶은 것이 따로이 있으면서도 서로 말하지 못하는 듯한 그런 느낌이 들고 있었던 것이다.

"으흠, 하면 이제 본격적인 논의를 해야 하겠군요. 혹 여러분께선 현 상황에 대하여 어떤 복안이라도 가지고 계십니까?"

이상하리만치 어색한 분위기에 양평산이 바로 입을 열어 끊어버렸다. 그리고는 화제를 다시 자신들의 문제에 맞추었는데 그러자 아무도 말문을 여는 사람이 없었다.

하긴 말문을 열면 그것이 이상한 일이었다. 양평산은 솔직히 이 바보 같은 자리를 얼른 뜨고 싶었다. 지금쯤이면 모인 이 움직일 시간이었고 만일의 사태를 대비하여 밖으로 나가야 했다. 이렇게 한가하게 있을 시간이 없는 것이다.

"험, 이미 붕천벽수사께서 안에 들어가셨고 또한 저희 역시 관과의 마찰은 원하지 않습니다. 해서 천하의 붕천벽수사께서 실마리를 찾지 못하신다면 사실 우리라 해서 더 나으리라는 보장도 없지요. 하나 일단은 두고 봐야 할 것 같습니다."

"장문인의 말이 옳습니다. 지금 시간도 늦고 이미 한번 관아에 갔다 오셨다 하니 내일 날이 밝는 즉시 다시 들어가는 것이 좋을 듯합니다. 제가 아는 사람들도 있고 하니 잘될 것입니다."

천하에 태평하다고 해야 하나? 도학운과 청목의 말을 들으며 양평산은 가슴속의 노화를 지그시 눌러야만 했다. 대체 이자들이 왜 이곳에 왔는지 알 수가 없었던 것이다.

솔직히 처음 이들을 봤을 때 놀라기도 했지만 안심하기도 했다. 구파일방의 사람들이었고 이곳, 호북이 주 무대인 무당파의 사람들이었다. 그들이 나선다면 반쯤은 해결되는 것이나 다름없었던 것이다.

그런데 이건 남의 일 보듯 하니 이래서야 될 것이 없었다. 그렇게 양평산이 가슴속의 노화를 꾹 눌러놓을 때였다.

"외람된 말씀이지만 그렇게 시간을 두고 움직여야 할 상황이 아닙니다. 납치된 현백의 동료들 모두가 다 부상 중입니다. 특히 형문산의 분타주를 맡고 계신 남궁장명 어른께선 상당히 위중한 상태입니다. 상황이 이렇다면 저라도 따로 움직이겠습니다."

단호한 대답을 하며 혁련월이 일어서고 있었다. 아마도 속이 타 들어간 것은 양평산만이 아닌 듯싶었다. 그러자 그 옆에 있던 양소추도 입을 열었다.

 "이곳에서 양창무관이라는 조그만 무관을 운영하는 양소추라 합니다. 저 역시 여기 혁 형과 생각이 같습니다. 들어보니 무당의 규앙 도장이란 분이 상문곡을 찾아 나섰고 탈명천검사 장 대협은 현 대협과 같이 간 것으로 알고 있습니다. 그쪽에 대한 소식도 전혀 들려오지 않는 이때에 그냥 이 밤 가득 손을 놓고 있자는 것은 말이 안 됩니다."

 "뭐라? 규앙 사제가 움직여?"

 전혀 들어보지 못한 일인 듯 도학운이 눈을 동그랗게 뜨며 묻자 이번엔 오호십장절 토현의 목소리가 허공에 울렸다.

 "시간이 없어 간단하게 설명드린 것이오. 이곳 무한의 괴사만을 이야기해 드린 것인데 설마 현백이란 친구가 왜 이곳에 나타난 것인지 모른단 말이오? 그전의 일들은 전혀 모른단 말입니까?"

 은근히 청목 도장의 눈을 보며 토현이 입을 열자 청목 도장의 눈동자가 슬쩍 돌려지고 있었다. 그는 전후 사정을 알고 있음이 분명했다. 이유는 몰라도 아직 이들에게 이야기하지 않은 것이고 말이다.

 "사실 그간 대회의 일에 바빠 중원의 모습을 돌아보지 못했습니다. 토현 장로님께서 아시다시피 충분한 사정을 알고

올 새가 없었습니다."

"하면 묻겠소. 대관절 이곳에 온 이유가 무엇이오? 새로 나타난 강호의 신성과 대체 뭘 하자는 것이오?"

솔직히 도학운이 입을 열자 토현의 노한 목소리가 허공에 울렸다. 제아무리 도학운이 무당의 장문인이라고 하나 상대는 천하가 다 아는 개방삼장로의 첫째였고 강호의 대선배였다. 나이로만 따져도 근 십 년 가까이 차이가 났던 것이다.

왠지 갑자기 분위기가 냉랭해지고 있었다. 토현의 눈엔 지금 온 사람들의 모습이 이제야 확연히 보이고 있었다. 각자 가지고 있는 생각의 차이로 인해 영역이 깨끗하게 분리되는 듯한 모습이 말이다.

강호에 몸을 담고 협을 추구하는 무림인들의 모습이 아니었다. 서로에게 뭔가를 얻으려 노력하는 것이 너무 극명하게 보였던 것이다.

"여러 어르신께 드릴 말씀이 있습니다. 우선 이 사람 죄송하다는 말씀부터 올립니다."

"……"

갑자기 일어서서 고개를 숙이는 오위경의 모습에 사람들의 눈이 동그래졌다. 그가 사과할 일은 아니었던 것이다.

"이 사람이 대회에서 우승하고 들뜬 마음에 이렇게 여러분을 채근하여 이곳에 온 것입니다. 그리고 그 목적도 사실 이곳에 일어난 일 때문이 아니었습니다."

"뭐라?"

뜻밖의 발언에 토현은 살짝 눈을 찌푸렸다. 오위경은 담담한 모습으로 계속 입을 열었다.

"장연호, 그를 만나기 위함입니다. 갑자기 대회 중에 사라진 그를 만나 겨루고 싶었습니다. 그 부탁을 위해 무당의 분들을 모시게 된 것입니다. 한데 여기 와보니 문제가 보통 심각한 것이 아니군요."

오위경은 이제야 자신의 본심을 이야기하는 것처럼 보였다. 토현은 살짝 눈을 가늘게 떴는데 오위경은 다시금 입을 열었다.

"이 오모, 실은 관부에 조금의 끈이 있습니다. 한 시진이면 그 연락이 닿을 터이니 지금 즉시 움직이는 것이 어떻겠습니까? 이것으로 철없는 짓을 한 제 모습을 조금이나마 용서할 수 있다고는 생각지 않습니다만 성의로 봐주시면 감사하겠습니다."

"……."

그야말로 협사다운 모습이었다. 스스로의 잘못을 시인하고 이를 다시 되돌리려 하는 노력, 딱 강호협사 그대로였던 것이다.

만일 웃기지 말라고 한다면 그렇게 말한 사람이 역적으로 몰릴 판이었다. 토현은 고개를 끄덕이며 말했다.

추적 177

"자네의 생각이 그렇다면 그리하시게나. 한 시진 후라 했나?"

"그렇습니다. 하면 전 바로 가서 준비하겠습니다."

오위경은 말과 함께 신형을 돌렸고 그의 모습은 이내 사람들의 시야에서 사라졌다. 그리고 그와 함께 왔던 사람들 모두가 다 움직이고 있었다.

"저희도 준비를 좀 해야 할 것 같군요."

"허허허, 저희도 그리하겠습니다."

모두가 한마디씩 하며 사라진 후 남은 것은 애초에 있던 사람들뿐이었다. 그제야 양평산은 토현에게 입을 열었다.

"어이가 없는 사람들이군요. 대체 왜 온 것인지 모를 일입니다."

"신경 쓰지 말거라. 어차피 우리와는 상관없는 사람들이라 생각하면 그만인 일이다. 한데……."

그의 시선은 예소수에게 향하고 있었다. 예소수는 무당 사람들을 따라갈 생각도 하지 않았고 무당의 그 누구도 예소수를 챙기는 사람이 없었다. 그녀는 철저하게 무시당하고 있었던 것이다.

"장연호란 아이 때문이오?"

"……."

토현이 입을 열어 물었지만 예소수는 아무런 말을 하지 않고 있었다. 그저 살풋이 웃으며 고개를 숙일 뿐인 것이다.

토현은 왠지 이 사정을 좀 알 것 같았다. 장연호와 이 여인의 결합을 다른 무당의 사람들은 그리 좋아하지 않는 듯이 보였는데 그 때문에 이렇게 서로 간에 골이 패인 듯 보였다.

"너는 어서 예 부인을 모셔라. 몸이 약한 분이시니 좋은 방을 골라 드려라."

"예, 장로님. 이쪽으로……."

토현 장로의 말에 혁련월은 고개를 끄덕이며 그녀를 데리고 이층으로 올라갔다. 문득 토현의 목소리가 조용히 허공에 울렸다.

"무당이… 눈이 멀었구나."

* * *

"후우… 젠장, 일이 어떻게 돼가는 거야? 돈은커녕 사람조차 만날 수가 없으니……."

지끈거리는 머리를 감싸며 종요는 혼자 중얼거렸다. 지금 그가 생각했던 모든 상황이 다 어긋나고 있었던 것이다.

정치를 하다 보면 많은 돈이 들어간다. 그건 자신을 위해서뿐만이 아니라 그가 속한 당을 위해서도 필요한 것이기에 적절한 것은 눈감으면서 재원을 마련해야 했다.

이건 하나의 불문율이었다. 여태껏 수많은 사람들이 다 그렇게 해왔기에 그 역시 아무런 생각 없이 그렇게 해왔다. 지금도 그렇게 하고 있고 말이다.

 강호의 무부들, 그들의 싸움이기에 별 탈 없을 것이라 생각했다. 그래서 그간 돈을 받고 많은 일을 해주었고 최근엔 고도간이란 놈을 풀어주면서 거의 일 년치 쓸 돈을 마련했다.

 그래서 이번 일도 만들었었다. 현백의 일행이란 자들을 잡아 넘기면 그만큼의 돈이 또 들어올 줄 알았다. 지금 그가 필요한 돈의 딱 반만 생겼으니 말이다.

 언제까지고 이곳에서 있을 자신이 아니었다. 조금이라도 젊을 때, 그럴 때 움직여야 했다. 북경으로 움직여 중앙에 화려하게 입성해야 하는 것이다.

 그러려면 돈이 필요한 것이 세상일이었고 이제 그날이 얼마 남지 않았다. 그 기간을 조금이라도 줄어보려 한 것이 오히려 오점으로 남게 될지도 몰랐다.

 돈은커녕 얼른 가라고 해도 아직은 갈 수가 없다고 버티는 놈들이었다. 지금은 갔는지 안 갔는지조차 모르지만 감옥에 그가 원하지 않는 사람들이 같이 들어갔다. 오늘 들어온 모인과 경호란 자가 감옥으로 간 것이다.

 물론 같은 감옥소는 아니었다. 근 십여 장 더 지하에 있는 감옥에 따로이 가두어놨기에 두 부류가 만날 일은 없었다. 그렇지만 불안한 것은 어쩔 수 없었던 것이다.

 "바보가 아닌 이상… 알아서 하겠지."

 그는 갑자기 툭 한마디 뱉고는 바로 손을 뻗었다. 탁자 위에 올려진 작은 술병 하나를 든 그는 바로 입에 가져갔다. 그리고는 채 두 모금도 마시기 전이었다.

"……."

왠지 이상한 느낌이 들고 있었다. 분명 이 방엔 그 혼자만이 사용하고 있었고 실제로 그밖에 없었다. 한데 누군가의 눈길이 느껴지고 있었다.

비록 종요가 무공을 하는 사람은 아니었지만 그는 들은 풍월이 많았다. 그중 한 무림인으로부터 들었던 것이 불현듯 생각났다.

살기라는 것이 있다고 했다. 가만히 있어도 누군가 자신을 죽이려 한다면 그 느낌이 있다고 했다. 그 살기를 잘 느낀다면 암습자의 위치뿐만이 아니라 어디를 공격할지도 알 수 있다고 했다.

비슷한 느낌이 들고 있었다. 뭔가 가슴 한쪽이 답답한 느낌, 그러면서도 머리털이 비죽 서는 그러한 느낌이 나고 있었다. 종요는 신형을 일으키며 도망치려 했었다. 일단 살고는 봐야 하니 말이다. 한데…….

"헛……!"

발이 움직이지 않았다. 움직이고자 마음을 먹은 순간 마치 누군가 자신의 마음을 송두리째 들여다본 듯 도망칠 것을 알아버렸던 것이다.

전신을 바늘로 찌르는 듯한 느낌에 종요는 식은땀만 계속 흘리기 시작했다. 문득 종요의 머리가 조금씩 숙여지기 시작했다.

아니, 사실은 머리가 아니라 허리가 조금씩 숙여지는 것이라 해야 맞는 말이었다. 보이지 않는 무형의 압력이 탁자에 앉아 있는 그를 누르고 있었던 것이다.

"커컥… 누… 누구……!"

말조차 잇지 못한 채 종요는 결국 고개를 탁자 위에 내려놓았다. 옴짝달싹할 수 없는 가운데 종요는 있는 힘을 다해 고개를 돌려 코가 박히는 것만은 모면할 수 있었다.

그러나 차라리 그렇게 되는 것이 나을 법했다. 그의 눈앞에 시퍼런 금속 하나가 보였던 것이다.

탁.

아주 작은 소리였다. 하나 보여지는 형상은 소리처럼 가벼운 것이 아니었다. 상당한 크기의 창날이 눈앞에 번뜩이고 있었던 것이다.

"가… 감히……."

나오지도 않는 목소리를 억지로 짜내 그는 입을 열었다. 그러나 그의 말보다 더 빨리 들려온 목소리가 있었다.

"감히 관원에게 이런 짓을 할 수 있나 이건가?"

"……."

그가 하려던 말을 누군가 하고 있었다. 엉뚱한 생각이지만 왠지 종요는 그 목소리가 상당히 귀에 익다는 생각을 하기 시작했다.

"그럼 내가 묻지. 어떻게 관인이란 작자가 백성들에게 이럴 수가 있지? 백성을 속이고 그 친구들을 팔지 않았나?"

"……!"

여기까지 듣자 그는 지금 이 목소리가 누구의 것인지 알 수 있었다. 창룡이란 사내였다. 자신이 잘 달래서 현백에게 보낸 사내 말이다.

"차… 창룡!"

당황한 종요는 자신도 모르게 입을 열었다. 아직 돌아올 때가 아니었다. 현백이란 자를 만난 후 돌아왔을 땐 모든 것이 다 끝나 있어야 할 때였다. 그런데 여기에 있다니…….

"알아보니 고맙다고 해야 하나?"

창룡의 입에선 냉소가 흘러나오고 있었다. 그는 탁자 위에 올린 창날을 종요의 눈 쪽으로 돌려놓은 채 입을 열었다.

"내가 왜 왔는지 굳이 설명하지 않아도 잘 알 수 있겠지? 내 일행은 어디 있나?"

"……."

잠시 동안이지만 종요는 갈등하고 있었다. 물론 여기서 다 말하고 살려달라고 한다면 혹 살려줄지도 모르지만 그럼 자신이 세워 올린 것은 다 무너지게 되었다.

창룡이 어디 가서 입이라도 여는 날이면 그는 더 이상 관직에 머무를 수 없게 된다. 그 사실을 잘 알기에 그는 갈등하는 것이었는데 그 문제는 순식간에 해결되었다.

"말하지 않아도 어디 있는지 대충 짐작한다. 이곳에 적을 둔 네게 사람을 감추어두려 한다면 한군데, 감옥밖엔 없겠지. 지금 네 말을 들으려는 것은 그 확증을 잡으려 할 뿐이다. 아울러 누가 시켰는지도 알고 싶고 말이야."

절망적인 상황이었다. 창룡의 말을 들으며 종요는 마른침을 삼켰다. 하나 이대로 있을 수는 없었다. 어디서 나온 용기인지 모르지만 어차피 죽는다고 생각하니 그의 굳었던 입이 확 풀렸다.

"놈! 감히 관부와 적을 만들려 하다니! 황제 폐하의 권위에 도전을 한다는 것이냐! 내 비록 여기서 죽는다 하더라… 커컥!"

"그 더러운 입에 황제 폐하의 이름을 올리지 마라! 정말 죽고 싶지 않다면!"

우드득!

그냥 멱살을 잡힌 것뿐이었다. 단숨에 종요의 신형은 공중으로 끌어 올려져 대롱대롱 매달렸고 그의 눈에 한 사람의 모습이 보였다. 한줄기 광기까지 서린 한 사내의 모습, 창룡의 얼굴이었다.

"생각 같아선 지금 네놈의 목을 쳐 황제의 권위를 세우고 싶지만 참겠다. 그러니 내 일행이 지금 어디 있는지 그것만 말해라. 누가 시켰는지는 이제 듣고 싶지도 않다!"

조금이라도 이 자리를 벗어나고자 하는 그의 모습이 느껴지고 있었다. 마치 더러운 것을 본 것처럼 행동하는 창룡을 보며 종요는 자신도 모르게 눈을 내리깔았다.

"내 마음이 변하기 전에 어서 말해! 일행은 어디 있나?"

"가… 감옥……."

역시 자동으로 입이 열리고 있었다. 창룡은 고개를 끄덕이며 다시금 입을 열었다.

"감옥에 있다는 것은 이미 알고 있는 일이다. 문제는 어떤 감옥인가 하는 것이지. 이곳 무한부의 감옥이 미로와도 같다는 것은 잘 알고 있으니 허튼소리는 마라."

종요는 두 눈을 꼭 감았다. 이미 알 만큼 다 알고 온 사내였다. 숨겨봤자 이로울 것이 없었던 것이다.

"동쪽 감옥이오. 가장 오래된 곳, 그곳에 밖으로 나가는 길이 있소이다. 해서 그쪽으로 데려다 놓았소."

"……."

창룡은 잠시 그의 신색을 살피고 있었다. 조금이라도 거짓이 있다면 알아채기 위함인데 그의 얼굴에선 그런 느낌이 들지 않았다. 창룡은 종요를 한쪽 구석에 집어 던지며 입을 열었다.

쿠다당!

"부디 부탁이다. 황제 폐하의 이름을 빌어 더 이상 죄를 짓지 마라. 만일 그런 상황이 온다면 내가 가만있지 않겠다."

"…아, 알겠소이다. 알겠소이다."

일견 비굴하기까지 한 광경이었다. 그래도 양심이 조금은 남아 있는 모습에 창룡은 바로 고개를 돌렸고 그의 모습은 한 줄기 바람처럼 시선에서 사라졌다. 종요는 잠시 멍한 채 창룡이 사라진 곳을 보았다.

왠지 허탈한 얼굴, 진심으로 자신이 잘못했다는 듯 모든 것을 포기한 그런 모습이었다. 그렇게 채 일각이나 흘렀을까?

"창룡… 이 개잡종 같은 놈! 감히 날 건드려?"

종요의 입술에서 저주 어린 음성이 흘러나왔다. 하나 그의 표정과는 전혀 일치가 되지 않았다. 얼굴은 여전히 양심이 있는 듯한 그런 얼굴이었지만 목소리는 아닌 것이다.

"감히 강호 나부랭이가 이 포정사 종요님을 건드리면 어떻게 되는지 알려주마!"

피이잉… 쨍그랑!

손에 잡힌 술잔을 벽에 내던지며 종요는 파랗게 눈을 빛내었다. 무공을 익히지 않았음에도 불구하고 그의 눈에선 살기가 비치고 있었다.

2

"흐음……."

턱을 쓰다듬으며 모인은 주위를 살펴보기 시작했다. 분명 이곳이 분명한 것 같은데 아무도 보이질 않고 있었다. 누군가 이곳에서 아주 최근까지 머물러 있던 흔적도 있고 말이다.

"저, 장로님 이곳이 맞습니까? 아직 보지 못한 곳도 있을 터이니 어서 움직이는 것이 어떻겠습니까?"

"아니야, 이곳이 맞는 것 같구나. 다만 어디로 옮겼는가가 문제인데… 종적이 묘연하구나."

단정적으로 이야기하는 모인의 말에 경호는 눈을 가늘게 뜨며 주위를 둘러보았다. 모인이 이렇게 이야기를 한다면 나름대로 무언가 있다는 뜻이었다.

모인과 경호가 있는 곳은 정말 낡디낡은 감옥이었다. 경호는 도대체 이곳이 어디인지조차 감을 잡을 수 없었는데 모인은 이곳이 동쪽에 해당하는 곳이라 했다.

서쪽과 남쪽은 이미 돌아보고 오는 길이었다. 원래 자신들이 있던 곳이 북쪽이었는데 그곳만 사용하는 듯 나머지 감옥은 모두 텅 빈 상태였었다.

"한데 이곳엔 웬 감옥이 이리도 많습니까? 그냥 보기만 하면 무한 사람들이 모두 범죄만 짓고 사는 줄 알겠습니다."

"허허허, 그건 이 무한을 모르고 하는 이야기니라. 예로부터 무한은 많은 곡절이 있는 곳이다. 변방에 있는 지방이 아니라 중원 한가운데 쪽에 있는 곳이기에 더욱더 그렇지. 하니 분쟁이 많을 수밖에."

눈과 손은 계속 사라진 사람들의 흔적을 쫓으면서도 모인의 입은 다른 말을 하고 있었다. 그의 목소리는 계속 이어졌다.

"분쟁 속에서 무한의 사람들은 강해질 수밖에 없었다. 하니 사람들의 기질이 강렬하게 바뀌는 것은 당연한 일, 서로 간의 분쟁이 끊이질 않지."

"그렇군요."

그제야 이해가 간다는 듯 경호는 입을 열었다. 모인은 싱긋 웃으며 말을 끊었는데 그거야 표면적으로 보이는 것일 뿐이었다. 이 무한부의 감옥이 이리도 복잡한 것엔 따로이 이유가 있었다.

"농담을 진담으로 알아들으니 할 말이 없구나. 물론 앞에서 말한 것이 조금 과장되긴 했지만 거의 틀림은 없다. 하나 무한 사람들이 서로 분쟁이 잦아 이렇게 큰 감옥이 있다는 것은 허튼소리니라."

"예?"

황당한 노릇이었다. 주위를 둘러보던 경호는 그게 무슨 소리인가 하는 마음에 눈을 돌렸는데 모인은 빙긋 웃으며 말을 이었다.

"이 감옥은 수많은 환란을 거치면서 무한 사람들이 만들어 낸 나름대로의 자구책이다. 이 감옥이 곧 대피소가 되었던 것이야."

"아!"

확실히 이번 말이 더 마음에 와 닿고 있었다. 경호는 이제야 진짜 이해가 갔는데 이어 경호가 말했다.

"하면 미로와 같이 생겨 버린 것도 이해가 가는군요. 그때그때마다 필요한 공간을 증축해야 하니 말입니다."

"그렇지. 그런 이유로 이곳이 미로처럼 되어버린 것이다. 만일 비어 있는 상태에서 누군가 사라졌다면 정말 찾기 쉽지 않은 곳이지. 우리처럼 말이다."

자신들이 처한 상황을 그제야 경호는 인식하고 있었다. 경호는 말을 다 들은 후 이번엔 고개를 쳐든 채 멀리 앞을 바라보았다. 안 쓰던 곳이라 그들이 가지고 온 횃불 외엔 아무런 등불도 없었는데 바로 그때였다.

화르르르륵!

"응?"

경호는 기이한 일이라 생각하며 눈을 돌렸다. 그와 모인이 들고 있던 횃불이 한꺼번에 크게 타올랐다. 아니, 옆으로 길게 꼬리를 남기는 것이 마치 바람이라도 확 분 듯한 것이다.

"거참. 귀신이라도 나올런가? 나오란 사람은 안 나오고 대신 바람만 이리 부네……."

"뭐라? 바람?"

그냥 지나치듯 말한 것인데 모인의 반응은 조금 호들갑스러웠다. 모인은 재빨리 눈을 돌려 횃불의 모습을 살폈는데 그가 봤을 땐 이미 바람은 잦아든 이후였다.

"어느 쪽이더냐? 어디로 움직였어?"

"…저쪽입니다만, 무슨 일이신지?"

왠지 모인의 얼굴엔 다급함이 보이고 있었다. 모인은 경호에게 이유도 말하지 않은 채 바로 움직이고 있었다. 그가 말한 방향으로 가서 이리저리 보기 시작한 것이다.

하나 뭐 있을 리가 없었다. 횃불을 들어올리며 자세히 살펴보고 있지만 거긴 그냥 벽일 뿐이었다. 게다가 경호가 한번 찾아본 곳이고 말이다.

"아무런 이상 없었습니다. 이미 제가 한 번 봤거든요."

"……."

경호가 친절하게 입을 열었지만 모인은 아무런 말이 없었다. 그저 손으로 여기저기 만지는 듯하더니 이내 주먹을 쥔 채 이곳저곳 두들기기 시작했다.

툭, 툭툭.

지그시 눈을 감으며 심각하게 주위 상황을 바라보는 듯했는데 경호는 속으로 작은 한숨을 쉬었다. 나올 리가 없으니 말이다.

아무리 자신이라도 만일 무언가 있었다면 발견했을 터였다. 하나 분명 아무런 것도 없었고 설렁설렁 본 것도 아니었다. 나름대로 꼼꼼하게 챙긴 곳인 것이다.

"바람이 흐른다는 것은 공간이 있다는 뜻이다. 공간이 있다면 이곳에 보이지 않는 무언가가 있다는 뜻이지. 넌 여기가 지상에서 얼마나 깊은 곳인지 알고 있느냐?"

"……."

아무런 말도 없이 경호는 모인의 말을 듣기만 했다. 모인의 말은 계속되었다.

"아무리 작게 잡아도 칠 장여 깊이다. 이런 곳에서 바람이 흘러나온다는 것은 있을 수 없는 일이지. 특히 여기 같은 경우는 말이다. 문 쪽으로 바람이 흘러간다면 맞는 말이지만 여긴 문 쪽이 아니지 않느냐?"

그의 말을 경청하면서 경호는 점점 고개를 끄덕일 수밖에 없었다. 상식적으로 그렇게밖에 설명이 되지 않았다. 이 공간은 지금 중앙으로 통하는 문만 닫으면 바람이 흐를 리가 없었다.

누군가 들어올 때 문이 끼익 하고 열리며 바람이 확 들어왔다가 다시 나가는 것을 느낄 수 있었다. 그런 의미로 본다면 지금 모인의 행동은 충분히 이해가 갔다. 그러나 역시 납득하긴 힘들었는데 그때였다.

툭, 툭, 탕, 탕.

"바로 이런 것이다. 비어 있는 공간……."

"……!"

어떤 한 지점을 손으로 두들기자 소리가 달랐다. 분명 공명음이 들렸고 그것은 벽 뒤에 공간이 있다는 확증이었다. 고개를 끄덕이며 모인은 오른손을 들어올렸다.

"어디 얼마나 빨리 도망쳤는지 볼까나? 차아앗!"

파아아앙!

좁은 공간에 다시금 대기가 휘몰아치면서 엄청난 기운이 허공으로 뽑히고 있었다. 그리고 그 기운은 모인의 손을 따라 흐르고 있었다. 모인의 오른손은 벽으로 향하고 있었다.

콰아아아앙!

귀청이 떨어질 듯 큰 소리가 들려오며 벽이 한꺼번에 허물어지자 그곳에 보이지 않는 어둠이 드리워지고 있었다. 모인은 손을 들어 가지고 있던 횃불을 밀며 살펴보았다. 그러다 바닥을 본 그는 허리를 굽혀 무엇인가 꺼내 들었다.

"…아무래도 흔적을 찾은 것 같구나. 이 천은 장명의 것 같다."

말과 함께 그가 내민 것은 작은 천 조각이었다. 피가 묻어 있는 그 천 조각은 제일 부상 정도가 심한 남궁장명의 것인 듯했는데 물론 증거는 없었다.

그러나 확실한 것은 이 천 조각이 떨어진 것이 그리 오래전의 일이 아니라는 것이다. 그리고 그 천 조각은 한 개가 아니었다. 일 장 혹은 이 장여의 간격을 두고 계속 떨어져 있었던 것이다.

"바보가 아니라면 이게 무슨 뜻인지 알겠지. 어서 가자꾸나!"

"예, 어르신!"

모인의 말에 경호는 고개를 끄덕이며 움직이기 시작했다.

분명 이것은 일행이 남겨놓은 신호였고 그걸 따른다면 못 찾을 일이 없었던 것이다.

*　　　*　　　*

아무래도 선택을 잘못한 것 같았다. 다른 자들이야 어떻게든 오는데 저 영감탱이 한 명은 놔두고 오는 것이 좋을 듯싶었다. 괜히 고집 부려 데려와 움직이는 속도만 늦어질 뿐이었다.

"빨리빨리 움직이지 못해! 기어가도 이것보단 빠르겠다!"

"그렇게 느리면 내 혈도를 풀던가? 그렇지 않을 거면 그냥 조용히 가지?"

대관절 누가 잡혀 있는 사람인지 모를 정도로 거친 목소리가 흘러나왔다. 고도간은 인상을 벅벅 쓰며 상대를 노려보았지만 상대는 그저 아무런 말이 없었다.

대신 돌아오는 것은 살짝 비틀린 입술이었다. 생각 같아선 저 지충표란 놈의 멱살을 틀어쥔 채 바닥에 내리꽂고 싶지만 그럴 상황은 아니었다. 뭐가 어떻게 되었던지 간에 이들은 인질이 확실하니 말이다.

가지고 있는 인질을 죽인다면 그건 바보 같은 일이었다. 물론 상황에 따라 조금 다를 수도 있지만 지금과 같은 상황에선 그게 옳았다.

"가뜩이나 성질나는데 아주 긁는구나. 인질이고 뭐고 다 죽이고 가는 수가 있다."

결국 고도간이 할 수 있는 것은 이렇게 협박하는 것뿐이지만 상대는 지충표였다. 그는 그 자리에 주저앉으며 입을 열었다.

"죽이든지 살리든지 맘대로 해. 남궁 타주는 더 이상 움직이면 위험해. 조금이라도 쉬었다 가야 해."

지충표가 완전히 작정이라도 한 듯 자리에 앉자 고도간의 눈이 다시 뒤집어졌다. 광기가 번들거리는 그의 눈은 당장이라도 그를 죽이려 할 것만 같았다.

"그렇게 나온다면 서로가 기분 나쁠 뿐입니다. 그렇게 생각하지 않으십니까?"

어디선가 차분한 목소리가 들려오자 지충표는 고개를 돌렸다. 말이 나온 곳은 바로 옆, 제룡이었다.

"하면 그쪽은 무슨 방법이 있소이까? 내 말이 틀린 것은 아니지 않소?"

조용히 이야기하지만 제룡의 말은 완연한 협박이었다. 그러나 지충표는 이번에도 동요가 없었다.

이도와 오유는 말은 없어도 지충표와 뜻을 같이하고 있었다. 그 두 사람 역시 지충표의 옆에 앉은 것인데 지충표는 잠시 두 사람의 얼굴을 바라보았다.

"……."

이도는 싱긋 웃고 있었고 오유는 말없이 고개만 끄덕이고 있었다. 문득 지충표는 이런 자신들의 모습이 참으로 어처구니가 없다는 생각이 들었지만 현재로선 방법이 없었다. 그저 이렇게 시간만 끄는 것이 그가 할 수 있는 전부였던 것이다.

아무리 내력을 금제당해도 그는 기본적인 힘이 있었다. 노인 한 명의 몸을 업고 움직이는 것쯤 그리 어렵지 않았다. 실제로 그가 노리는 것은 따로이 있었던 것이다.

현백이든 창룡이든 올 터였다. 그때까지 그는 조금이라도 움직이는 속도를 늦추어야만 했고 그러려면 이런 방법밖에 없었다. 하나 상대는 이미 그의 의중을 알아차리고 있었다.

"그렇게 나온다면 이쪽도 어쩔 수 없지요. 인질 한 명 정도는 본보기로 놔둘 수밖에요."

"큭! 그래? 후우, 내 인생도 여기까지구만."

체념하며 지충표는 자리에서 일어났다. 그리곤 목을 뺀 채 턱을 들어올리며 제룡의 얼굴을 바라보았다. 벨 테면 베란 뜻이었다.

하지만 제룡은 이러한 지충표의 행동에 그저 웃을 뿐이었다. 그는 품속에서 작은 단검 하나를 꺼내 들었다. 그리곤 앞으로 팔을 쭉 뻗었다.

"……!"

그 검은 지충표를 향하지 않았다. 검끝이 향한 곳은 다름 아닌 남궁장명의 목 어림이었다. 지충표의 귓가에 제룡의 목소리가 들려왔다.

"내가 언제 당신을 죽인다고 한 적이 있나? 여기 있는 어르신을 죽일 수밖에 없지. 그래야 조금이라도 빨라질 테니 말이야."

"……."

제룡, 확실히 만만히 볼 상대가 아니었다. 지금 일행의 약점을 너무나 잘 알고 있었다.

만일 지충표의 목숨을 노렸다면 아무런 이득도 취하지 못할 터였다. 목숨은 자신의 것, 자신이 스스로 포기하는 바에 무슨 이득이 있겠는가?

하나 남궁장명을 노리면 달랐다. 그 책임은 가장 앞에 선 지충표에게 돌아온다. 그 책임감은 버티기가 쉽지 않은 것이었다.

"협상을 할 줄 아는 놈이었군."

"다행히 이곳저곳 많이 굴러먹었었습니다. 저보다도 여러분이 더 대단하지요. 이런 상황에서도 눈 하나 깜짝하지 않으니 말입니다."

뭐가 대단하다는 것인지 모르지만 이제 할 일은 정해졌다. 다시금 길을 나서야 하는 것이다.

지충표는 옆에 있는 남궁장명의 어깨에 손을 올렸다. 그리곤 고개를 살짝 끄덕였다. 다시 움직여도 되겠냐는 무언의 의

사 표시였다.

남궁장명은 살풋이 웃고는 자리에서 일어나고 있었다. 지충표는 그런 남궁장명에게 등을 빌려주었고 이내 그를 거뜬하게 들어올렸다.

"큭큭. 역시 제룡 너답다. 이제야 좀 고분고분해지겠군. 어서 움직여!"

고도간은 기분 좋은 얼굴을 한 채 손을 움직였다. 그러자 지충표가 움직였다. 이도와 오유는 그 뒤를 따르고 말이다.

선두에 소룡이 있었고 지충표와 일행이 그 뒤였다. 다음 고도간과 제룡이 움직이고 있었다. 고도간은 제룡의 어깨를 살짝 두드리며 입을 열었다.

"역시 넌 내 곁에 있어야 해. 앞으로도 계속 이렇게만 해라. 반드시 좋은 날이 올 것이다. 우리가 북경으로만 가면 말이다."

"북경? 북경으로 갑니까?"

아무리 생각해도 북경엔 아무것도 없었거늘 고도간은 무슨 수가 있는 듯 그저 빙긋 웃고만 있었다. 고도간은 앞서 움직이며 말을 이었다.

"가보면 안다. 우리 당의 진정한 힘이 그곳에 있다."

"……."

무슨 힘이 있다고 그러는지 모르지만 제룡은 왠지 전혀 기쁘지가 않았다. 또 다른 힘이라 하지만 결국 없혀지는 것일 뿐이었다. 괜한 허풍인 것이다.

"거짓이 아니다. 내가 가진 것들… 그때 가서 다 보여주마."

"거짓이라 생각지 않습니다. 어서 가시지요."

최대한 공손히 입을 열며 제룡은 고도간을 재촉했고 고도간은 고개를 끄덕이며 앞으로 움직였다. 제룡은 한숨을 쉬며 그 뒤를 따를 뿐이었다.

칙칙한 어둠은 그들이 앞으로 움직이자 그 뒤에 짙게 깔리고 있었다. 그 어둠 속에 남아 있는 것이라곤 작게 찢어진 천 조각뿐이었다.

    *   *   *

"알아보았느냐?"

"예, 장문인. 왠지 분위기가 이상합니다. 성안이 마치 대낮이 된 듯 환합니다. 게다가 좀 전에 종요 포정사와 도지휘사사가 같이 나갔습니다. 일단의 군사들을 데리고 말입니다."

"군사들? 대체 무슨 군사들을 데려가?"

한 제자의 목소리에 도학운은 심각한 어투로 다시 물었다. 그러자 무당에 적을 둔 청년이 입을 열었다.

"족히 천여 명은 되어 보였습니다. 어떤 일인지 모르지만 상당히 중한 일인 듯싶었습니다. 성문 쪽을 향해 움직이는 것으로 보아 이곳 성도를 벗어날 모양입니다."

"그래?"

조금은 이상한 생각에 도학운은 고개를 갸웃거렸다. 이래선 할 수 있는 일이 아무것도 없었다. 적어도 종요는 있어야 말이 되었다.

"아니, 이 야심한 시간에 두 사람이 동시에 군사를 이끌고 사라져야 하는 일이 대관절 무엇인지 이해가 안 가는군요. 아무래도 사람을 더 붙여봐야 하는 것이 아닙니까?"

"그렇지 않아도 오사제가 그들의 뒤를 쫓았습니다. 뭔가 나오는 대로 연락이 올 것입니다."

청목의 말에 무당의 청년이 대답하자 청목은 흡족한 미소를 지으며 입을 열었다.

"원평(元評), 너의 일 처리가 날이 갈수록 꼼꼼해지는구나. 진정 천제님의 보살핌이 내린 것이야. 무량수불."

만족한 어투로 원평이란 자를 두둔하자 원평은 그저 옅은 웃음을 지을 뿐이었다. 영준해 보이는 그의 얼굴이 더욱더 돋보이는 순간이었다.

"허허허, 무당의 세가 날이 갈수록 커집니다. 과연 구대문파의 으뜸답습니다."

"어인 말씀을? 소림을 앞에 놓고 그런 말을 하다니요? 게다가 이곳엔 이번 대회의 우승자도 있습니다. 허허허!"

백은 대사의 말에 도학운이 입을 열자 갑자기 분위기가 화기애애해졌다. 단 한 부류의 사람들만 빼고 말이다. 양평산과 토현만 빼고.

이미 출발하기로 한 시간보다 한 시진이나 더 늦고 있었다. 조금만 더 있으면 동이 틀 시간이 되어가고 있었는데 어째서인지 이들은 그저 늑장만 부리고 있는 것이다.

"말씀 중에 죄송하오만 이제 움직여야 될 것 같소만."

더 두고 보기 힘들었는지 양평산이 입을 열자 그제야 사람들의 눈이 움직였다. 그리곤 난처한 표정의 도학운이 입을 열었다.

"당장이라도 움직이고 싶은 마음이야 굴뚝같지만 어쩐지 지금은 쉽지 않군요. 더욱이 오 대협도 아는 연줄을 동원하려 나간 상태입니다. 좀 더 기다려 보심이 좋을 듯합니다."

"한 시진이면 된다는 것이 이미 두 시진을 넘어 세 시진째로 흐르고 있소이다. 만일 지금 도망쳤다면 성 밖을 한참이나 벗어난 상황일 것이오. 한데 어찌해서 계속 이곳에 있어야 한단 말이오?"

양평산은 더 참지 못하고 자리에서 일어났다. 그리곤 바로 신형을 돌렸는데 이와 같은 행동은 사실 좋은 행동은 아니었다. 아무리 상대가 강호의 배분이 작다고 해도 배려는 해야 했다. 더욱이 이들은 한 문파의 수장급인 것이다.

당장에 그들의 얼굴색이 눈에 띄게 안 좋아지고 있었다. 그러자 토현은 고개를 좌우로 살짝 저으며 양평산의 뒤를 쫓

앉았다.

"아무래도 내 아우가 많이 조급한 모양이오이다. 우리 먼저 출발해 주위를 둘러볼 터이니 새로운 소식이 있으면 연락을……."

토현은 말과 함께 나서려다 말을 멈추었다. 문 앞에 한 사람이 서 있었던 것이다.

그는 바로 오위경이었다. 인맥을 동원해 보겠다는 그의 자신감 어린 얼굴은 어디론가 사라졌고 왠지 풀이 죽어 있었다.

"죄송하오이다. 인맥을 동원했으나 이곳의 최고책임자들이 방금 떠난 상황이라 어찌해 볼 도리가 없소이다."

"…그럼 이만……."

더 이상 말해봐야 입만 아플 것이라 생각한 양평산은 살짝 고개만 끄덕인 채 앞으로 움직였다. 그리고 그와 같이 온 개방의 사람들 모두가 다 움직일 때였다.

"……!"

이번에도 그들은 나갈 수가 없었다. 오위경의 뒤에 나타난 새로운 사람 때문이었다. 두 사람이었다.

한 사람은 큰 방갓을 둘러쓴 사람이었는데 얼굴을 보지 못해 누군지 알 수가 없었다. 하나 그 옆의 사람은 단박에 알 수 있었다.

온몸 구석구석에 작은 검상과 함께 핏자국이 옷에 묻어 있는 그는 앞으로 나서고 있었다. 잠시 주위를 둘러보다 그는 양평산의 앞으로 가 고개를 숙였다.

"오랜만에 뵙습니다."

"그래… 자네도 오랜만이로군."

현백, 그는 바로 현백이었다. 그럼 그 옆에 있는 사람은 당연히 장연호일 터였고 그 짐작은 맞아 들어갔다.

"상공!"

"하하하! 수 매, 잘 있었던 것 같소이다."

어디선가 품속을 향해 달려든 여인을 다독이며 그는 방갓을 벗었다. 그리곤 고개를 돌려 한쪽을 바라보았다.

"장문인을 뵙니다."

"……."

비록 공손한 인사는 아니지만 분명 그는 인사를 했다. 하나 그 인사를 받는 도학운의 표정은 좋지 않았다. 아니, 노기마저 감돌고 있는 얼굴이었다.

하나 장연호는 슬쩍 그 표정을 흘릴 뿐이었다. 그리곤 막 현백의 옆으로 가려 할 때였다.

"오다가 개방 친구를 만났습니다. 그가 이곳에 다들 계시다 하더군요."

조용한 현백의 목소리가 주위를 울리고 있었다. 양평산의 옆에 있던 혁련월은 입술을 질끈 깨물었다.

"한데 혁 형……."

현백의 목소리가 들려오자 혁련월은 고개를 살짝 숙였다.

왠지 그는 현백의 얼굴을 정면으로 바라보기가 힘들었다.

"일행은 어디 있소이까?"

"……."

혁련월은 두 눈을 질끈 감았다. 뭐라고 이야기하기는 해야겠는데 말하기가 참 힘들었다. 왠지 자신이 허수아비가 된 것처럼 느껴지니 말이다.

"무슨 일이 있소이까?"

그저 아무런 말도 못한 채 두 눈만 감고 있는 혁련월을 보며 현백은 다시금 입을 열었다. 하나 혁련월의 얼굴은 여전히 굳어 있을 뿐이었다.

그렇게 일각이나 흘렀을까? 이윽고 혁련월의 입술이 열렸다.

"미안하오… 현백."

"……."

그저 그렇게 말할 뿐이었다. 현백은 그 목소리에 눈을 가늘게 떴다. 현백의 몸에서 작은 아지랑이가 피어오르고 있었다. 부지불식간에 그의 몸에서 내력이 치달아 오르고 있었던 것이다.

第六章

억울한 죽음

1

 꽤나 깊이 들어온 것 같았는데 아직도 사람들의 기척은 없었다. 경호는 오른손에 꽉 쥔 검을 흘끗 보곤 다시 모인의 뒤를 쫓기 시작했다.

 모인은 앞에서 빠른 걸음으로 가고 있었는데 사실 걷는다고 말하기 좀 그럴 정도로 빠른 걸음이었다. 거의 경신술을 펼치는 것이나 마찬가지였던 것이다.

 횃불을 들고 움직이는 그의 뒤를 쫓는 것만으로도 상당히 벅찬 상태였다. 하나 뒤처질 수는 없기에 경호는 온 힘을 다해 움직이고 있었다. 그때였다. 갑자기 눈앞에 모인의 신형이 커다랗게 보이고 있었다.

"엇!"

놀란 경호는 겨우 몸을 세웠는데 모인이 그 자리에서 멈추어 선 것이었다. 경호는 의아한 눈빛을 보내었지만 모인은 그를 보지도 않았다.

"어르신, 무슨 일이 있습니까?"

"…그놈이다."

"예?"

뜻 모를 이야기에 경호는 다시 되물었지만 모인은 아무런 말도 하지 않았다. 그저 눈을 빛내며 어딘가를 계속 주시할 뿐이었던 것이다. 그러던 그의 입술이 갑자기 열렸다.

"언젠가 말했던 그 살수 같은 놈, 그놈의 기운이 느껴진다. 조금 뒤로 물러서거라."

"……!"

대관절 무슨 소리인가 하던 경호는 어떤 사실 하나를 기억해 내곤 흠칫 뒤로 물러섰다. 살수 같은 놈은 바로 현백을 암습했던 자들을 데리고 온 흑의인을 이야기하는 것이었다.

양명당 근처에서 사라졌다고 한 그자가 지금 이곳에 있다는 것은 시사하는 바가 컸다. 두 사람이 제대로 길을 잡았다는 뜻이기도 한 것이다.

"하면 지금 해야 할……!"

쉬이잇!

잠시 머리를 굴리다 뭔가 이야기하려던 경호는 급작스런

살기에 눈을 크게 떴다. 그와 함께 눈앞에 환한 빛이 보이고 있었다. 그건 날이 시퍼렇게 선 검의 반사광이었던 것이다.

피하려 해도 정말 쉽지 않은 상황. 경호는 이를 악물며 고개를 옆으로 틀었다. 그러자 목을 노리던 검끝이 그 방향을 전환했다.

파아앗!

"큭!"

경호는 작은 비명성을 내었다. 바뀐 검극이 그의 오른뺨을 훑고 지나간 것이었다. 그리 큰 상처는 아니었지만 작은 상처로 치부하기도 쉽지 않았다.

하나 중요한 것은 지금부터였다. 암습자의 공격은 거기서 멈추지 않았던 것이다.

허리를 기묘하게 틀어낸 그는 바로 경호의 목줄을 노렸다. 경호는 이를 악물며 내력을 끌어올렸다. 그리곤 오른손의 검을 하늘로 치켜세운 채 그대로 앞으로 내리눌렀다.

과아아아…….

부지불식간에 키워낸 내력이지만 그 위력은 상당했다. 날아오던 암습자의 검은 뒤로 살짝 밀리면서 작은 떨림을 보였다. 그리고 그 정도 시간이면 충분했다.

타탓… 파아앙!

일단 거리를 벌리기 위해 경호는 뒤로 몸을 빼내었다. 하나 그 순간이 더욱더 위험한 상황을 만들었다. 경호가 공중에 몸을 띄워 올린 그 순간, 암습자는 바로 다음 공격을 펼쳐 왔던 것이다.

"……!"

이건 뒤로 밀린 것이 아니었다. 일부러 밀린 척했다는 표현이 옳았는데 그 이유는 바로 밝혀졌다. 집요하게 흑의인이 노리는 부위에 살기가 찌릿하게 느껴졌던 것이다.

발… 다름 아닌 그의 발이었다. 그리고 그제야 경호는 이 암습자의 목표를 알 것 같았다.

모인이 아닌 자신이었다. 또한 목숨을 해하려 하는 것도 아니었다. 이렇게 움직이기 힘들 정도로 만들어놓으려 하는 것이다. 역으로 생각하면 추격의 속도를 늦추기 위해 이런다는 것을 알 수 있었다.

"이야아압!"

경호는 모든 힘을 다해 신형을 돌리려 애썼지만 이미 불가능한 일이었다. 그저 이렇게 손을 내려 검으로 막을 뿐. 하나 그건 그의 생각이었다.

"악독한 놈이로고!"

시이잇…… 기이이잉…….

모인이었다. 경호와 암습자의 사이에 끼어든 모인 역시 지금 이자가 무슨 일을 하려는지 알 수 있었다. 물론 그의 의도대로 해줄 생각은 눈곱만큼도 없고 말이다.

모인은 손을 뻗어 암습자의 검을 만졌다. 정말 그렇게밖에 표현할 수 없었는데 중지와 검지를 쭉 뻗은 채 그의 검면에 대고 있었던 것이다.

그런데 기이한 일이 일어났다. 마치 자철이라도 된 듯 암습자의 검이 모인의 두 손가락에 딱 달라붙은 것이다. 이어 경호의 눈에 그 검이 활처럼 휘는 것이 보였다.

그건 모인이 하는 것이 아니었다. 암습자가 당황하여 검을 잡아 빼려는 것인데 그때였다. 모인의 손가락이 움직이고 있었다.

검지는 그대로 놔두고 중지를 위로 살짝 들었다가 이내 다시 내리고 있었다. 하나 그 손가락이 검면에 닿은 순간, 강렬한 울림이 허공에 울렸다.

쩌어어어엉!

"큭……!"

이어 들린 짧은 비명과 함께 경호는 똑똑히 볼 수 있었다. 모인의 무공을 말이다.

쉬이이잇!

도대체 사람의 움직임이라 생각할 수가 없었다. 마치 공중에 천이 나풀거리듯 모인은 나가고 있었다. 그리고 그의 움직임은 암습자의 다리 부분부터 시작되었다.

휘리리리링!

끈 하나를 천에 연결한다. 그리곤 다리에 휘감고 확 잡아당기면 바로 이렇게 보일 듯싶었다. 모인은 빠르게 그의 다리를

억울한 죽음 211

휘감아 올라가는 듯하다가 갑자기 신형을 보였다. 암습자의 왼쪽 부근이었다.

그의 다리가 허공으로 올라가고 있었다. 정확히 왼쪽 갈빗대 부근에 꽂히자 거북한 소리가 흘러나왔다.

우득!

"크악!"

이번에야말로 사람 같은 비명이 흘러나왔다. 그리곤 모인의 신형은 다시 사라졌다.

휘리릿… 우두두둑!

"우아아악!"

암습자의 입에선 정말 큰 소리가 흘러나오고 있었다. 모인의 신형은 보이지 않았는데 그는 암습자의 뒤로 돌아가 있었다. 그리곤 오른손으로 그자의 왼 어깨를 감아 쥐었고 왼발은 꺾어 암습자의 왼발을 감아 쥐었다.

그 상태로 허리를 숙이니 자연스럽게 몸이 새우처럼 꺾이게 된 것이다. 일순 모인은 그 상태를 잠시 유지하다 이내 그를 내던졌다.

퍼어어억!

"감히 내게 덤비다니 어이가 없구나."

모인은 어처구니없다는 듯 입을 열었다. 그리곤 그자에게 걸어가며 말을 이었다.

"나의 의형과 의제가 전에 널 놓친 것은 도망칠 곳이 많아서였을 터였다. 하나 이곳에서 그게 가능할 듯싶었더냐?"

"……."

모인의 말에 암습자는 그저 아무 말도 못하고 있었다. 경호는 얼른 달려가 그의 몸을 결박하려 했다. 그러다 무심코 그의 발을 바라보았다.

"……!"

그의 발은 이미 퉁퉁 부어 있었다. 이미 도망치지 못하도록 모인이 해놓은 것이었다. 그제야 경호는 왜 이자가 이토록 쉽게 잡혔는지 알 것 같았다.

상대의 발을 묶는다는 이자의 전략을 그대로 돌려준 것이다. 그의 귓가에 모인의 목소리가 다시금 들려왔다.

"양명당의 다섯 용 중 어둠 속에서 나타나지 않는 자가 있다고 들었다. 네가 바로 암룡이 아니더냐?"

상대의 복면을 벗기며 모인이 물었지만 암룡이란 사내는 아무런 말이 없었다. 가타부타 말이 없는 것이 아무래도 맞는 듯싶었다.

"어둠을 벗 삼아 암습을 전문으로 하는 자가 나에게 정면으로 덤빈다라……. 그건 그만큼 상황이 급박하다는 뜻이겠지. 아니 그런가?"

"……."

아무 말 없는 암룡을 보며 모인은 살짝 입술을 비틀어 올렸는데 창백한 얼굴의 암룡은 완전히 무슨 포로가 된 듯 보였다. 모인은 고개를 돌려 경호의 상세를 확인한 후 입을 열었다.

"이미 혈이 점해져 있으니 아무런 행동도 취하지 못할 것이다. 이후엔 네가 끌고 오너라. 난 먼저 앞으로 가겠다."

"예, 어르신. 그렇게 하십시오. 하면 조금 있다 뵙겠습니다."

"오냐, 조심하거라."

스스슷.

모인은 말이 끝나자마자 바로 사라졌고 그제야 경호는 모인이 자신을 배려하고 있다는 것을 알았다. 원래대로 하자면 그는 절대 모인의 뒤를 쫓을 수가 없었던 것이다.

"자, 우리도 움직여 볼까요?"

"…큭!"

어깨를 잡아 올리며 경호가 잡아끌자 발이 부은 암룡은 짧은 신음 소리를 내었다. 하나 경호는 냉소와 함께 차가운 목소리를 내었다.

"불쌍한 척하면 내가 봐줄 것 같소? 내 뺨에 흉 지면 그땐 죽을 줄 아시오."

한마디 툭 뱉고 경호는 움직이기 시작했다. 두 사람의 신형 역시 앞서 간 모인처럼 어둠 속으로 사라지고 있었다.

"이제 여기만 나서면 이 토굴에서 벗어날 것 같습니다."

제룡은 고개를 끄덕이며 고도간을 향해 입을 열었다. 그러자 고도간은 지긋지긋한 표정을 지으며 소리쳤다.

"빌어먹을 곳! 어서 나가기나 하자구. 칙칙한 느낌 정말 보기 싫군."

확실히 여태껏 왔던 것과 비교해 많은 차이가 있었다. 일단 풀 내음이 나는 것이 정말 다 온 듯했다. 이젠 나가기만 하면 되는 것이다.

종요가 알려준 이 통로는 누가 만들었는지 알지 못했다. 종요도 알고만 있을 뿐 써본 일이 없었다고 했는데 일단 길이 뚫려 있는 것은 확실한 듯 보였다.

어서 나가라며 이쪽 길을 알려주면서도 종요는 고도간에게 아쉬운 얼굴을 만들었었다. 도대체 그토록 돈에 환장한 건지 모르지만 고도간은 싹 무시하고 나왔다.

"제룡, 네 생각은 변함이 없는 것이냐? 정말 그놈들이 우릴 방패막이로 사용했을까?"

"…분명하진 않으나 하나의 방법임엔 틀림이 없습니다."

갑자기 들려오는 고도간의 말에 제룡은 입을 열었다. 사실은 전적으로 미끼가 되었다고 생각하고 있지만 굳이 고도간의 신경을 거스를 필요가 없었기에 더 이상 말하지 않았다.

"개 같은 놈들! 그렇게 힘이 되어준다고 알랑거리던 놈들이……. 내 반드시 네놈들 눈에서 피눈물이 쏟아지게 만들고야 말 것이다!"

"……."

악담을 퍼붓는 그의 모습에 제룡은 아무런 말도 없이 바라만 보았다. 사실 그들이 잘못이라기보다 기대를 한 본인들이 잘못이었다. 입장을 바꾸어 자신이 그들이라 해도 똑같이 대우했을 터이니 말이다.

제룡의 입장에선 고도간을 환대해 주었다는 것 하나만으로 놀라운 일이었다. 그 이상의 것은 바라지도 않았던 것이다.

"한데 당주님, 한 가지 여쭈어봐도 되겠습니까?"

"뭔데?"

제룡의 말에 고도간은 아무 생각 없이 입을 열었다. 제룡은 잠시 그의 뒷모습을 보다 입을 열었다.

"이번에 가는 곳에 대해 정확히 알고 싶습니다. 과연 그곳이 우리의 힘이 되는지 알고 싶어서요."

"…제룡, 이제 내가 못 미더워진 것이냐?"

"……."

갑자기 일행의 움직임이 멎었다. 어느 사이엔가 마음이 급한 고도간이 제룡과 함께 맨 앞으로 나와 있었던 것인데 그들이 서니 자연히 움직임이 멎은 것이다.

"잊지 마라, 제룡. 내가 네놈의 상관이다. 이젠 내가 아주 우습게 보이나 본데 나 고도간이다."

"……."

살짝 으르렁거리는 목소리가 들려오자 제룡은 고개를 숙였다. 누가 뭐래도 그는 자신의 상관이었다. 기분 나쁘게 해봤자 자신만 손해인 것이다.

"그런 의미가 아닐 것입니다. 매사에 확고히 하는 제룡입니다. 당연히 이런저런 생각을 위해 정보가 필요했을 것입니다. 제룡의 성격을 잘 알고 있지 않으십니까?"

상황이 좋게 돌아가지 않자 제일 후미에 처져 있던 소룡이 다가와 고도간을 달랬고 고도간은 그제야 입술을 실룩이며 신형을 돌렸다. 그리곤 앞으로 나아가려 할 때였다.

"응?"

고도간은 앞으로 움직이려던 신형을 멈추었다. 그러다 바로 뒤로 신형을 돌린 채 그대로 앞으로 쏘아져 나갔다.

파아아앙!

거구라곤 생각지도 못한 움직임이 보여지고 있었다. 고도간은 근 일 장여의 공간을 순식간에 줄인 채 앞으로 나아갔고 가자마자 쌍수를 들어 앞으로 내밀었다.

흡사 미친 것이 아닌가 하는 생각이 들고 있었지만 그가 움직인 이유는 곧 알 수 있었다. 커다란 소리가 동굴 안에 울렸던 것이다.

빠아아앙!

가죽 북이 힘차게 터지는 듯한 소리가 들리더니 고도간은 나아갈 때보다 빨리 뒤로 튕겨나고 있었다. 하나 그가 그냥 온 것은 아니었다. 그의 양손엔 각기 한 사람씩의 뒷덜미가 잡혀 있었던 것이다.

"쿨럭! 제길… 암룡 이놈은 대체 뭘 한 거야!"

새빨간 피를 쏟으며 고도간은 소리쳤다. 양손에 들린 사람은 오유와 지충표였는데 제룡과 소룡은 사색이 되어 앞으로 나갔다.

잔뜩 경계를 하는 그들의 눈에 한 사람의 모습이 보였다. 작은 키에 단단한 몸을 가진 노인. 문득 그들의 귓가에 이도의 목소리가 들려왔다.

"자… 장로님!"

"큭… 잘 있었느냐? 조금 있다가 보자꾸나."

나타난 사람은 바로 모인 장로였다. 그는 살짝 눈을 치켜뜬 채 고도간을 노려보았고 고도간은 그의 눈길을 받으며 이를 악물었다.

"꼴을 보아하니 네놈이 양명당주 고도간이란 놈인 것 같구나. 대관절 어디서 놈을 의탁해 여기까지 왔는지 모르지만 여기까지다. 당장 두 사람을 이리 보내지 못하겠느냐!"

추상같은 호통이 동굴 안을 울리지만 고도간은 그저 비실비실 웃을 뿐이었다. 문득 그의 목소리가 동굴 속을 울렸다.

"미친놈! 이런 상황에서 보내라면 보내는 것이 정상이냐? 개소리 말고 뒤로 물러나! 그렇지 않으면 이 두 놈의 목숨은 없다!"

 왼손의 지충표를 내던진 채 고도간은 오유의 목줄을 틀어쥐었다. 여차하면 비틀어 버리겠다는 심산이었던 것이다.

 "이 돼지 같은 놈! 그 손 당장 치우지 못해!"

 "미친놈, 네놈 처지나 생각하면서 이야기하시지? 제룡! 그놈 한 번만 더 헛소리하면 모가지를 비틀어 버렷!"

 "알겠습니다, 당주님."

 제룡은 재빨리 지충표의 신형을 감싸 안으며 뒤로 움직였다. 그 모습에 모인은 그저 이를 악물 뿐 아무런 행동도 할 수가 없었다.

 하나 그 역시 고도간의 말처럼 물러날 수는 없었다. 그들이 한 발 뒤로 물러서면 그 역시 앞으로 나아갔다. 그렇게 차 한 잔 마실 시간이 지났을 때였다.

 시이잉.

 차가운 바람이 사람들의 얼굴을 간질이고 있었다. 소룡은 재빨리 앞으로 달려나가 상황을 확인하곤 고도간을 향해 외쳤다.

 "밖입니다! 일단 나가시지요!"

 "큭큭… 좋아! 어디 누가 이기나 해보자고!"

 타타탓!

 오유를 옆구리에 낀 채 고도간은 내리 달렸다. 그러자 제룡도 지충표를 잡고 달렸는데 모인은 차가운 미소를 내뿜으며

억울한 죽음 219

그 뒤를 따랐다.

"게 서지 못하겠느냐!"

"병신 같은 늙은이, 이거나 받아!"

퍼어어엉!

갑자기 모인의 눈앞에 커다란 흙먼지가 피어올랐다. 밖으로 나간 고도간이 입구를 향해 장력을 날린 것인데 정말 위험한 순간이었다. 이렇게 몇 개의 장만 더 날려도 어떻게 해볼 도리가 없었던 것이다.

"차아압!"

파아아앙!

뒤따라오는 이도와 남궁장명을 챙기지도 못하고 그는 앞으로 쏘아져 나갔다. 그리곤 양손 가득 장력을 끌어올리며 다음 공격에 대비를 했다.

그런데 이상한 일이었다. 장력은 단 한 번만 왔었고 더 이상 공격은 없었다. 아무리 모인이 빠르다 하더라도 최소한 두 번 정도는 더 때려낼 시간적 여유가 있는데 말이다.

무슨 일이 있는지 모르지만 모인으로서는 호재였다. 그는 모퉁이를 돌며 밖으로 나갔다. 한데 그 순간이었다.

피리리리링!

"……!"

모인의 눈이 화등잔만 하게 커졌다. 귓가에 들려오는 파공음은 무언가 날아오고 있다는 뜻이었는데 피하고 어쩌고 할 사이가 없었다.

　부지불식간에 그는 손을 들어올렸다. 그리곤 전방을 향해 장력을 쏟아내었다.

　쩌어어엉… 후두두둑!

　공기의 울림으로 무형의 벽을 만들자 그 벽에 부딪쳐 무언가 우수수 떨어지고 있었다. 좌우 양옆으론 무언가 땅에 내리꽂히고 있었는데 숫자가 엄청났다.

　그리고 아직도 공격은 계속되었고 도무지 끝이 나지 않을 것처럼 보였다. 벌써 그가 만들어낸 내력의 벽은 서서히 무너져 가고 있었는데 모인은 그제야 암기의 정체를 알 수 있었다.

　화살, 그것도 강궁에 쓰이는 곧고 강한 화살이었다. 아무리 내력이 강하다 해도 이 정도의 화살을 계속 막아낼 수는 없었다. 이대로 가다간 고슴도치가 될 뿐이었다.

　"하압!"

　파아아앙!

　몸을 뽑아 올리며 허공으로 피하자 많은 화살들이 아래로 떨어지고 있었다. 하나 그렇다고 완전히 다 피한 것은 아니었는데 결국 우려하던 일이 생겨 버렸다.

　푸우욱!

　"크윽!"

　오른발 무릎 바로 위쪽에 한 개의 화살이 틀어박혔다. 공중에 신형을 띄우면서 내력이 흐트러진 것이 원인이었는데 그로선 어쩔 수 없었다. 아니, 그나마 이 정도로 끝난 것이 다행이라고나 할까?

화살은 이제 더 이상 날아오지 않았다. 대신 그의 귓가에 누군가의 목소리가 들려왔다.

"모두 화살을 장전하라!"

"장전!"

커다란 외침 소리가 들리고 저 어둠이 짙게 깔린 곳에서 인기척이 들려오고 있었다.

"조준!"

이어 들려오는 소리에 모인은 확실히 알 수 있었다. 저들은 관군이었다. 이건 틀림없는 군대의 제식구령인 것이다.

"무슨 일이에요, 장로님? 오유와 지 아저씨는요?"

"이런! 어서 들어가거라! 위험해!"

깜박하고 있었다. 이도와 남궁장명을 말이다. 하나 이미 늦은 상황이었다.

"발사!"

파파파파팡!

허공 가득 다시 화살이 날고 있었고 모인은 뒤로 움직였다. 공중에 몸을 띄우면서 너무 많이 앞으로 와 있었다. 화살의 공격을 피하려는 본능적인 행동이었던 것이다.

"이익!"

이를 악물고 뛰어보지만 이미 너무 늦은 듯 보였다. 화살은 어느새 궤적이 꺾이고 세상 모든 것을 다 집어삼킬 듯 강맹하게 내리꽂히고 있었다. 한데…….

키리리링! 터터터터텅!

"……!"

이도와 남궁장명의 머리 위로 화살이 튕겨 나가고 있었다. 고슴도치가 되었어야 할 두 사람이 살아 있자 모인은 잠시 멍했다. 조금 튕겨 나가고 끝난 것이 아니라 화살의 비가 끝날 때까지 모두 튕겨내졌던 것이다.

"어르신!"

"……!"

갑자기 들려오는 목소리에 모인은 고개를 살짝 빼 들었다. 그러다 환한 웃음을 지었는데 그는 바로 경호였다. 암룡을 잡은 채 토굴에서 나오고 있었는데 그 둘만이 아니었다.

한 개의 창이 보였다. 예기가 뚝뚝 묻어나는 창 아래로 한 사람의 모습이 보이고 있었다. 이제 터오르는 여명의 빛을 받아 장엄하기까지 한 모습이었다.

근엄한 얼굴로 입술을 꽉 다물고 있던 그는 바로 창룡 주비였다.

2

"다시 조준하라!"

"이보시게, 종 대인. 진정하시오. 이건 내가 할 일이오이다."

"바로 저놈이오이다! 이 사람의 목에 창날을 댄 무도한 놈이 눈앞에 있는데 어찌 일 타령이오! 당장에 쳐 죽이고야 말겠소이다!"

종요가 악에 받친 목소리로 대답하자 각운평은 미간을 살짝 찌푸렸다. 솔직히 종요의 말만 듣고 달려오기는 했지만 뭔가 찜찜한 순간이었다.

무엇보다도 비어 있는 감옥에서 사람들이 우수수 달려나왔던 것이 제일 이상했다. 분명 그가 알기로 감옥에 이러한 사람들이 있다는 보고를 들은 적이 없었던 것이다.

"종 대인, 확실히 해두어야겠소. 저기 있는 저자들은 대체 누구요? 누구길래 이 통로를 이용했고 또 대인께선 어찌 이 일을 알고 있었소?"

"각 대인! 지금 그런 이야기를 나눌 때가 아니오이다! 어서 저 쳐 죽일 놈들을……."

"모두 시위를 멈추어라!"

"……."

급한 마음에 종요는 입을 열었지만 각운평은 그 말을 자르며 소리쳤다. 어디까지나 군부는 각운평의 소속, 당연히 군사들은 각운평의 말을 따랐다.

"장군께서 명하셨다! 활을 내리거라!"

"활을 내려라!"

부관의 복명복창에 궁수들의 활이 공중에서 땅을 향하고 있었다. 각운평은 그 후 다시 종요를 뚫어지게 바라보았다. 할 말이 있으면 해보란 뜻이었다.

"후우… 각 대인, 구구절절한 이야기를 다 할 순 없겠지만 짧게 이야기하리다. 저자들은 사실 제 사람들이오. 그간 이곳에서 일어났던 괴이한 일을 수사하기 위해 데리고 온 사람들이오. 물론 나 이외엔 아무도 모르는 일이오."

"……"

"지금 저들이 그 뒤를 쫓아야 합니다. 그래야 이번 일을 뿌리뽑을 수 있소. 사실 그들이 있다는 곳도 아직 확실한 것이 없지 않습니까?"

현백이 그곳으로 간 건지 각운평은 알지 못했다. 만일 상황이 이렇다면 종요를 도와야 했다.

"궁수 다시 조준! 나중에 나오는 자들을 조준하라!"

"예, 장군님. 조준하라!"

"조준!"

커다란 소리가 울려 퍼지고 이내 활시위가 먹혀지고 있었다. 그러자 종요의 얼굴에 미소가 번졌다. 그의 계획대로 착착 진행되니 말이다.

이곳은 종요가 가끔 애용하는 길이었다. 빠르게 빠져나오는 길 같지만 실은 많이 돌아오는 길이었다. 그 점을 이용해 출구로 재빨리 왔던 것이다.

토끼 사냥과 다를 것이 없었다. 나오면 나오는 대로 그대로 쏴버리면 끝이니 말이다. 제아무리 무림의 고수라도 궁수 천여 명의 화살을 피할 수는 없으니 말이다.

물론 그가 각운평에게 한 말은 모두 거짓이었다. 하나 죽은 놈들이 입을 열 수는 없을 테니 들통날 염려는 없었다. 나머지는 그냥 조용히 보기만 할 뿐이니 말이다.

"별도의 말이 있을 때까지 모든 화살을 날려라. 일단 저들을 꿇리고 본다."

"예, 장군님! 쏴라!"

"화살을 쏴라!"

파파파파팡!

또 한 번 여명을 뚫고 화살의 비가 내리려 하고 있었다. 그 비를 바라보며 종요의 양쪽 입가엔 작은 미소가 걸리고 있었다.

"창룡 형!"

"다친 곳은 없느냐?"

이도의 말에 창룡은 굳은 얼굴로 물었다. 다행히 이도의 몸은 그리 크게 다친 것은 아니었지만 문제는 그 점이 아니었다.

아직 적들의 손에 있는 두 사람, 그들의 생사가 더 중요한 것이다. 그들은 저쪽 수풀을 향해 달리고 있었다.

"고도간! 그냥 두지 않는다!"

창룡은 커다란 소리를 지르며 앞으로 내달리려 했다. 하나 그건 생각뿐 실제론 그럴 수가 없었다. 바로 이어서 쏟아지는 화살의 비 때문이었다.

시시시시싱! 카라라라랑!

창대를 멋들어지게 돌리며 그는 떨어지는 화살을 모두 떨어뜨렸다. 하나 화살은 아직도 많이 내려왔고 그 많은 화살을 다 떨어뜨리려면 시간이 없었다.

"이 멍청한 작자들이 대관절 무슨 짓을 하는 것이야! 당장 그만두지 못할까!"

쩌렁한 모인의 목소리가 허공에 울려 퍼졌다. 내력을 가득 실어 소리쳤기에 듣지 못한 사람은 없었다. 그러나 궁수들은 손을 멈추지 않았다. 이미 그들에겐 쏘라는 명령이 있으니 말이다.

"이런!"

전혀 먹히지가 않자 모인은 난감한 상황이 되었다. 속마음이야 지금이라도 달려나가 다 작살내고 싶었지만 상대는 관군이었다. 함부로 그런 짓을 했다가는 본인뿐만이 아니라 개방 자체에 누를 끼치게 되는 것이다.

결국 그가 할 수 있는 일은 단 한 가지, 이렇게 화살이 다 떨어질 때까지 막는 것뿐이었다. 하나 창룡의 생각은 다른 듯 보였다.

"좋요! 이 탐관오리! 내 황제를 대신해 너를 벌하리라!"

찌이이이잉!

창대를 높이 들어올리자 창룡의 창이 울고 있었다. 귀청을 찢을 정도로 강한 것은 아니었지만 웅혼한 맛이 있는 기운은 새벽 하늘에 길게 퍼져 갔다.

그 웅혼한 창이 움직이고 있었다. 창룡은 경공을 쓴 채 빠르게 내달렸다. 목표는 저 앞에 있는 관군, 그 관군들을 향해 정면으로 덤벼든 것이다.

"저쪽 앞입니다. 그곳에서 누굴 기다리는지 매복하고 있다고 합니다."

"흐음, 정말 이상한 일이구나. 이런 시간에 왜 이곳에 궁수들이 있는지 정말……."

원평의 말에 도학운은 고개를 갸웃거렸다. 아무리 생각해도 그 이유를 알 수가 없었던 것이다.

관군이 이런 시간에 움직인다는 것은 작은 일이 아니다. 물론 훈련일 수도 있지만 시기적으로 맞지가 않는다. 조금 더 날이 선선해지면 해도 될 일을 지금 할 이유가 없는 것이다.

"가보면 알게 될 일입니다. 어서 가서 무슨 일인지 확인을… 응?"

"……! 형님! 둘째 형님입니다!"

토현과 양평산은 동시에 신형을 확 돌렸다. 저 앞에서 커다란 기운이 느껴지고 있었던 것인데 그 기운이 너무나 낯익은 것이었다. 아니, 기운보다도 더 확실한 소리가 분명히 들렸었다.

모인의 목소리였다. 내력을 실은 목소리를 들은 순간 그들은 허공을 박찼다. 하나 그들보다도 더욱더 빨리 앞에 나가는 사람이 있었다.

"현백!"

조용히 뒤를 따르던 현백, 바로 그의 모습이었다. 별로 발을 움직이지도 않는 것 같은데 쭉쭉 앞서는 그의 모습에 토현과 양평산은 동시에 눈을 빛내었다. 현백의 무공이 또 달라진 것을 느낀 것이다.

카라라랑!

"우욱!"

"크악!"

관군 속에서 커다란 술렁임이 일고 있었다. 자신의 일이 틀어진 창룡의 분노는 정말 대단했다. 하나 그는 마지막 이성의 끈을 잡고 있었다. 창대로 치며 궁수들을 날려 버리긴 해도 죽일 만큼 힘을 쓰진 않았던 것이다.

이미 저들 고도간 일행을 잡을 수 있는 기회는 날려 버렸다. 이 정도 시간이면 추적하기 힘들 정도로 나갔을 터였다. 그 점이 더욱더 화가 나는 점이지만 말이다.

"종요! 어디 있나!"

당연히 그의 모든 화는 한 사람에게 집중되고 있었다. 포정사 종요, 그를 향해 말이다. 그리고 그는 기어이 종요를 찾아내었다.

종요는 철저한 인의 장막에 싸여 있었다. 수십여 명의 군사들이 앞을 막고 있었지만 창룡은 아랑곳없었다. 그는 창대를 빙글 돌렸다. 지금까지 창대를 거꾸로 잡고 창날이 없는 부분으로 싸웠다면 이젠 아니었다.

시퍼런 창날을 번뜩이며 그는 앞으로 달려나갔다. 그리고는 검을 든 병사들을 향해 그대로 창날을 찔러 넣었다.

쩌저저쩡!

"훅!"

짧은 외마디 비명과 함께 한꺼번에 대여섯 개의 검날이 허공으로 치떴다. 검의 중간 부근에 정확한 타격을 가해 쳐올린 것인데 창룡은 이어 한 발 앞으로 크게 내디디며 창대를 휘돌리기 시작했다.

피리리리릿~!

허리를 틀면서 때론 발목을 틀며 창룡은 춤을 추기 시작했다. 그 춤의 끝이 어디가 될지 모르지만 아무도 창룡의 춤을 막지 못했다. 그렇게 창룡은 앞으로 나갔다. 순식간에 이 장여의 간격을 좁히며 종요와는 사 장여 간격만을 남겨두고 있었다.

쫘자자자작!

"헛!"

"이… 이런!"

창룡이 지나간 자리엔 뭔가 작은 물체들이 허공으로 떠오르고 있었다. 병사들은 그것의 정체를 너무나 잘 알았다. 그건 여기 이곳을 지키는 병사들의 영웅건이었다.

이곳에 있는 병사들은 일반병이 아니었다. 종요와 각운평을 호위하는 그들은 조장급 이상이었다. 그들은 자리에 우뚝 선 채 아무런 행동도 못하고 그저 눈과 입만 크게 벌릴 뿐이었다.

죽이려면 이미 수백 번을 더 죽였을 터였다. 지금 창룡이 봐주어서 이만큼 버티고 있다 해도 과언이 아니었는데 그 사실을 깨닫는 순간 병사들은 더 이상 공격할 수가 없었다. 아니, 그럴 실력도 안 된다는 것이 정답이지만 말이다.

"뭣들 하는 것이냐! 어서 막아라! 어서!"

종요는 하얗게 질린 얼굴을 한 채 소리쳤다. 그러자 이젠 각운평도 앞에 나섰는데 그는 검을 뽑아 들며 검세를 취했다.

"종 대인, 내 뒤로 오시오! 어서!"

상황이 어떻게 되는 것인지는 몰라도 일단 이자를 제지해야 했다. 각운평은 검을 내질렀다. 휘도는 창룡의 신형, 정확히는 목 부분을 노린 것인데 마침 창룡은 뒤로 돌아서 있었다.

이대로 간다면 적어도 종요의 목숨을 지킬 수는 있을 것이란 생각에 그는 쭉 찔러갔다. 물론 그는 손속에 사정을 두었다. 검을 내지르다 옆으로 살짝 틀어 상처만 내게 만들었던 것이다.

하지만 그거야말로 쥐가 고양이 생각해 준 격이었다. 순식간에 창룡의 신형이 뒤틀리고 있었다. 그리곤 자신의 검을 흘려내며 앞으로 다가오고 있었다.

"……!"

각운평은 그제야 알 수 있었다. 이자는 정말 고수였다. 처음부터 죽일 생각으로 임전했어야 겨우 죽일 수 있는 그런 존재였던 것이다.

피이이잉!

왼쪽 뺨에서 한 치 정도를 남겨놓고 각운평의 검을 흘린 창룡은 더 볼 것도 없이 그대로 오른손을 쭉 밀었다. 그의 장창이 각운평의 뒤로 힘차게 찔러지고 있었다.

다른 사람은 몰라도 이 종요는 정말 용서하지 못할 존재였다. 화가 있는 대로 난 창룡이 내력까지 실어 보냈으니 종요가 살아남지 못함은 이미 불문가지였다.

그의 눈에 종요의 얼굴이 보였다. 사색이라는 것이 어떤 것인지 유감없이 보여주는 그의 얼굴, 그 얼굴의 미간을 향해 창룡은 창대를 찔렀다. 한데…….

키리리링―

"……!"

기이한 소리와 함께 창룡의 창대가 허공으로 밀려 올라가고 있었다. 창룡은 이를 악물며 창대를 회수했다. 동시에 신형을 공중으로 힘껏 띄우며 창대를 뒤쪽으로 돌렸다.

그리고는 앞쪽으로 빠르게 휘돌리며 온 내력을 다해 내려쳤다. 방금 전에 누군가 그의 공격을 막아내었다. 바로 그자를 향해 내력을 쳐낸 것이었다.

콰아아아! 스슷―

공기를 진동하는 소리와 함께 창대가 섬전같이 내려갔다. 한데 그 노력도 부끄럽게 상대는 공격권에서 벗어나고 있었다.

"감히……!"

창룡의 분노가 머리끝까지 솟아올랐고 그는 팔성의 힘을 주며 창대를 휘둘렀다. 지금까지와는 전혀 다른 속도와 힘이 실린 창대가 허공에 춤을 추기 시작했다.

파파파파파파…….

그러나 미칠 노릇이었다. 단 한 대도 상대에게 격중하지 못했다. 이 정도의 무공이라면 웬만한 자는 다 죽었을 터인데도 말이다.

"차아앗!"

결국 십성의 공력이 실리며 창룡의 창이 빛살이 되었다. 그 빛살은 감각에 의해 움직였다. 한 사람의 그림자를 꿰뚫었다. 그리곤 더 이상 움직이지 않았다.

꽈아아악!

"……!"

창룡의 눈이 한껏 커졌다. 그 창은 누군가의 손에 의해 단단히 잡혀 있었는데 나타난 이는 그도 잘 아는 사람이었다. 약간 마른 듯한 체형에 단단한 사내, 가죽으로 만든 옷을 입고 있는 사내…….

"현백…….'"

눈을 빛내며 창룡의 창을 꽉 잡고 있는 사람은 바로 현백이었다.

*　　　*　　　*

두두두두두…….

한 떼의 마차가 관도를 질주하고 있었다. 그 마차에 탄 사람은 돌아가는 바퀴 소리를 들으며 무언가 생각하고 있었다.

"음, 제대로 다들 따라오는 것 같구나."

"걱정 마십시오, 사부님. 이젠 길을 잘못 드는 것이 더 힘듭니다. 그냥 관도로 쭉 가면 되니 말입니다."

"허허허! 그래, 그렇구나."

규앙 도장은 밝은 목소리를 내었다. 이제 하루 정도만 달리면 성도에 들어설 수 있었으니 걱정이란 있을 수 없었다.
"힘든 나날이었습니다. 그동안 감사하다는 말도 제대로 하지 못했었군요. 진심으로 감사드립니다."
"어이구? 이제야 철이 좀 드냐? 진작에 그렇게 좀 하지."
"큭큭! 그래, 네 말이 맞다. 그러니 지금이라도 변해야지."
 진소곤과 평통 두 사람은 이제 완연한 친구가 되었다. 원래대로 친구의 관계가 회복된 것인데 규앙 도장은 왠지 가슴 한 구석이 따듯해져 옴을 느꼈다. 이 모든 것이 다 천존의 뜻인 것처럼 느껴졌던 것이다.
"허허허, 무량수불! 진정 천존의 뜻입니다. 무량수불……."
 기분 좋게 불호를 외치던 그는 옆에 있는 아이의 머리를 살짝 쓰다듬었다. 이 애들 중 유일하게 의식을 지닌 소이라는 이름의 그 아이는 이제 많이 진정이 된 듯했다.
 아마도 이 아이를 통해 많은 것이 밝혀지게 될 것이다. 지금이야 일단 아이들의 목숨을 살리는 것만으로도 벅차지만 최소한 장문인을 만난다면 많은 것을 알 수 있을 터였다. 무당의 장문인인 도학운은 무공의 크기도 그렇지만 그 무학적인 기반 지식이 상당해서 지금 아이들에게 일어난 일이 어떤 것인지 알 수 있을 터였다.
"힘들어도 조금만 참거라. 이제 조금만 더 가면… 응?"

억울한 죽음

아이의 뒷머리를 쓰다듬으며 이야기하던 규앙은 갑자기 말을 끊었다. 그의 눈은 허공을 향하고 있었는데 그 모습에 진소곤은 의뭉스러운 눈을 만들며 말했다.

"왜 그러십니까, 도장님? 무슨 일이 있습니까?"

"……."

진소곤의 말에 아무런 이야기도 하지 않은 채 규앙은 그저 머리 위쪽만 볼 뿐이었다. 사방이 꽉 막힌 마차 안에서 뭐가 보이겠냐마는 규앙은 뭔가를 느낀 것처럼 보이고 있었다. 한데…….

다각… 다각…….

"응?"

마차가 멈추고 있었다. 점점 속력을 줄이고 있었기에 진소곤은 손을 뻗었다. 마부석 바로 뒤편에 앉았던 그였기에 문만 열면 바로 마부와 이야기할 수 있었다.

시이익… 탁!

작은 송판이 미끄러지는 소리가 들리더니 이어 가로 두 뼘, 세로 한 뼘 정도의 공간이 보였다. 진소곤은 그 공간으로 밖을 살폈다.

"아니… 이 친구 어디로 간 거야?"

마차를 모는 사람이 없었다. 현백과 장연호가 불러준 이 마차는 마부가 달려 있었다. 전문적으로 마차를 모는 사람들이었기에 여태껏 오는 길이 편했던 것인데 분명 이자의 모습이 보이지 않았다.

지금 그들이 타고 있는 마차는 제일 선두에서 달리고 있었다. 한데 그들이 섰으니 뒤에 오는 마차들 역시 줄줄이 다 서 있을 것이 분명했다. 그때, 갑자기 코를 찌르는 듯한 역한 냄새가 풍겨왔다.

"이건! 피 내음?"

피비린내였다. 진소곤은 놀라서 눈을 돌려 좌우로 틀었다. 그러자 누군가의 어깨가 보였다. 아마도 마부의 어깨인 듯한데 문제는 그 위의 것이 없었다.

"……! 암습입니다!"

커다랗게 소리를 지른 채 그는 내력을 끌어올렸다. 그러나 그의 말이 채 끝나기도 전에 지붕 위에서 강렬한 기운이 쏟아졌다.

파각… 콰가가각!

"크아아악!"

고통에 진소곤은 강렬한 비명을 질렀다. 검 하나가 위에서 천장을 뚫고 내려와 진소곤의 오른쪽 어깨 위로 틀어박힌 것이다. 검날이 근 일 척에 가깝게 박혀 진소곤으로선 움직이기가 힘들었다.

"갈!"

쫘아아아앙!

규앙 도장의 커다란 소리와 함께 지붕이 통째로 뜯겨져 나

억울한 죽음 237

갔다. 이에 진소곤의 어깨에 박힌 검 역시 빠져 허공으로 뽑혀 올라갔는데 진소곤은 고통 속에 이를 악물면서도 일어나 평통의 신형을 뒤로 보냈다.

무언가 일어나고 있었고 이제 바로 공격이 이어질 것이라 생각했건만 더 이상 공격은 일어나지 않았다.

대신 이젠 완전히 멈추어 버린 마차 앞에 누군가 서 있는 것이 보였다. 규앙은 앞으로 신형을 뽑아 내려섰다. 그리곤 제자들을 독려하려 했었다.

"……! 세석! 조낙아!"

그의 제자들은 더 이상 살아 있는 사람이 아니었다. 어느 틈에 뒤에 따르던 마차는 피로 물들어 있었다. 그 속에 있던 아이들의 목숨 역시 기대하기 어려운 상황이었다.

"이… 이… 이게 무슨 짓이냐!"

규앙의 입에서 쩌렁한 울림이 터져 나왔다. 그러나 그 울림은 그저 공허할 뿐이었다. 한순간 좌우에서 흑의인들이 땅에서 솟아나듯 나오고 있었다.

"……!"

일견하기에도 근 백여 명이 넘는 사람들이었다. 이만한 사람들이 숨어 있었는데 전혀 그 기척을 느끼지 못했다는 것은 정말 이해할 수가 없었다. 하지만 이젠 중요한 것이 아니었다.

살아남기 힘들 터였다. 뭔가 있다는 느낌만 있었을 뿐 제자들이 죽고 있다는 것을 느끼지 못했던 규앙이었다. 이들의 무공이 상상하기 힘들 정도라는 것은 너무나 쉽게 알 수 있는 사실이었다.

"삼사자(三使者)가 고작 이들에게 당했다는 것이오? 그 말을 내가 믿을 것이라 생각하는가?"

"이들이 아니오. 이들이 아니라 이들과 같이 있던 자들이오. 현백과 장연호라는 자가 한 짓이지."

누군가의 음성이 들려오자 규앙은 눈을 좁혔다. 그의 눈에 두 사람의 모습이 보였다. 한 명은 이들과 같이 검은색 옷을 입고 있었고 또 한 명은 녹의를 입고 있었다.

"게다가 저분은 무당의 이름난 도장이올시다. 무당의 무공을 우습게보지 마시오."

"그럴 리가 있소이까? 하나 무당도 무당 나름이겠지."

마치 산보라도 나온 듯 두 사람은 조용조용히 입을 열고 있었고 그 모습에 어깨를 감싸 쥐며 고통을 참던 진소곤의 입이 열렸다.

"이 미친놈들! 대체 어디서 굴러먹던 놈들이냐!"

당연한 이야기지만 거친 소리가 흘러나왔다. 어깨 다치고 동료로 삼은 사람들이 죽었는데 이런 반응은 당연했다.

"큭! 짖는 개는 무섭지 않은 법이지."

흑의를 입은 사내는 말과 함께 손가락을 까딱였다. 그러자 주위에 둘러서 있던 흑의인들이 한꺼번에 덤비기 시작했다.

억울한 죽음 239

"차아앗… 물럿거라!"

쩌어어엉!

터오는 여명 속에 규앙 도장의 신형이 각인되고 있었다. 검날을 치커든 채 중검을 시전하려는 그의 모습은 그야말로 천신의 강림이 따로 없었다. 그러나 그건 보이는 것만 그렇다는 뜻이었다.

스슷… 파아아앙!

규앙이 허공으로 몸을 뽑는 순간 녹의사내와 이야기하던 흑의사내가 허공으로 몸을 뽑았다. 그는 허리춤에 손을 가져갔는데 그 손이 다시 나온 순간 뱀의 혓바닥 같은 것이 허공에 춤을 추기 시작했다.

시시시시싯!

"금사검(金蛇劍)!"

기병이었다. 길이는 근 오 척에 가까울 정도로 길었고 좌우로 비틀린 형상을 가진 검이었다. 마치 뱀의 그것과 같아 사검이라 불리는 것인데 규앙은 내력을 거두어 다시 검에만 집중했다.

카라라라랑!

그냥 내력을 실은 채 한번 격돌한 것뿐인데 손목이 울릴 만큼 강렬한 울림이 느껴졌다. 금사검의 특징이 제대로 발동한 셈이었다.

거치도의 격돌이 짧은 진동을 주어 힘들게 만들거나 아니면 거치날에 검날을 잡는 목적으로 사용되지만 이 금사검은 달랐다. 진동은 덜한 대신 상당한 충격을 줄 수가 있었다. 금사검의 굴곡에 따라 같은 힘을 얼마든지 보낼 수 있었던 것이다.

단 한 번의 부딪침으로 떨리는 손목이 이를 증명했다. 규앙 도장은 허리를 틀었다. 그리고는 오른손을 크게 휘돌려 뒤에서부터 앞으로 빠르게 뻗어냈다.

"합!"

따다다당!

찌르는 공격, 이러한 병기에 가장 어울리는 검법은 이런 유였다. 기병을 쓰기 전 속도로 제압하는 것, 하나 그렇기엔 상대의 무공이 너무 대단했다.

쉽게 규앙의 공격을 모두 제압한 그는 검을 치켜들었다. 그리곤 온 힘을 다해 내려치고 있었다.

"후압!"

과아아아아…….

"중검!"

놀랍게도 중검이었다. 규앙 도장은 이를 악물며 검에 온 힘을 주입했다. 그리고는 아래에서 위로 길게 밀어 올렸다.

쩌어어어엉!

강렬한 기운이 허공에 울려 퍼졌다. 그리고 그 기운의 여운이 사라지기도 전 한 사람의 신형이 차가운 땅바닥에 떨어졌다.

퍼어어억!

"크억! 쿨럭!"

"도… 도장님!"

규앙 도장이었다. 진소곤은 놀라 소리쳤지만 분명 땅에 떨어진 것은 규앙이었다. 평생을 중검으로 살아온 그가 중검에 깨진 것이다.

"일검지 규앙 도장. 솔직히 실망이군. 이 정도의 힘에 지다니, 이거야 원……."

규앙 도장을 쓰러뜨린 사내는 빙긋 웃으며 이죽거렸다. 규앙은 간신히 신형을 다잡으며 일어섰지만 이미 그는 싸울 수 있는 상태가 아니었다.

"너… 넌… 누구……?"

힘겹게 입을 여는 그를 보며 흑의인은 눈에 이채를 띠었다. 그러다 고개를 끄덕이며 말을 이었다.

"삼사자가 고전한 이유가 있었군. 그 정도의 정력이라면 충분히 그럴 만도 해. 그러니 쓸데없는 현혹 따위보다 제대로 된 무공을 배우라고 했더니……."

그는 앞으로 걸어나갔다. 금사검을 고쳐 잡으며 규앙의 앞에 선 후 다시 입을 열었다.

"알고 싶다면 가르쳐 주지. 나는 몽오린(夢悟隣)이라 한다. 어느 나라 사람인 것은 굳이 알 필요 없겠고. 이럼 알겠나? 흑월이라고?"

"……."

스스로를 몽오린이라 밝힌 사내의 앞에서 규앙은 아무런 표정 없이 바라보고만 있었다. 그러자 몽오린은 피식 웃으며 말을 이었다.

"아무래도 모르는가 보군. 하나 걱정 마라. 앞으로는 귀가 따갑게 듣게 될 터이니 말이야. 저기 저 솔사림의 친구와 함께 말이야."

"쓸데없는 이야기는 그만두시오."

뒤쪽에서 바라보던 사내가 입을 열어 그를 제지하자 몽오린은 웃었다. 그리곤 다시 입을 열었다.

"괜히 백로인 척하지 마시오. 일이 이렇게 되었건만 어째서 깨끗한 척하는 것이오?"

살짝 입술을 비틀어 비웃어준 후 몽오린은 검을 들었다. 그리곤 그대로 규앙의 목을 향해 밀어내었다.

콰가각!

"규… 규앙 도장님!"

규앙 도장의 뒷목으로 구불구불한 기형의 검이 솟구쳐 나오자 뒤쪽에서 진소곤이 소리쳤다. 그 검은 이내 다시 사라졌고 규앙 도장의 신형은 힘없이 쓰러졌다.

털썩!

"이… 이놈들!"

억울한 죽음

양손 가득 기운을 담아 외쳤지만 말만 그렇게 할 뿐 나갈 수가 없었다. 그 뒤에 평통과 소이가 있으니 말이다.

"젠장… 이제야 좀 살 수 있을까 했더니……."

이를 악물며 그는 비틀린 음성을 내었다. 흑의인들이 덮쳐오는 가운데 그가 할 수 있는 일은 그저 손 한번 휘둘러 보는 것뿐이었다.

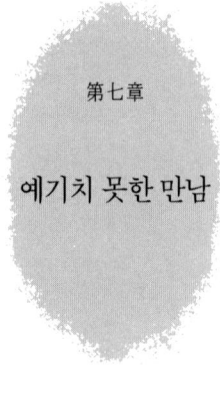

第七章

예기치 못한 만남

1

"미안하다, 현백."

"……."

주비의 말에 현백은 아무 대답도 하지 않았다. 그저 조용히 두 눈을 감은 채 가만히 있을 뿐이었다.

하나 현백의 얼굴 표정으로 봤을 때 기분이 그리 좋지 않다는 것은 단박에 알 수 있었다. 상황이 이렇게 돌아가자 그 옆에서 누군가 입을 열었다.

"현 대형, 창룡 형님 말이 맞아요. 설마 종요가 그따위로 굴 줄 아무도 몰랐어요. 해서 우리가 창룡 형님보고 대형 도와주라고 등 떠밀었어요."

"……."

이도의 목소리였다. 지금 일행이 있는 곳은 작은 방 안인데 방엔 현백과 주비, 이도와 모인 이렇게 네 사람이 있었다.

현백은 주비를 멈추게 한 후 상황을 알아보았다. 종요란 작자가 돈을 받고 일행을 팔아넘긴 것이었고 그 사실을 안 각운평은 대노했다. 결국 종요가 옥 안에 갇히게 되었는데 일단 정리를 위해 무한부로 들어온 상태였다.

오유와 지충표의 종적은 찾을 수가 없었다. 경호가 잡고 있던 암룡을 추궁해 보았지만 유감스럽게도 그는 아는 것이 없었다. 일에 진전이 없는 것이다.

"널 탓하는 것이 아니다, 주비."

한참 만에 현백의 목소리가 들려왔다. 낮은 목소리로 이야기하는 그의 음성은 정말 아무런 감정이 없었다. 지금껏 그는 상황을 판단하기에 급급했었던 것이다.

"몸은 어떠냐?"

"…뭐, 몸이야 괜찮아요. 저보다야 남궁 타주님이 더 문제지요. 부상 정도가 크세요. 오유와 지 아저씨는 뭐 할 말 없구요."

이도는 완전히 풀이 죽은 목소리였다. 현백은 손을 들어 이도의 뒷머리를 한번 쓸어준 후 고개를 끄덕였다. 오유와 지충표가 없어 불안하긴 하지만 그 두 사람의 조합은 그나마 괜찮았다. 지충표가 경험이 많으니 말이다.

"일단 아이들을 통해 소식을 알아보라고 하긴 했다만 언제 소식이 올지 모르겠구나. 벌써 두 시진이 훨씬 넘었으니 어디로 움직일지 몰라."

고개를 흔들며 모인이 입을 열자 이도의 얼굴은 더욱 굳어졌다. 개방에서 알 수 없다면 그야말로 쉽지 않은 일이었다. 이도는 모인을 향해 다시금 입을 열었다.

"장문인께 말씀드리고 도움을 구하는 것이 어떨까요? 아니면 대사형이라도 좀 부탁드리면 나을 것 같은데……."

이도는 마음이 정말 급한 듯 보였다. 하긴 그렇지 않으면 그게 더 이상한 일이었다. 거의 평생을 같이 살아왔던 오유가 행방불명이니…….

"그렇지 않아도 이미 연통을 넣었다만 뭔가 이상하구나. 급한 일이 있어 그것부터 처리해야 한다고 하더라. 이쪽으로 오려면 시일이 걸린다니 할 수 없지……."

"……."

대체 방도의 목숨보다 더 중요한 일이 무엇이냐고 묻고 싶었지만 이도는 꾹 참았다. 방주나 대사형 둘 다 그렇게 매정한 사람들은 아니니 말이다.

"잠시 들어가도 되겠나?"

"…들어오게."

문득 들려오는 목소리에 사람들은 고개를 돌렸다. 여기에 올 사람이 또 있나 싶었는데 현백의 말에 누군가 방문을 열고

들어왔다. 바로 경호와 장연호, 그리고 예소수였다.

"바깥의 일이 하도 흉흉해서 이리로 피신했네. 그래도 되겠나?"

"……."

현백은 대답 대신 고개를 살짝 끄덕였다. 그러자 장연호는 한쪽으로 움직였고 예소수와 경호 역시 그 뒤를 따랐다.

"헛헛, 자네는 이제 무당 사람들에게 가야 하는 것이 아닌가? 이곳에 있어도 괜찮나?"

"가봤자 미운털 박힌 놈일 뿐입니다. 이곳이 더 편할 것 같습니다."

씨익 웃으며 말하는 장연호를 보며 모인은 너털웃음을 지었다. 이곳에 들어오기 전에 이 장연호란 사람의 기행을 알게 된 것이다.

장연호는 분명 대회에 출전했었다. 무당 대표로 승승장구하며 최초로 구파일방에서, 그것도 무당에서 우승자가 나올지 모른다는 생각에 무당은 들떠 있었다.

그런데 한순간 그가 사라졌다. 무당에선 발칵 뒤집혀진 상황이었지만 이미 상황은 종료되었다. 잠자다가 사라진 것도 아니고 싸우기 직전에 사라져 버려 기권이 되어버린 것이다.

"사숙께서 그냥 가버리셔서 그렇지요 뭐. 혹 압니까? 그 오위경이란 자를 날리고 사숙께서 강호제일인이란 칭호를 받게 될지요."

"뭐? 요 녀석이 강호를 주유하더니 간이 커졌구나. 대회에서 우승한다고 강호제일이라 하더냐? 넌 눈앞의 현백을 보고서도 그런 말이 나와?"

"아… 아하하, 그렇군요."

현백이라는 말에 경호는 실없이 웃었다. 현백은 문파도 없다. 화산의 무인이었다고 하지만 화산에서 이를 부정하고 있으니 화산의 사람은 아니었다. 그러니 자유롭게 사는 사람이라 생각할 수밖에.

"죄송해요, 호랑……. 저 때문에 난처해질 줄은 정말 몰랐어요."

"헛헛헛, 그것이 어찌 당신의 탓이오? 절대 그런 생각은 하지도 마시오. 실은 나도 괜한 싸움을 하는 것 같아 마음이 걸렸소이다."

장연호가 비무를 그만둔 표면적인 이유는 바로 예소수였다. 예소수가 경치를 보고 싶다는 말을 한 것이 빌미가 되어 장연호가 떠났다는 것이 이유지만 모인은 거기에 다른 이유가 있다는 것을 알고 있었다.

이건 말로 알 수 있는 일이 아니다. 장연호와 무당의 관계를 잘 보면 알 수 있는 것인데 무당은 장연호를 완전히 하나의 인형처럼 부리려 하고 있었다.

물론 어찌 본다면 무당의 입장도 이해는 갔다. 문파의 소속이라는 것은 무서운 것이었다. 쉽게 끊을 수도 없고 그들의

예기치 못한 만남

부탁을 거절하기도 힘들다. 해서 대부분의 무림인들은 문파의 소속이 있다면 문파의 이름을 위해 살아가고 있었다.

게다가 장연호는 특이한 경우였다. 그는 나이로 따지자면 도저히 지금의 항렬에 있을 수 없었다. 그런데 그 재지가 워낙 뛰어나 전임 장문인이 직접 거두어들인 경우였다. 그래서 그와 사형들과의 나이 차이가 엄청났다. 지금 장문인이 그의 대사형이니 할 말 다한 것이었다.

그런데 장연호의 성격은 정말 무당과는 맞지 않았다. 모인이 보는 장연호는 현백만큼이나 멋대로의 삶을 원하는 사람이었다. 절대 그들의 뜻대로 움직일 사람이 아닌 것이다.

그것이 예소수의 말로 인해 불거졌을 뿐이다. 언젠가 일어나야 할 일이 일어난 것일 뿐, 별다른 일은 없었던 것이다.

"아마도 진정한 강호제일의 이름을 걸고 싶다면 여기 있는 이 친구와 한번 겨루어야 할 것이지. 물론 그 안엔 나 역시 이름을 올리고 싶고……."

"…훗."

현백은 바로 웃음으로 마무리해 버렸다. 쓸데없는 소리는 그만두라는 것인데 왠지 장연호의 얼굴은 진지했다. 장연호는 현백을 향해 다시금 입을 열었다.

"연천기라 들었네. 대단한 공부 같아. 이건 진심이네."

진심이라 이야기하지 않아도 그 음성과 얼굴 표정만으로 장연호의 생각은 충분히 알 수 있었다. 현백은 그저 한번 웃어준 후 바로 말을 돌렸다.

"그 이야기보단 다른 이야기가 여기에 어울리겠군. 조금 있으면 규앙 도장님이 도착할 터이니 그쪽의 정보를 좀 들어보는 것이 좋을 것 같아. 의외의 정보가 있을지도 모르니 말이야."

"호, 그러하냐? 결국 규앙 도장이 힘이 되어주셨구나. 허허허!"

살짝 웃으며 모인은 기분 좋은 웃음을 지었다. 한데 그 순간이었다.

"장 사숙님! 장 사숙님 계십니까?"

"누구냐?"

밖에서 누군가 장연호를 부르고 있었다. 장연호가 대답을 하자 한 사내가 거의 뛰어들어 오다시피 했는데 그는 장연호의 앞에 털썩 무릎을 꿇었다.

"뭐냐? 무슨 일이야?"

"야, 순벽! 왜 그래?"

아마도 경호와 동년배의 사람인 것처럼 보였는데 순벽이란 사람은 장연호를 바라보았다. 그는 두 눈 가득 눈물을 담아내고 있었고 그 모습에 장연호는 한줄기 불안감을 느꼈다.

"사숙님… 규… 규앙 사숙님이… 사숙님이……."

"답답하구나! 어서 이야기를 해보아라! 사형이 뭐 어떻게 되셨다는 말이냐!"

예기치 못한 만남 253

결국 장연호의 호통이 떨어졌고 그제야 순벽은 눈물을 훔치곤 입을 열었다.

"돌아가셨습니다! 관도에서 시신이 되신 것을 관군이 발견해 이리로 데려왔다고 합니다!"

"뭐야!"

장연호는 자리에서 일어나며 소리쳤다. 순벽은 어깨를 흔들며 눈물을 떨구고 있었고 그 모습에 현백 역시 일어나며 소리쳤다.

"그럼 같이 있던 사람들은 어찌 되었는가? 평통이란 사람과 진소곤 소협은 어떻게 되었소?"

"뭣! 그 녀석이 거기에 있었나!"

모인도 놀라 말문을 열었다. 같이 있는 사람 모두가 순벽의 모습을 보고 있었는데 순벽은 그저 말없이 고개를 좌우로 흔들 뿐이었다.

"어디냐! 내 눈으로 직접 확인해야겠다! 분명 오는 길엔 아무런 위험이 없었다!"

불과 몇 시진 차이였다. 그 사이에 뭔가 사단이 났다는 것이 이해할 수가 없었다. 마부들에게 이야기해 전속력으로 달려오게 만들었었다. 한 시진도 안 되는 곳에 마을이 있었던 것이다.

현백 역시 마찬가지의 심정이었다. 그와 장연호는 순벽의 입술을 바라보았고 순벽은 더듬거리며 대답했다.

"지금… 포청에 있습니다. 다들……."

"알았다. 어서 뒤따르거라!"

차가운 목소리와 함께 장연호는 움직였고 그 뒤를 따라 모든 사람들이 움직였다. 방 안은 순식간에 텅 비며 정적만이 감돌고 있었다.

"……! 이… 이럴 수가!"

장연호는 탄식과 함께 자리에서 무너지듯 무릎을 꿇었다. 무려 열 개의 달구지. 그 첫 번째 달구지에 한 사람이 반듯하게 누워 있었다. 바로 규앙 도장의 신형이 그의 제자들과 누워 있었던 것이다.

"사… 사형!"

장연호의 음성이 떨리고 있었다. 다른 사람들은 몰라도 장연호와 규앙의 관계는 좀 남달랐다. 무당에서 장연호를 가장 이해하고 있는 사람을 꼽으라면 주저없이 규앙 도장을 꼽을 터였다. 그 정도로 둘 사이는 각별했다.

그런 그가 지금 싸늘한 시신이 되어 누워 있었다. 장연호의 내심은 지금 완전히 부서지고 있었다. 꽉 깨문 입술에서 피가 흘러나오지만 그는 피를 흘린다는 것조차 잊고 있었다.

"감히 어떤 자가! 사제!…사제!"

무당의 장문 도학운은 이를 악물며 소리쳤다. 그는 달려와 규앙의 시신을 붙잡고 눈물부터 흘렸다. 한데 그때였다.

"펴… 평통! …진 오라버니! 흑!"

여인의 목소리가 들려왔다. 양화하였다. 소식을 듣고 황급히 온 듯 옷도 제대로 걸치지 못한 상황이었는데 아무도 그런 그녀를 탓하지 않았다. 충분히 그럴 만하니 말이다.

"소곤이 이놈! …기어이 네놈이 사고를 치는구나!"

창노한 음성 하나가 들려오자 현백은 고개를 돌렸다. 사람의 부축을 받으며 오는 노인 한 명이 있었다. 바로 남궁장명이었다.

뭐가 어떻게 돌아가는지 모를 상황이 되어버리자 현백은 어금니를 꽉 깨물었다. 이제 어떻게 해야 할지 머릿속이 하얗게 되어버린 것 같았는데 그는 겨우 정신을 차리며 주위를 둘러보았다.

모두 시신이었다. 열 개의 달구지엔 많은 시신이 있었는데 대부분 아이들의 시신이었다. 그 아이들이 어떤 아이들인지는 이미 잘 아는 바였다. 아마도 이런 일을 한 자들이 다 죽인 것처럼 보였는데 현백은 앞으로 나가 좀 더 자세히 살폈다.

"……."

모두 다 깨끗하게 죽어 있었다. 한칼에 죽은 것인데 진소곤과 규앙 도장만 조금 더 처참한 모습이었다. 현백은 그 상황이 그대로 눈에 그려졌다. 뭐가 어떻게 된 일인지 말이다.

진소곤과 규앙 도장은 싸웠던 것이다. 이들은 반항을 했기에 이렇게 된 것이 분명했다. 상당히 잔인한 놈들인 것이다.

우득!

현백의 입에서 어금니 갈리는 소리가 나왔다. 그는 애써 머리를 흔들며 생각을 지웠다. 그리고는 발걸음을 옮겼다. 일단 하나라도 더 단서를 찾아야 하는 것이다.

네 번째를 지나고 다섯 번째 달구지로 움직일 때였다. 현백은 갑자기 신형을 멈추었다.

"……."

뭔가 이상했다. 아이들의 대부분이 다 검을 맞아 죽었건만 여기 있는 이 아이들은 조금 이상했다. 죽었어도 뭔가 부조화를 이루는 듯한 느낌이 든 것이다.

그리고 그 이유는 곧 알 수 있었다. 이 아이들에게서는 피가 거의 흘러나오지 않았다. 다른 시신들과는 상대적으로 적은 피를 흘린 것이다.

뭔가 이상하다는 생각과 함께 더 생각해 보고 싶었지만 일단 다 살펴봐야만 했다. 그렇게 현백이 움직이려 할 때였다.

"아저씨……."

"……!"

현백의 신형이 확 굳어졌다. 이 목소리… 거의 죽어갈 듯 아주 작은 목소리지만 그는 알고 있었다. 목소리의 임자를 말이다.

현백은 손을 뻗어 시신들을 헤집었다. 그런 현백의 모습에 다른 사람들은 눈살을 찌푸렸지만 지금 남들 생각할 때가 아니었다.

  순식간에 서너 구의 시신이 들리고 안쪽의 모습이 보이자 현백은 동작을 멈추었다. 그곳엔 한 아이가 자신을 바라보며 졸린 듯한 눈을 껌벅이고 있었는데 꽉 움켜쥐고 있는 배에선 피가 계속 흘러나오고 있었다.

  "나… 아파… 요…….."
  "……! 소이! 소이야!"
  "……!"

  커다란 현백의 목소리에 장연호는 반사적으로 일어섰다. 소이라면 그도 잘 아는 아이였다. 그 난리통에 유일하게 맨정신으로 있었던 아이 아닌가?

  "현백! 무슨 일이야!"
  "소이가 살아 있다! 어서 비켜!"
  "……! 앞을 비켜주어라! 어서!"

  현백은 피가 홍건한 한 아이를 안고 안으로 뛰어들어 갔고 그 뒤를 따라 장연호도 뛰어들어 갔다. 어쩌면 이 아이로 인해 흉수가 밝혀질 수도 있으니 말이다.

  "이도, 창룡! 의원을 불러! 어서!"
  "예, 현 대형!"
  "알았네!"

  이도와 창룡은 바로 신형을 날렸고 모든 사람들은 현백의 뒤를 따라 빠르게 움직였다. 움직이는 사람들, 그리고 남아 있는 사람들 모두 분노와 충격으로 두 눈을 붉히고 있었다.

*　　　*　　　*

"후욱후욱… 이 정도면 일단 된 것 같군. 젠장!"

고도간은 사지를 쫙 뻗으며 비대한 몸을 땅에 누였다. 정말 숨이 턱에 닿을 정도로 달린 것인데 근 네 시진 이상을 내달린 것 같았다.

그러나 그들보다 더 힘들어하는 사람이 있었는데 바로 소룡이었다. 소룡과 제룡은 각기 지충표와 오유를 업고 달렸는데 특히 지충표의 몸무게가 상당하니 소룡이 지칠 수밖에 없었다.

"하악… 하악……."

아니나 다를까, 소룡은 완전히 쫙 뻗어버렸다. 지충표는 실소를 머금으며 옆으로 살짝 움직였다. 그곳엔 오유가 있었다.

"괜찮냐?"

"말 타고 달렸는데 뭐 힘들 것 있겠어요?"

"큭! 그 말 참 불안하더군."

힘들게 처진 사람들을 살짝 비꼬는 두 사람이었다. 그러자 소룡의 눈이 반짝였다. 그는 허리를 굽히며 상체를 일으키더니 바로 입을 열었다.

"참 말 함부로 하는 연놈들이군. 여기까지 온 이상 너희들은 더 이상 필요없다고 생각지 않나? 말 한번 잘못해서 죽는 다는 소리, 네 녀석들이라면 많이 들었을 것 같은데?"

"큭! 수없이 들어서 이젠 면역이 된 일이야. 왜, 죽일라고?"

"기왕 죽일 거면 좀 힘들기 전에 죽이지 왜 살렸을까?"

두 사람은 아예 노골적으로 놀리고 있었다. 어차피 혈도를 찍어놨으니 도망은 말도 안 되는 이야기였다. 할 수 있는 것이라곤 이렇게 입만 벌려 말하는 것뿐이었다.

"크크크크! 그 연놈들 참 입 하나는 마음에 드는구나. 근데 말이야……."

조용히 듣고 있던 고도간은 자리에서 일어났다. 생각보다 회복이 빠른지 벌써 신색을 회복하고 있었는데 그는 두터운 손을 뻗어 지충표의 멱살을 잡아챘다.

"까불지 마라, 애송아. 잠시의 굴욕을 견디기 위해 네놈들이 필요했을 뿐이다. 소룡의 말처럼 죽여도 이젠 상관없어."

"그럼 왜 살려두나? 한번 죽여보시지?"

하나 상대는 지충표, 게다가 옆엔 오유도 있었다. 두 사람이 서로 입으로 싸운 것만 가지고 따져도 작은 전쟁 하나는 치렀을 분량이었다. 바로 그 연공 효과가 나오고 있었다.

"꼭 뭐 하나 제대로 하는 것 없는 놈들이 툭하면 죽음이라지… 그래서?"

"…이년이 정말!"

오유의 말에 고도간은 눈을 확 구겼고 이어 왼손을 들어올렸다. 그리곤 내려칠 순간이었다.

"오호라… 이놈 봐라?"

지충표가 앞을 막아서고 있었다. 뜻밖의 상황에 고도간은 재미있는 것을 발견했다는 듯 웃었는데 지충표 역시 씨익 웃으며 다시 입을 열었다.

"어이, 돼지. 할 일이 그렇게 없냐? 힘쓸 데 없으면 저기 우거진 수풀에 가 항문에 힘써, 어디서 주먹질이야?"

"이 자식이 정말 죽고 싶어 환장했구나?"

지충표의 말에 고도간은 비릿한 미소를 지었다. 그리고는 오른손을 들어올렸는데 순간적으로 그의 오른손이 통통하게 확 커졌다. 하마공을 끌어올린 것이다.

지금 지충표는 내력이 없는 상태나 마찬가지였다. 아니, 혈도를 점하기 전이라도 없는 것이나 마찬가지였다. 잡다한 내력들이 다 충돌하고 있으니 말이다.

그러니 지금 저 장력을 맞으면 지충표는 죽을 것이 뻔했다. 하나 지충표는 그 손을 맞지는 않았다.

"조금만 진정하십시오, 당주님. 아직은 쓸모가 있는 놈들입니다."

"큭! 제룡, 어차피 인질은 한 명만 필요하지 않냐? 군입이 더 느는 것은 좋지 않아."

"맞습니다, 당주님. 하나 그건 상황에 따라 다릅니다. 지금 상황에서 한 명을 죽인다면 당장은 괜찮겠지만 앞으로가 문제입니다. 힘없는 상황에 있는 사람을 죽였다는 이유만으로 끝까지 추격을 받게 될 겁니다."

"…흠!"

일리가 있는 말이었다. 지금이야 어떻게 상황을 모면한다고 해도 일단 조용히 있으면서 힘을 키워야 했다. 그 힘을 키우는 동안 이들은 방패가 될 수도 있었다. 물론 최악의 경우에 말이다.

하지만 그렇기엔 눈앞에 있는 자가 마음에 들지 않았다. 지충표란 이놈이 말끝마다 사람의 심장을 뒤집어 버리는 탁월한 능력이 있는 것 같아 보였는데 뭔가 교훈을 내려야 했다.

"그렇다면 따끔한 교훈을 내려야겠지. 그게 나을 것 같아. 크크."

"…무슨 꿍꿍이야?"

손을 내린 채 지충표까지 놔준 고도간은 옆으로 눈을 돌렸다. 그곳엔 죽일 듯 그를 노려보는 오유가 있었다.

"뭐긴 뭐야? 두 번 다시 입을 못 열게 해주지."

"……! 이 개자식! 손 치우지 못해!"

고도간은 오유의 앞섶으로 손을 넣고 있었다. 그리곤 확 끌어당겨 긴 혀로 그녀의 볼을 핥았다.

"이 변태 같은 놈아! 저리 안 비켜!"

"미친년. 네년도 내 취향은 아니야. 하나 상황이 이러니 이 어르신이 참고 한번 극락을 보여주지. 알겠냐? 크크크!"

쉴 새 없이 오유의 가슴을 주물럭거리며 고도간이 소리치자 오유의 얼굴은 완전히 붉어졌다. 지충표는 이를 악물며 소리쳤다.

"야, 돼지! 물건도 병신 같은 놈아! 혈도 풀고 한판 붙자! 한판 해보자고!"

"미친놈, 너 같으면 하겠냐? 큭큭큭!"

오유는 아무 말 못하고 그저 얼굴만 붉게 만들 뿐이었다. 제룡과 소룡은 고개를 흔들며 뒤로 신형을 돌려 버렸고 고도간은 뭐가 좋은지 낄낄거리며 아예 오유의 옷을 확 찢어냈다.

쫙!

"꺄아아악!"

"호오… 이거 의외인데?"

꽤나 굴곡이 있는 오유의 몸이 드러나자 고도간은 눈을 동그랗게 떴다. 그리곤 더 볼 것도 없이 오유의 몸을 탐닉하려 하는 순간이었다.

시링—

"……! 누, 누구냐!"

누군가 시퍼런 날을 고도간의 목 어림에 대고 있었다. 고도간은 놀라 그 날을 바라보았는데 그건 아주 커다란 도끼였다.

"이런 놈이 뭐가 중요하다고 데리고 오라는 것인지 모르겠군. 쓸데없는 짓 말고 어서 일어나."

냉막한 음성이 들려오자 고도간은 신형을 돌렸다. 그곳엔 처음 보는 사람이 하나 서 있었는데 그 옆엔 잘 아는 사람 또 한 한 명 서 있었다. 밀천사 양각이었다.

"호! 이제 보니 우릴 장기판의 졸로 보신 분들이 아닌가? 이거야 참 세상 좁아······."

고도간이 이를 부득부득 갈며 일어서자 도끼날을 내민 사내는 피식 웃었다. 그는 거부를 등에 되돌리며 입을 열었다.

"쓸데없는 짓 말고 어서 가지. 갈 길이 멀어."

"물론 그렇겠지. 저승으로 가려면 얼마나 멀겠느냐!"

파아앙!

고도간의 비대한 몸이 더욱더 비대해졌다. 거의 공처럼 둥그렇게 된 그 몸으로 자신의 목에 도끼를 댄 자에게 덤벼들었다. 근 십성에 가까운 하마공을 일으켜 올린 것이다.

"나참, 어이가 없어서······."

사내는 그저 황당하다는 듯 혼잣말을 할 뿐이었다. 그사이 고도간의 신형은 어느새 사내의 앞에 다가와 있었다. 고도간은 그대로 양팔을 쭉 뻗었다.

하마공이 무서운 것은 여러 가지 특징 때문인데 그중 하나가 금나법에 있었다. 마치 풍선으로 사람을 휘감은 듯 옴짝달싹 못하게 만들었다. 고도간은 그걸 시전하려 하는 것이다.

단단하게 할 수도 있지만 부드럽게 할 수도 있었다. 그것이 바로 하마공이었는데 사내는 그 하마공을 싹 무시한 채 오른 주먹을 들었다. 그리곤 고도간의 왼 가슴을 후려쳤다.

푸우욱!

"큭큭! 장난하나?"

꽈아아악!

양팔로 그자의 목을 휘감은 채 고도간은 잡아당겼다. 입을 막아버려 질식시켜 버리려 한 것인데 그게 그리 쉽지 않았다.

"……!"

사내의 왼팔이 고도간의 목 바로 아래를 잡고 있었다. 더 이상 좁혀지지 않도록 거리를 벌린 채 사내는 오른 주먹을 연신 휘둘렀다.

푸우욱… 푸욱… 푸욱… 풍…….

권이 계속될수록 고도간의 가슴에서 이상한 소리가 나고 있었다. 점점 하마공이 빠져 가고 있었다. 고도간은 더욱더 양팔에 힘을 주었다. 그러나 사내의 왼팔은 요지부동이었다.

펑… 퍽… 퍼퍽… 파아앙!

"크윽!"

결국 고도간의 입에서 비명이 흘러나왔다. 가슴이 박살나는 듯한 느낌과 함께 양팔을 놓고 뒤로 물러났는데 그건 그의 생각이었다. 사내의 왼손은 목 아래의 옷을 꽉 잡고 놓지 않았던 것이다.

팡… 파아아앙… 빠아아앙!

"우아아악!"

더 이상 견딜 수 없는 아픔이 밀려오지만 사내의 손은 멈추

예기치 못한 만남 265

지 않았다. 무표정한 얼굴로 그는 계속 후려치고 있었다. 고도간은 사색이 되어 소리쳤다.

"제… 제발! 그만, 그만 해! 잘못했소이다! 아악!"

퍼어엉! 우드득!

섬뜩한 소리가 들리고 고도간은 그대로 땅에 쓰러졌다. 그제야 사내는 손을 멈추었고 잠시의 시간을 두고 입을 열었다.

"한 번만 말하지. 덤비면 죽는다."

"컥… 쿨럭……."

피는 나오지 않지만 잔기침을 하며 고도간은 죽는 표정을 지었다. 사내는 고개를 돌려 지충표와 오유를 바라보았다. 지충표가 겉옷을 벗어 오유에게 준 상태였다.

사내가 손을 들자 지충표와 오유에게 지풍이 날아갔다. 두 사람은 순식간에 혈도가 풀린 것을 알고 내력을 돌리기 시작했다.

"덤비고 싶으면 덤벼라. 언제든 상대해 주지. 단, 도망치면 죽는다. 따라와."

"……."

정말 무뚝뚝한 사내였다. 갑자기 나타난 그를 따라 데리고 온 사람들도 같이 움직였다. 오유 역시 움직이려 했는데 지충표가 움직이지 않고 있었다.

"아저씨……."

"……."

지충표는 멍한 표정으로 무뚝뚝한 사내의 뒷모습을 뚫어져라 보고 있었는데 뭔가를 생각하는 듯한 그의 얼굴에 오유는 의아함을 느꼈지만 더 이야기할 상황이 아니었다. 그녀는 지충표의 품 안으로 파고들었고 그제야 지충표는 생각을 멈추었다.

"아… 어서 가자, 오유. 잠시 뭔가 생각이 좀 나서……."

한마디 하면서 지충표는 오유와 같이 움직이고 있었다. 그들까지 움직이기 시작하면서 남아 있는 것은 쓰러진 고도간과 소룡, 제룡뿐이었다.

"당주님, 어서 일어나시죠. 끄응!"

"어서요… 차앗."

두 사람의 부축을 받아 고도간은 힘겹게 일어나고 있었다. 그는 고개를 숙이며 헉헉거리고 있었는데 아무래도 타격을 많이 받은 듯 보였다.

"이 개자… 식… 두고… 보… 자……."

띄엄띄엄 입술을 열며 그가 움직이기 시작했다. 그렇게 고도간과 일행은 또 다른 세상으로 움직이고 있었다.

2

"대체 이자들이 무슨 짓을 한 것이지? 도대체 짐작하기조차 힘들어."

모인은 고개를 좌우로 흔들며 입을 열었다. 아무리 추측에 추측을 거듭해도 이 아이들에게 무슨 짓을 한 것인지 알 수가 없었던 것이다.

지금 이곳은 무한부의 포청이었다. 피에 물든 달구지는 치워지고 이젠 의원이 되어버린 상황이었다. 현백이 이상하게 여긴 피가 거의 나오지 않았던 아이들은 죽은 것이 아니었던 것이다.

놀랍게도 신진대사의 활동이 거의 정지되어 있어 그런 것인데 그렇다고 해서 살아 있다고 말하기도 힘든 상황이었다. 뭘 어찌해야 될지 알 수가 없었던 것이다.

그나마 알 수 있는 것 한 가지가 있다면 원정에 대한 것이었다. 아이들의 원정이 사라져 있고 그 이유가 무엇인지는 몰랐다. 특히나 음정을 말이다.

"사람의 음정을 모을 수 있다는 것 자체가 말이 안 되는 일이지요. 대관절 어떤 놈들인지 몰라도 보통 수단을 가진 놈들이 아닙니다."

이젠 많이 진정한 듯 무당 장문 도학운은 차분한 목소리로 입을 열었다. 모인은 그 말에 고개를 끄덕였는데 이어 화산의 이격이 입을 열었다.

"원정은 보이지 않는 무형의 것, 그것을 유형화시켜 가지고 있다니, 이것참! 아마도 이런 일은 저희 화산에서도 칠 사제 정도는 되야 알 것 같습니다."

칠 사제란 다름 아닌 칠군향을 뜻하는 것이었다. 법력으로 이름이 높은 그가 와 봐준다면 좋은 일이지만 지금 당장 그의 손길을 바라긴 힘들었다. 그만큼 이건 분야가 다른 이야기란 뜻인 것이다.

무한부에 있는 거의 모든 사람들이 이곳에 와 있었다. 현백 일행만이 지금 다른 곳에 있었는데 사람들은 지금 이 현상에 대해 갑론을박하고 있었다.

"누가 왜 이런 짓을 했는지도 중요하지만 그만큼 중요한 것이 있소이다. 이 아이들에 대한 처우를 어떻게 결정하는 것인가 하는 문제요."

개방의 오호십장절 토현이 입을 열자 사람들 모두 고개를 끄덕였다. 그 말처럼 이 아이들은 살아도 산 사람이 아니었다. 원정을 잃는다는 것은 곧 죽은 사람이란 뜻과 별다름이 없었던 것이다.

인간은 음과 양이 조화로운 존재였다. 무림인이야 그 음양의 한계를 뛰어넘는 훈련을 하기에 가능한 것이지만 일반 사람들이 그렇게 된다면 병을 얻는 것이나 다름없었다.

아마도 이 아이들은 정신을 차리는 순간 이름 모를 병에 걸리게 될 터였다. 의원들이 진단한다면 다들 그렇게 말할 수 있을 것이었는데 정말로 답이 없는 상태인 것이다.

"하나 확실한 것은 있는 것 같습니다. 뭐가 어떻게 되었든 간에 이건 중원에서 알려진 방법이 아닌 것 같습니다."

"세외의 짓이란 말입니까? 그렇게 말하신다면 범위가 너무 넓지 않겠소?"

도학운의 말에 이격은 바로 자신의 생각을 말했다. 그의 말대로 범위가 너무나 넓은 이야기였는데 도학운은 고개를 좌우로 저으며 말을 이었다.

"물론 그렇게 생각하실 수도 있지만 이건 그 연원이 있습니다. 북부나 포탈랍궁 쪽의 짓은 아닙니다. 남만 쪽에서 이와 유사한 것이 있다는 말을 들었습니다만 더 이상은 기억이 나질 않는군요."

남만이라는 도학운의 말에 큰 술렁임이 일어나고 있었다. 저마다 각각 다른 생각들을 하고 있었는데 확실한 것은 만일 세외 세력이 개입된 것이 확실하다면 이건 작은 문제가 아니었다. 어쩌면 온 무림이 하나로 결집해야 될 문제인 것이다.

하긴 지금 이 상황 자체가 작은 일이 아니었다. 아무리 연고가 없는 아이들이라지만 말 그대로 아이들이었다. 그런 아이들을 이렇게 잔혹하게 만들어놓을 줄은 몰랐던 것이다.

게다가 이미 무당파에선 이를 갈아붙이고 있었고 개방에서도 심상치 않은 조짐이 보였다. 특히 이곳의 분타주인 혁련월은 거의 전시를 방불케 할 정도로 수하들을 통제하고 있었다. 어떠한 정보든 다 자신에게 보고하게 만들어놨던 것이다.

"그 아이라도 제정신을 차리면 좋으련만. 원평아, 아직 소식이 없느냐?"

"예, 사부님. 장 사숙님이 지키고 계십니다만 아직까지 소식이 들어온 것은 없습니다."

고개를 끄덕이며 그는 입을 열었고 도학운은 자신도 모르게 얼굴을 살짝 찌푸렸다. 아직도 그의 마음속엔 장연호에 대한 실망감이 너무나도 크게 자리 잡고 있었던 것이다.

"무슨 차도가 있으면 바로 알리라 해라. 아니, 네가 가서 주위에 있거라. 이상한 분위기가 느껴지면 바로 연락하고."

"예, 장문인. 그리하겠습니다."

이젠 믿지도 못하겠는 듯 도학운이 입을 열어 말하자 원평은 대답과 함께 자리를 떴다.

"흐음… 그럼 일단 그 아이가 정신을 차리는 것이 급선무 같군요. 아니 그렇습니까?"

"오 대협의 말대로입니다. 일단 그 아이가 정신을 차려야 뭔가 가능할 것 같습니다. 한데 그 아이, 정말 특이한 아이더군요."

이미 소이를 한번 진맥해 본 그였기에 어느 정도 소이에 대해 파악을 하고 있었다. 모인이 그 말에 입을 열었다.

"특이하다는 것이 무슨 뜻입니까? 뭔가 다른 것이 있소이까?"

"아니, 그런 것이 아니라 아예 단전이 없다고 해도 과언이 아닌 아이입니다. 무공은커녕 앞으로 생활하기조차 힘든 아이입니다."

"……."

 모인은 그 말에 눈을 살짝 찌푸렸다. 그제야 왜 그 아이의 존재를 아무도 몰랐는지 이해가 갔는데 내력으로 다른 기운을 감지하려 하고 싶어도 아이는 아무런 감지가 될 턱이 없었던 것이다.

 내력이 있어야 감지가 될 터였다. 아마 살아 있는 것도 그래서인 것 같았는데 적들도 아이의 존재는 눈치 채지 못한 것 같았다. 천운이라고밖에 볼 수 없는 상황인 것이다.

 "그 아이의 말에 따라 저희 무당이 움직일 것입니다. 전 절대로 이 일을 좌시하지 않을 것입니다."

 "물론이오. 개방 역시 가만히 있지 않을 것이오."

 도학운과 모인이 입을 열자 모든 사람들의 고개가 끄덕여졌다. 너무나 당연한 일이었다. 특히 무당의 피해는 상당히 컸으니 말릴 이유가 없었다. 개방은 한 사람은 죽고 또 한 사람은 부상이었다. 그리고 오유가 납치당해 있었으니 충분히 개입할 만했다. 이 두 문파가 나서는 데는 하등 걸릴 것이 없는 것이다.

 "미력하나마 이 오위경, 여러분을 도울 것입니다. 부디 이 사람의 성의를 물리치지 마십시오."

 "무슨 말씀을… 감사드릴 뿐입니다."

 오위경의 말에 도학운은 감사의 인사를 전했고 그것으로 끝이었다. 더 이상 이곳에서 할 말은 없었던 것이다.

"정신이 드느냐?"

현백은 작은 목소리를 내었다. 지금 현백이 있는 곳엔 꽤 많은 사람들이 있었는데 이도와 창룡, 장연호에 예소수, 경호, 그리고 양화하가 있었다.

그 모든 사람들이 모두 한 아이의 상세에 집중하고 있었다. 현백의 목소리에 다른 사람 모두가 시선을 던졌다. 소이라는 아이는 이제야 눈을 떠 파리한 안색을 한 채 눈꺼풀을 파르르 떨고 있었다.

"소이야!"

양화하는 눈에 눈물부터 글썽이고 있었다. 그야말로 이번 일에서 유일하게 살아남은 사람이 바로 이 소이란 아이였고 진소곤과 평통까지 죽은 마당에 그녀에게 삶의 목표가 되는 것은 이 아이뿐인 것이다.

"……."

아이는 양화하를 알아보는 것 같았다. 살풋이 고개를 돌려 양화하를 본 순간 아이의 눈에선 맑은 액체가 솟아나고 있었던 것이다.

그렇다면 정신은 온전하다는 뜻이니 한시름 놓을 일이었다. 현백을 비롯한 모든 사람들은 작은 한숨과 함께 조금이나마 안도감을 느꼈다. 하나 그 안도감은 잠시뿐, 현재 아이의 몸은 위중한 상태였다.

무엇보다도 배에 입은 검상이 컸다. 잘려진 면이 깨끗한 것으로 보아 일말의 주저도 없이 벤 것이었다. 현백은 잠시 그 상황을 생각해 보았다.

아이는 특이한 체질이었다. 미호의 정신 공격에도 끄떡없었고 현백의 감각에도 걸리지 않았다. 아마 적은 이 아이가 제정신이라고는 생각지 못했을 터였다.

그것이 이 아이가 살아 있는 이유였다. 검상을 입었을 때 다른 아이들과는 달리 극심한 고통이 있었을 터인데 꾹 참고 버티었다. 정말 대단한 정신력이라고밖에 볼 수 없는 상황인 것이다.

"그래… 소이야, 이젠 안심하거라. 나쁜 일들은 다 사라졌단다."

"아주… 머니……"

소이의 입이 살짝 열렸다. 몸은 아직 움직일 수 없어도 말은 할 수 있는 것 같았다. 그때였다. 장연호의 목소리가 허공에 울렸다.

"아직 회복도 하지 못한 너에게 인정머리없는 소리 같지만 너의 도움이 필요하단다. 혹 내가 누군지 기억하겠느냐?"

차분한 장연호의 목소리에 소이의 고개가 움직였다. 아이는 잠시 장연호를 바라보더니 이내 고개를 끄덕였다.

"그래, 그렇다면 이야기가 편하겠구나. 기억하기 싫겠지만 대답해다오. 대체 어떤 자들이 너를 이리 만들었느냐?"

단도직입적으로 흉수를 물어보는 장연호의 말에 사람들의 이목이 집중되었다. 뭘 어떻게 하든지 간에 가장 중요한 것은 이것이었다. 사람들을 상하게 한 그 흉수들이 대체 누군지 하는 점인 것이다.

 모두의 시선이 아이에게 고정되었고 실내엔 바늘 하나 떨어지는 소리도 들릴 만큼 정적이 흘렀다. 잠시의 시간이 흐른 후 이윽고 정적이 깨어졌다, 소이의 목소리에 의해서.

 "모르겠어… 요."

 아직은 말하기가 힘든 듯 아이는 한번에 말하지 못하고 있었다. 맥이 탁 풀리는 듯한 느낌에 사람들은 고개를 살짝 숙였다. 그렇다면 이제 다른 방법으로 흉수를 찾아내야 하는 것이다.

 "으음… 아무래도 제가 성급했나 봅니다 일단 아이를 좀 진정시키고 나서 다시 이야기하지요."

 "예, 상공의 말이 옳습니다. 그만 우리가 방을 나서주는 것이 아이에게 최선일 것 같습니다. 양화하 소저께서 수고를 해주십시오."

 약간은 겸연쩍은 얼굴로 장연호가 이야기하자 예소수가 얼른 맞장구를 쳤다. 그러자 모두의 고개가 끄덕여졌는데 확실히 아직 아이에게 무리인 상황이었다.

 아니, 어쩌면 몸이 온전해도 쉽지 않은 상황이었다. 말도 제대로 못할 나이인데 뭘 보았다고 해서 충분히 표현을 한다는 보장도 없으니 말이다.

"수고랄 것이 있겠습니까? 제 품에서 키웠던 아이입니다. 당연히 그리해 주어야지요."

양화하는 슬쩍 소매로 눈물을 닦아내며 말을 했고 이어 소이의 침상 바로 아래에 의자를 가져다 놓았다. 현백은 그 모습에 바로 신형을 돌렸다.

꼭 이런 일이 아니더라도 홍수의 정체를 알 수 있을 터였다. 이젠 포청으로 가 다른 아이들의 상처와 죽은 사람들의 상흔으로 홍수를 짐작해 보는 것이 유일한 단서인 것이다.

아니, 단서가 있다면 또 하나가 있었다. 지금 감옥에 있는 포정사 종요, 그의 말을 들어보는 것도 좋은 방법이었다. 물론 그는 이번 일과 직접적인 관련이 없어도 충분히 연관이 있었다. 조금이라도 연관의 끈이 있다면 철저하게 조사를 해야 했다.

일순 현백은 어디로 갈지 생각을 했다. 그리곤 포청으로 가기로 한 후 신형을 움직이는 순간이었다.

"현 대협님, 잠시만……. 소이가 할 말이 있다고 합니다."

"……."

갑작스럽게 들려오는 양화하의 목소리에 현백은 다시 신형을 돌렸다. 나가려던 사람들 모두 무슨 일인가 싶어 현백을 바라보았는데 현백은 빠른 움직임으로 나아가 소이의 앞에 섰다. 그리곤 허리를 숙여 소이의 입술 가에 귀를 가져갔다.

"......"

아마도 힘이 없어 말을 크게 못하는 것 같았는데 현백은 꽤나 오랫동안 듣고만 있었다. 그러던 어느 한순간이었다.

"......!"

현백의 눈이 확 커지고 있었다. 뭔가 놀라운 것을 들었다는 표정이 역력했는데 이윽고 현백의 허리가 들렸다. 현백은 아이의 머리를 살짝 쓰다듬고는 바로 신형을 돌리고 있었다.

"일단 밖에 나가 이야기하지."

"그게 좋겠군."

현백의 말에 장연호가 동의하며 따라나서자 다른 사람들 모두 현백의 뒤를 쫓았다. 현백은 완전히 방문을 벗어난 후 입을 열려 했다.

"장 사숙님, 아이는 차도가 있습니까?"

누군가 장연호를 향해 말하고 있었다. 목소리의 주인공은 바로 원평이었다. 그는 눈을 반짝이며 사람들을 바라보고 있었는데 현백은 그 말에 고개를 끄덕이며 말을 이었다.

"차라리 포청에 가서 이야기하는 것이 나을 것 같군. 어찌 생각하나?"

"…그래, 그렇게 하세. 어차피 다 알아야 하는 일이라면 말이지."

그 길로 사람들은 다시금 움직이기 시작했다. 모두가 다 모여 있는 포청을 향해 말이다.

"흑월? 그런 자들이 중원에 왔다는 것인가?"

"아이가 분명 흑월이라는 말을 했습니다. 소이가 저에게 거짓말을 했다고는 생각하지 않습니다만."

믿을 수 없다는 도학운의 목소리에 현백은 담담한 목소리를 내었다. 현백이야 아이의 생각을 전하는 것밖에 없으니 담담히 말할 수밖에 없었다.

"정말 그런 세력이 중원에 들어왔다면 이건 중요한 일입니다. 하루라도 빨리 전 무림의 힘을 집결해야 하지 않겠습니까? 이건 저희 중원에 대한 심각한 도발입니다."

화산의 이격은 굳은 얼굴로 입을 열었다. 그 말에 모든 사람들이 고개를 끄덕였는데 이어 무당의 청야공 청목 도장의 목소리가 들려왔다.

"하나 그 아이의 말을 어느 정도까지 믿어야 하는지 그것 역시 충분히 논의되어야 할 문제입니다. 또한 흑월이란 자들의 정체도 확실하지 않습니다. 충분히 더 논의되어야 할 문제입니다."

조금은 신중한 청목의 목소리에 또 한편의 사람들은 수긍하는 눈빛을 보여주었다. 하나 이미 사실로 밝혀진 일을 부정한다고 해서 없어지는 것은 아무것도 없었다.

"흑월이란 단체는 존재하는 곳입니다. 이미 그곳에 대해선 다른 분들께 이야기드린 적이 있습니다. 그리고 전 그 아이가 저에게 거짓을 말했다고 생각하지 않습니다."

"음… 그 이야기라면 이곳엔 안 계시지만 영무지회에서 뵌 소림의 백양 대사께 들은 것이 있네. 하나 그것이 진짜라고는 믿지 않았건만 사실이란 말인가……."

혼자 독백을 하는 것인지 아니면 다른 사람도 들으라고 하는 말인지는 모르나 청목은 현백의 말에 고즈넉한 대답을 했다. 어찌 보면 별로 신경 쓰지 않는 듯한 모습이었는데 굳이 현백의 입장에선 자신의 말을 들어달라고 강변할 것은 없었다.

"그 이야기는 나중에 해도 될 것입니다. 일단 저희 개방에서 전력을 다해 이들의 종적을 추적하라고 할 터이니 그들의 신병이 확보되는 대로 움직이면 될 것 같소만, 문제는 이 아이들이오."

문득 토현의 목소리가 들려오자 사람들은 모두 고개를 돌렸다. 토현은 눈앞에 있는 침상을 보며 얼굴 가득 수심을 달고 있었는데 그럴 수밖에 없는 것이 이 아이들을 위해 그가 할 수 있는 일이 아무것도 없었던 것이다.

강호에서 활동을 하면서 이번처럼 무력감이 든 적도 없었다. 토현은 어금니를 지그시 깨물며 아이들을 바라보았고 그 모습에 많은 사람들이 숙연해졌다. 하나 방법이 없기는 그들도 마찬가지였다.

"일단 이 아이들의 상세를 보면… 사실 다시 세상에 나올 수 있을지 그것부터가 염려됩니다. 아니, 그 목숨조차 보장하기 힘듭니다."

아이들에 대한 이야기가 나오자 무당 장문 도학운이 무거운 낯빛으로 입을 열었다. 이 강호에서 적어도 무학의 깊이에 관한 이론적 토대는 최고라는 호칭을 받고 있는 것이 바로 그였다. 그가 이렇게 이야기한다면 그것은 정말 방법이 없는 것이었다.

"지금 예상할 수 있는 것은 아무것도 없습니다. 그러나 한 가지 확실한 것을 이야기한다면 이 아이들, 어쩌면 죽음보다도 더 깊은 고통을 맛볼 수도 있습니다."

"…도 장문, 그것이 무슨 말이오?"

도학운의 말에 조용히 있던 모인이 입을 열었다. 그뿐만이 아니라 상당한 사람들 모두가 다 놀라 바라보았는데 도학운은 굳은 목소리로 입을 열었다.

"어떠한 방법을 썼는지 모르지만 이 아이들의 정과 신이 서로 연결되어 있습니다. 우리 무공을 하는 사람들 역시 그러한 방법으로 무공을 수련하지만 이건 비정상적인 방법이라 문제입니다. 강제로 연결한 것이지요."

도학운은 조금은 어려운 이야기를 꺼내고 있었다. 그는 잠시 입을 꽉 다문 채 생각을 했는데 아마도 어떻게 이야기를 해야 할지 그걸 생각하는 것 같았다. 그러던 그가 다시 입을 열었다.

"즉 양의 기운과 몸을 연결시켜 버린 것입니다. 몸 안에 있는 양의 기운을 태워 활동할 수 있는 원동력으로 삼고 전혀 쓰지 않는 음의 기운을 빼내간 것입니다. 그 방법이 어떤 것인지는 확실히 알 수는 없으나 진정 경악스런 방법입니다. 따라서 저희들의 치료로 회복한다고 하면 이미 그땐 체내의 모든 기운이 다 빠진 상태입니다."

"하면 어떻게 하든 다 죽을 수밖에 없지 않소?"

모인이 바로 입을 열어 묻자 도학운은 고개를 살짝 끄덕였다. 답답한 순간이었다. 어찌해 볼 도리가 없다는 말이니 말이다.

"최소한 지금 정과 신의 고리를 끊어버린다면 남아 있는 기운으로 다시 몸을 회생시킬 수는 있습니다. 하나 현 상황에선 불가능하군요. 저 역시 답답합니다. 어째서 이렇게 무능하게 태어났는지……."

"도 장문께서는 자책하실 필요 없습니다. 그 정도를 알아낸 것만 해도 다행입니다. 천하의 도 장문이시기에 가능한 일입니다."

조금은 자책하는 듯한 도학운에게 오위경이 위로의 말을 건네었다. 그러자 도학운은 감사의 눈인사를 잊지 않았고 현백은 그저 고개를 좌우로 흔들 뿐이었다.

뭐 하나 시원하게 해결된 것이 없었다. 이 일만이 아니라 그에겐 일행을 찾아와야 할 책임도 있었다. 그런데 눈앞에 놓인 규앙 도장의 죽음 때문에 함부로 움직일 수가 없었다. 이도저도 못하는 상황이 된 것이다.

게다가 그는 지금 비밀 한 가지를 더 알고 있었다. 아직은 이야기할 것이 아니란 생각에 꽉 다물었지만 언젠가는 이것도 밝히고 조사해야 할 일이었다. 할 일이 한두 가지가 아닌 것이다.

그런데 상황은 도무지 어떤 것을 먼저 해야 할지 엄두가 나질 않았다. 한데 그 순간이었다.

"방법이 없는 것은 아니지요. 아직 살길이 있습니다."

"…뉘신지요? 아니!"

살릴 수 있다는 말에 고개를 번쩍 든 도학운은 이내 처음 보는 사람의 얼굴에 고개를 갸웃거렸다. 그러다가 그 뒤쪽에 오는 일단의 사람들을 보며 반색을 하고 있었다.

뒤쪽에 나타난 사람들은 바로 개방도들이었다. 방주 제걸신권 장명산을 포함하여 호지신개 명사찬을 비롯한 개방의 중추 세력들이 나타난 것이다.

"아니, 장 방주님이 아니십니까! 이곳엔 어인 일입니까?"

"조금이라도 도움이 되기 위해 손님들을 모셔왔건만 많은 일이 일어났더군요. 해서 조금 늦었습니다."

사람들을 통해 이미 무슨 일이 일어났는지 잘 알고 있다는 듯 장명산은 입을 떼었다. 그리곤 조용히 자신을 바라보는 현백을 한번 일별했다. 현백과 장명산은 서로에게 눈인사를 한

번 하고는 지나쳤다. 지금 현백의 신경엔 그가 아니라 다른 사람이 더 눈에 들어와 있었던 것이다.

 오자마자 살릴 수 있다고 한 사람, 바로 그였다. 아니, 그와 함께 온 일단의 사람들이 더 신경 쓰이는 존재였다. 문득 토현의 목소리가 귓가에 들려왔다.

 "허허허, 방주께서 오신 것이야 좋은 일이긴 하나 옆에 오신 분들은 어찌 되시오? 진정 방법이 있다 하셨소?"

 새로이 나타난 사람들을 보며 토현은 관심을 나타내었다. 그러자 사람들은 처음 보는 사람들을 향해 시선을 던졌는데 한 사람만은 다른 시선을 던지고 있었다.

 현백, 그는 다른 사람들처럼 호기심 어린 눈빛이 아니었다. 오히려 그는 앞으로 나가 조용히 입을 열었다.

 "설마 당신을 강호에서 볼 것이라곤 생각지 못했소, 토루가."

 "나 역시 내가 강호로 올 것이란 생각은 하지 못했소이다, 전호 현백."

 현백의 말에 토루가는 예의 웃음 띤 얼굴을 지우지 않고 있었다. 현백은 이번엔 옆으로 움직였다. 그곳에 한 쌍의 남녀가 서 있었다.

 "…언젠가 볼 것이라 생각했지만, 이리도 가까운 시일 내에 볼 것이라곤 생각지 못했을 것이라 생각되오만."

 "당신의 생각대로요, 사다암."

예기치 못한 만남

짧은 인사로 현백은 자신의 생각을 말했다. 그는 바로 각간 사다암이었는데 사다암은 한 걸음 옆으로 물러나면서 옆의 여인을 가리켰다.

"처음 보는 여인일 것이오. 자신의 소개는 스스로 하는 것이 좋겠구나."

사다암의 말에 여인은 살짝 웃으며 앞으로 나왔다. 그녀는 현백을 보며 작은 미소를 지었는데 그냥 보기만 해도 귀한 집의 여식이라는 것을 여실히 알 수 있는 여인이었다.

여인은 현백의 앞에서 작게 고개를 끄덕였다. 그리곤 입을 열어 말했다.

"처음 뵙겠습니다. 제 이름은 돈호이. 중원 이름으로 미호라고 합니다."

"……!"

현백의 눈이 파랗게 빛나고 있었다. 그는 여인의 이름을 듣는 순간 머리를 둔기로 맞은 것 같은 충격을 느끼고 있었다. 미호라는 이름을 처음으로 듣는 것이 아니니 말이다.

"내 여동생 미호라네. 하마터면 큰일이 날 뻔한 아이지. 그 일이 연유가 되어 같이 강호에 나오게 되었다네."

우득!

현백은 자신도 모르게 어금니를 꽉 깨물었다. 이제 조금 뭔가 어떻게 되는 것인지 알 수 있었다. 자신이 보호해 주고 살려준 여인 미호. 그 여인이 가짜였다. 눈앞에 보이는 여인이 진짜 미호공주였던 것이다.

 당한 것이었다. 자신으로 인해 강호에 모든 일들이 일어난 셈이었다. 그가 그때 미호의 호위를 거절했다면 이런 일은 없었을 테니 말이다.

 그러나 그땐 강호로 들어온다는 생각에 깊은 생각을 하지 않을 때였다. 이제 와 후회한들 무슨 소용이 있겠냐마는 현백은 입술을 꽉 깨물었다. 정말 미칠 듯한 분노가 마음 한구석으로부터 치솟아오르고 있었던 것이다.

第八章

모여드는 군웅들

1

"후우… 후……."

무공을 하고 있는 지충표지만 숨이 턱까지 차오르는 것은 어쩔 수 없었다. 아니, 그뿐만이 아니라 대부분의 사람들 모두가 다 숨을 헐떡이고 있었다.

숨이 차지 않는 사람은 단 한 명, 어깨에 거부를 둘러멘 사람뿐이었는데 그는 잠시 뒤를 돌아보더니 이내 신형을 멈추었다.

"잠시 쉬었다 간다. 모두들 그 자리에서 쉬도록……."

"쿨럭… 카아악, 퉤! 제길, 대체 언제까지 끌려가야 돼?"

그의 말이 끝나기도 전에 한 사람의 걸걸한 목소리가 튀어나왔다. 바로 비대한 몸을 땅에 누인 채 온몸에 땀을 흘리는 고도간이었는데 사내는 그러한 고도간에겐 일별도 하지 않은 채 어디론가 움직였다.

그가 움직인 곳은 바로 지충표의 앞이었다. 지충표는 혹시나 모를 상황에 대비하여 오유를 막아서며 사내를 경계했는데 사내는 더 이상 오지 않은 채 반 장여의 간격을 유지하며 입을 열었다.

"괜찮은가?"

"…무슨 뜻이냐?"

뜻밖의 발언에 지충표는 바로 되물었다. 그러자 사내는 씨익 웃으며 아무런 말을 하지 않았는데 왠지 그 모습은 적이라 생각되질 않았다.

아니, 적이라 생각하기 힘든 상황이었다. 이 사내는 지충표가 알고 있는 사내이니 말이다.

"말 그대로 괜찮은지 묻는 것이다. 혈도를 찍혀 있은 기간이 꽤 되었을 테니 내력의 회복도 쉽지 않겠지. 아니 그런가?"

"그렇게 날 생각하는 사람이 포로 대우를 하나? 하면 지금이라도 여기 있는 이 여인과 내가 떠나도 상관없나?"

차분한 지충표의 말에 오유는 무슨 말인가 싶어 고개를 돌렸다. 왠지 대화가 이상하게 돌아가는 듯한 느낌이 들었던 것이다. 한데 그렇게 느끼는 것은 그녀뿐만이 아니었다.

고도간을 포함한 그 일행과 사내의 수하들, 그리고 밀천사 양각까지 모두 이상하게 여기는 중이었다. 이윽고 사람들의 귓가에 사내의 목소리가 다시금 들려왔다.

"그럴 수 없다는 것을 잘 알고 있지 않나? 날 난처하게 만드는 일은 그만두게나."

"……."

마치 옛 친구를 대하듯 살갑게 말하는 그를 보며 같이 지내 왔던 밀천사 양각까지 의아한 얼굴을 하고 있었다. 그러던 그의 얼굴이 놀람으로 물들기 시작했다. 사내가 등을 돌리는 순간 터져 나온 지충표의 말 때문이었다.

"어쩌다 이렇게 난처한 상황까지 몰리게 되었소이까! 용병의 왕이자 자유의 상징인 당신이 왜 이렇게 변한 것이오! 낭인왕(浪人王) 옥화진(玉華進)! 그것이 당신의 이름이 아니었소이까!"

"……!"

모든 사람들의 눈이 휘둥그레지고 있었다. 눈앞의 사내가 고도간을 박살 내는 것으로 봐서 어느 정도 무공을 가지고 있다고 생각은 했지만 그래도 큰 명성이 있는 사람이라곤 생각하지 않았다. 하나 낭인왕 옥화진이라면 이야기가 달랐다.

그냥 명성을 가진 사람이라 말할 계제가 아닌 것이다. 무림의 또 한 단면인 낭인들, 그들의 우두머리가 바로 이 사람이었다. 녹림도 두려워한다는 낭인대장이 바로 이자였던 것

모여드는 군웅들

이다.

"헛헛, 역시 자네 변하지 않았군. 누가 뭐라 해도 할 말은 한다는 지충표. 처음 봤을 때 아닌 줄 알았더니 역시 자네였었군."

두 사람은 안면이 있는 것이 확실했다. 상황이 이렇게 이르자 사람들은 흥미 어린 시선으로 두 사람을 바라보기 시작했는데 옥화진은 지충표를 향해 조용히 입을 열었다.

"조금 나아지기는 했지만 아직도 내력이 그대로라 해도 틀린 말이 아니군. 그 현백이란 친구와 있으면서 조금은 발전하지 않았었나?"

"몸 따위가 발전해서 뭐가 어쩌란 말이지? 당신이야말로 그 강한 몸을 가지고도 결국 난처한 상황에 처해지지 않았소! 대관절 뭐가 당신을 이렇게 만들어놓은 것이오!"

지충표는 정말 이해가 가지 않았다. 처음 봤을 때 그는 낭인왕 옥화진을 알아보았다. 비록 많은 시간을 같이 있지는 않았지만 예전에 낭인 생활을 할 때 조금 친하게 지낸 인연이 있었다.

세상에서 가장 자유로운 사내가 바로 그였다. 한데 그런 사람이 여기 고도간과 같은 배를 탄 줄은 몰랐었다. 그렇다면 그가 강호로 들어올 때 같이 데리고 왔던 미호란 여인도 섞여 있을 터였다. 게다가 옆에 있는 사람으로 봐서 또 다른 세력에 몸을 의탁하고 있음이 분명하고 말이다.

그가 아는 옥화진이 아니었다. 목숨을 버릴지언정 굽히지 않는 뜻을 지니고 있던 그가 아니었다. 한순간 어디서나 볼 수 있는 모사꾼의 얼굴을 하고 있었다. 비록 보지 않았던 기간이 길었다 쳐도 말이다.

"한계를 느낀 적이 있나?"

"……."

뜬금없는 소리에 지충표는 눈을 껌벅였다. 갑자기 한계라 하니 무슨 뜻인지 몰랐는데 지충표의 옆에 털썩 앉으며 그는 말을 이었다.

"혼자서 최선을 다했다. 이 빌어먹을 세상을 작살내면서도 단 한 번도 난 스스로를 원망하지 않았었다. 하나 시간이 흐르면서 변하는 것은 전혀 없더군."

조금은 자조적인 목소리가 흘러나오고 있었다. 변한다는 것이 무엇을 뜻하는지 아직 잘 알 수는 없었는데 옥화진은 말을 이었다.

"나의 동지들이 하나둘씩 죽어가면서도, 그들이 돈을 위한 사람들이란 이유로 천시받는 것, 그것만은 참으로 참기 어렵더군. 난 그것을 바꿔보고자 무던히 노력했었지."

"그건 나도 아는 일이오. 그 노력 하나만으로 당신은 나의 찬사를 받았었소. 하지만 지금 모습이 그때의 당신과 같다고는 절대 말하기 힘들군."

"큭! 당연한 일이겠지."

다른 사람의 눈 따윈 아랑곳하지 않았다. 옥화진은 지충표와의 대화가 세상에서 제일 소중한 듯 다른 사람들이 무엇을 해도 신경 쓰지 않았다. 옥화진은 다시금 입을 열었다.

"그래서 난 바꾸었다. 세상이 바뀌지 않으면 내가 바뀔 수밖에, 돈을 위한 전귀들의 싸움이 아니라 목적을 위한 싸움을 해보고 싶었지. 그리고 지금까지 흘러들어 왔다."

"…목적을 위한 싸움?"

정말 그답지 않은 이야기였다. 용병은 돈을 받고 싸우는 사람이다. 그 사람의 가치는 곧 돈으로 환산되며 비싼 몸값을 받는 용병이라면 용병 세계에선 최고의 찬사를 받는 것이나 마찬가지였다.

물론 이 눈앞에 있는 옥화진이 단연 최고의 몸값을 받는 사람이었다. 용병사회에선 그가 최고였던 것이다.

"그래서 그 목적이 마음에 드오?"

지충표는 아까부터 생각하고 있던 것을 내뱉었다. 그러자 문득 옥화진의 얼굴이 살짝 일그러졌는데 굳이 말하지 않아도 무슨 말을 하려는지 잘 알 수 있었다.

"아직까진 모른다. 하나 난 확신한다. 내가 걷는 이 길이 용병의 참된 길이 될 것이란 것을 말이다. 이 일로 인해 용병들은 앞으로 돈을 위한 전귀란 말은 듣지 않을 것이라 이 말이야."

"……"

거창한 말이었다. 지충표는 아무런 말도 하지 않은 채 그저 그의 얼굴만을 바라보았는데 그는 허리에 힘을 주더니 몸을 일으켰다. 그리곤 다시 움직이려 할 때였다.

"용병이 어떤 존재인지 잊은 것이오?"

"……."

지충표의 목소리였다. 지충표는 똑바로 그의 얼굴을 보며 말했다.

"돈을 위한 전귀라 했소? 그러면 어떠하오? 용병이라는 것이 다 그런 것이 아니오. 하면 용병이 무엇을 보고 싸워야 하오?"

"……."

"목적이 돈이 아니기에 용병이 전귀로 오해를 받는 것이 아니라 그 돈을 어떻게 사용하느냐가 더 중요한 것이 아니오? 용병은 그 돈을 버는 수단으로 생각되지 않소?"

"그쯤 해둬라, 지충표."

지충표의 말에 그는 아무런 말을 하지 않고 있었다. 그러면서도 그의 목소리는 살짝 떨리고 있었는데 아마도 평상시에 많이 생각하던 문제인 듯싶었다.

"듣기 싫은 것이오? 아니면 듣지 않겠다는 것이오? 주인 잃은 개가 용병이 아니라 개 같은 주인을 모시지 않는 것이 용병이라고 한 당신의 말은 틀린 것이었소?"

"……."

모여드는 군웅들 295

옥화진은 아무런 말을 하지 못했다. 하나 그의 얼굴은 대단히 굳어져 있었는데 지충표는 오히려 한 걸음 앞으로 나서며 입을 열었다.

"난 내가 틀렸다고 생각지 않소이다. 당신 역시 과거의 당신이라 생각… 커컥!"

"그만두라고 했다!"

옥화진의 오른손이 지충표의 목줄을 틀어쥐고 있었다. 한마디만 더 한다면 정말 죽일 듯이 보였는데 잠시 그렇게 있던 옥화진은 갑자기 손을 풀어 지충표를 놓아주었다.

"쓸데없는 소리는 그만두고 어서 움직일 준비를 해라! 휴식은 끝났다!"

차가운 목소리로 외치는 그의 구령에 따라 사람들이 움직일 준비를 하고 있었다. 고도간은 목을 잡고 컥컥대는 지충표를 보며 고소한 표정을 짓고 있었지만 정작 지충표는 그를 보고 있지 않았다.

그는 옥화진을 보고 있었다. 한때 자신이 우상처럼 생각했던 한 사람이 완전히 몰락한 모습에 그는 치를 떨고 있었다. 정말 할 수만 있다면 어떻게든 그를 설득하고 싶었지만 그럴 수가 없었다.

"아저씨… 괜찮아요?"

"응… 그래……."

오유의 걱정하는 말에 대답하며 지충표는 천천히 일어섰

다. 그리곤 신형을 움직여 사람들의 뒤를 따르기 시작했다. 그러나 목이 아픈 것보다 한때의 우상이 깨어졌다는 생각에 마음이 더욱더 아파오고 있었다.

*　　　*　　　*

"기왕지사 알려주시는 것이라면 모든 것을 다 알려주셨으면 합니다. 이젠 그쪽만의 문제가 아닌 전 무림의 일이오. 따라서 우린 모든 것을 다 알아야 합니다."

"충분히 일리가 있는 말씀이오. 하면 이 늙은이의 말을 경청해 주시기 바랍니다. 우선 제가 누구인지부터 알려 드리는 것이 순서 같군요."

토루가는 앞으로 나와 입을 열었다. 그는 지금 무림인들에게 둘러싸여 있다고 해도 과언이 아니었는데 조금이라도 떨릴 법한 상황에서도 그는 침착하게 입을 열었다.

"저는 미력하나마 환연교에 한 힘을 보태는 사람이지요. 토루가라고 합니다."

"교주님의 이름은 익히 들어 알고 있습니다. 지나친 겸양은 오히려 독이 될 수도 있다고 합니다."

토루가의 말에 무당의 도학운이 입을 열자 여기저기서 고개를 끄덕였다. 아무리 세외 세력이라고 하지만 환연교의 이름은 쉽게 무시할 수 있는 것이 아니었다. 특히나 과거 한차례 무림에 피바람이 불었을 때 그들의 이름이 강호의 전면에 드러나 있었으니 말이다.

"허허허, 비천한 노인을 이리 환대해 주시니 그저 감사할 따름입니다. 하면 단도직입적으로 본론을 이야기하겠습니다. 본 교의 성서가 도난당했습니다. 그런 이유로 전 중원에 들어온 것입니다."

뭔가 여러 가지 말이 있을 법도 하건만 토루가는 바로 입을 열었고 여기저기서 반응이 튀어나왔다. 하나 나이가 많은 사람들과 적은 사람들의 반응은 각기 달랐는데 많은 사람들의 얼굴은 심각하게 굳은 반면 적은 사람들은 그게 뭐 어쨌다는 표정이었다.

"교주께 한말씀 묻겠소이다. 하면 지금 말씀하신 성서라는 것이 과거 한차례 강호에 피의 폭풍을 몰고 왔던 그것이오이까?"

"······."

토현이었다. 그러자 모두가 신중한 얼굴을 하고 있었는데 피의 폭풍이란 말에 젊은 사람들도 모두 솔깃한 상태였다. 그러자 토루가가 입을 열었다.

"맞습니다. 저희 교내에서 철저하게 지켜왔던 한 권의 서적, 천의종무록이 사라졌습니다. 해서 제가 이렇게 이곳에 오게 된 것입니다."

"천의종무록! 그 마물이 강호에 나왔단 말이오!"

소림의 백은 대사는 자리에서 벌떡 일어서 소리쳤다. 장경각을 맡고 있는 그의 소임상 그는 세상의 많은 서책을 접할 수밖에 없었다. 그리고 그중 천의종무록에 관한 것 역시 볼 수 있었던 것이다.

"정확하게 말하면 완전한 것은 아닙니다. 반쪽이 돌아다니고 있지만 문제는 그것이 진본이라는 것입니다. 해서 전 오늘 이 자리에서 여러분께 고합니다. 전 무림에 요청을 하오니 본교의 성서를 돌려받는 데 도움을 받고자 합니다."

정말 대놓고 모든 것을 가르쳐 주는 그였다. 그의 말에 여기저기서 웅성거림과 술렁임이 나왔는데 그때였다. 모인의 목소리가 들려왔다.

"조금 전 아이들을 고치는 것을 보았소이다. 그때 느낀 것이지만 왠지 이곳 무한에서 사라진 아이들을 그렇게 만든 것이 천의종무록 안에 있는 것이란 생각이 드오만, 맞소이까?"

"……."

생각보다 파장이 큰 이야기였다. 모인의 말에 토루가는 살짝 얼굴을 굳혔는데 이내 고개를 끄덕이며 입을 열었다.

"맞습니다. 그건 천의종무록상에 있는 방법 중의 하나입니다. 하나……."

"그렇다면 당신 역시 강호의 적이 아닌가! 지금 우리를 뭘로 보고 이따위 말로 현혹시키려 하는가!"

누군지 모르지만 분기탱천한 목소리가 들려오고 있었다.

사람들의 시선이 향하는 곳엔 일단의 사람들이 있었다. 바로 이 무한을 주 무대로 한 무림인들이었는데 환연교주 토루가를 보는 그들의 눈은 전혀 달랐다. 완전히 적을 보는 듯한 얼굴을 하고 있었던 것이다.

"그렇게 쉽게 생각할 일이 아니오이다."

"무슨 망발을 그따위로 하는가! 당신들이 없었다면 이런 일도 생기지 않았을 것이오! 그러니 지금 즉시……."

"모두 진정하시오!"

찌이이이이이잉……!

강렬한 기운이 담긴 음성이 허공에 터지자 한순간에 정적이 흘렀다. 소리에 내력을 실어 외치고 또 그 외친 소리가 허공의 한 정점에서 터지며 울림을 내고 있었다. 실로 대단한 무공의 소유자인 것이다.

그는 바로 오위경이었다. 자리에서 일어난 그는 소란을 일으키는 사람들을 향해 싸늘한 눈길을 보내었다. 정광이 가득 담긴 그의 눈길에 많은 사람들이 입을 꽉 다물었다.

"설사 여기 계신 토루가 교주가 잘못하셨다 치더라도 이런 자리에서 사람을 죄인으로 몰아가는 것은 옳지 않은 것입니다. 또한 교주께선 어쩌면 치부일지도 모르는 일을 다 밝히셨소. 하면 이제 무엇을 어떻게 해야 할지 그것을 논의하는 것이 우선돼야 할 것입니다."

단순하면서도 명료한 결론이었다. 한편으로 토루가에게

향하는 화살들을 교묘히 우회시키는 점도 있었는데 오위경은 다시 토루가를 향해 입을 열었다.

"강호의 사람들이 그대를 도울 것입니다. 의도적으로 유출된 것이 아니라 누군가 강제로 유출했으니 그대들의 잘못은 없다고 봐야 하겠지요. 하면 어떤 복안이라도 가지고 계십니까?"

"허허허, 진심을 알아주시니 감사합니다. 역시 당대의 진영웅(眞英雄)이시군요. 이 토루가, 진심으로 우승을 감축드립니다."

"별말씀을……."

이미 그가 이번 대회의 우승자라는 것을 토루가는 알고 있는 듯 입을 열자 오위경은 포권을 하며 감사를 표했다.

"아까 하려던 말씀을 다시 드리겠습니다. 분명 그 아이들을 그렇게 만든 것은 천의종무록에 나와 있는 방법이긴 하나 본 교에서 한 짓은 아닙니다. 그것은 본국에서도 골치 아픈 존재인 흑월이란 조직에서 쓰는 방책입니다."

"…그것이 뭐가 다르단 말이오이까! 결국엔 그대들이 쓰는 방법이 아니오!"

강제로 눌러놓기는 했지만 아직 사람들은 토루가에게 좋은 감정을 가지고 있지 않은 듯했다. 토루가는 고개를 좌우로 흔들며 말을 이었다.

"아닙니다. 천의종무록은 하나의 가능성일 뿐 그것을 생각하며 현실화하는 것은 사람마다 다른 것입니다. 분명 본 교의 성서이지만 본 교는 그렇게 사용하지 않습니다."

"도무지 알 수가 없는 말씀이구려. 교주의 말씀대로라면 지금 그 흑월이란 조직 역시 천의종무록을 익혔다는 말로 들립니다. 아닙니까?"

양호검사 이격은 눈을 좁히며 물어왔는데 지금까지 토루가가 이야기한 것은 모두 그렇게밖에 볼 수가 없었다. 환연교와 흑월의 관계가 이상했던 것이다.

"인정하기 싫지만 그 말씀이 옳습니다. 본 교와 흑월은 같은 뿌리였습니다. 천의종무록을 익힌 것은 서로가 마찬가지. 그 길이 서로 갈린 것입니다."

"뭐라!"

"이게 무슨……!"

여기저기서 웅성거림이 크게 울리고 있었다. 뭔가 흑막이 있는 듯한 모습에 사람들은 해명을 요구하는 눈빛을 토루가에게 보냈는데 토루가는 씁쓸한 미소를 지으며 입을 열었다.

"이건 저희의 신앙과도 같은 것입니다. 같은 교리를 받았지만 서로가 상반된 생각을 하는 것, 그 뿌리가 언제인지도 모릅니다. 저희가 같은 책을 놓고 달리 생각한 것은 우리가 원해서 그리된 것이 아닙니다."

토루가는 조용하지만 힘있는 목소리로 입을 열었다. 그리고는 자신이 아는 것을 모두 이야기하기 시작했다.

엄청난 싸움이 있었다. 환연교와 흑월의 싸움은 싸움이라고 말하기도 힘들었다. 어찌 보면 일방적인 도살에 가까웠다. 흑월의 무공은 그만큼 대단했다.

 그도 그럴 것이 흑월은 환연교를 지키기 위한 호교 단체의 성격이 짙었다. 그 출발이 그렇게 된 것인데 세월이 흐르며 변질되었던 것이다. 그런데 시간이 흐르면서 결국 싸움은 흑월의 패배였다.

 환연교의 사람들은 무공이 없어도 흑월과 싸웠다. 그 엄청난 숫자가 목숨을 버리면서 덤비는 데야 흑월도 어쩔 수가 없었다. 그리곤 천의종무록을 환연교에서 보관하게 된 것이다.

 흑월의 명맥을 보존하는 대신 취한 방법이었다. 이건 하나의 상징적인 방법이자 직접적인 실력행사였다. 이제 흑월의 모든 무공은 구전무공밖에 되질 않으니 말이다.

 "그 싸움은 저도 모르는 먼 옛날의 일입니다. 제가 교주 직을 수행했을 때도 흑월이란 단체의 존재조차 모르고 있었지요. 교주가 되고 나서 모든 것을 알게 되었습니다. 환연교가 가지고 있는 피의 역사를 말입니다."

 짧지만 토루가의 말은 충격적이었다. 하면 지금 중원에 들어와 있는 흑월이란 자들은 소수이긴 하지만 정예라 봐도 과언이 아닌 것이다.

 "하면 묻겠습니다. 지금 강호에 들어온 그 흑월의 수괴는 누구입니까? 그자의 정체를 알 수는 없습니까?"

개방 방주 장명산이었다. 그의 말대로 정체를 안다면 또 다른 문제였다. 하면 좀 더 수월한 상황을 만들 수 있게 되는 것이다.

"유감스럽게도 전 그를 알지 못합니다. 다만 흑월이란 자가 있고 그 아래에 세 명의 사자가 있다는 것, 그 정도가 전부입니다."

"……."

역시 그는 아무런 도움이 되지 않았다. 그럼 이제 강호인 스스로 알아봐야 했다. 그때였다. 토루가는 어디론가 이동하며 말을 이었다.

"제 복안은 하나 있었습니다. 연관이 있는 사람에게 이 일을 부탁할 생각이었지요. 그리고 지금 그렇게 요청하려 합니다."

"연관이 있는 사람?"

"무슨 소리야, 그게?"

여기저기서 또 한 번 작은 웅성거림이 흘러나왔다. 토루가는 현백의 앞으로 가 섰다. 그리곤 현백에게 정중히 허리를 숙이며 입을 열었다.

"그대는 마지막으로 천의종무록의 선택을 받은 사람이오. 현백, 그대가 나서주시오. 이 토루가의 마지막 희망은 바로 당신이오이다."

"……."

 현백은 그 자리에서 아무런 말을 하지 못하고 있었지만 다른 사람들의 반응은 달랐다 모두가 눈을 반짝이며 현백을 바라보고 있었다. 아마도 그들의 귀엔 천의종무록이란 단어만이 들어오는 듯했다.

 "무공을 보고 설마설마 했지만 천의종무록을 익혔을 줄은 정말 몰랐네. 역시 대단한 무공이었군."

 탈명천검사 장연호까지 입을 열자 사람들의 표정은 일제히 현백을 향해 움직였다. 일순 현백은 어떻게 할지 몰라 난감한 상황이었는데 그때, 누군가의 목소리가 허공에 울렸.

 "중원의 일은 중원이 알아서 하오! 현백이란 사람이 대단할지는 몰라도 이곳은 이번 진영웅이 있소이다. 그의 영도 아래 일을 처리하는 것이 상황에 맞는 수순이오!"

 "그렇소이다. 한 숲에 두 마리의 호랑이는 있을 수 없소! 그러나 굳이 뽑자면 진영웅이신 오위경 대협이 그 자리를 맡아야 합니다!"

 정확히 어디인지 모르지만 누군가 분명히 소리치고 있었다. 하나 중요한 것은 누구인지보다 그 발언 내용이었다. 몇몇 전통적인 구파일방의 사람들은 모두가 다 오위경이 책임을 져야 한다는 말에 자신도 모르게 고개를 끄덕이고 있었다.

 그들이 보기에 역시 현백은 야인일 뿐이었다. 그런 사람이 추색대를 조직하고 그 수장이 된다는 것은 껄끄러운 일이었다. 차라리 솔사림이라는 배경을 지닌 오위경이 더 좋은 얼굴이 될 것이었다.

"모두들 잠시 조용히 해주시겠습니까?"

또다시 오위경의 목소리가 허공에 울려 퍼졌다. 그러자 숨을 죽인 채 오위경의 목소리에 귀를 기울였고 오위경은 자리에서 일어나 중앙으로 움직였다. 그리곤 현백을 향해 입을 열었다.

"이번 영무지회에서 제가 승리를 거두었지만 전 그것이 그리 중요한 것이 아니라는 생각이 듭니다. 세상은 넓고 수많은 기인이사가 널려 있습니다. 모래알 같은 고수들을 놔두고 제가 진영웅이라 불리는 것도 민망했었습니다."

"……"

"그러던 차에 두 사람의 소식을 들었습니다. 한 사람은 홀연히 대회장을 떠나 버린 장연호 대협이었습니다. 하늘을 엎는 실력을 가지고 있지만 그 실력을 볼 수는 없었습니다. 실로 아쉬운 일이었지요."

포청의 중앙에 서서 내력을 실어 말하는 그의 모습은 실로 영웅스러웠다. 영웅건을 바짝 당겨쓴 그의 머리에선 서기가 비치는 듯한 착각마저 일고 있었는데 또 한 번 그의 목소리가 들려왔다.

"또 한 명은 바로 오늘 이 자리에 계신 현백이라는 사람에 대한 이야기였습니다. 특히 개방의 호지신개 명 형께서 극찬을 하시더군요. 해서 꼭 뵙고 싶었습니다."

"……."

무슨 이야기를 하는지 모르지만 그의 말은 정말 장황했다. 한데 갑자기 그의 의도가 뭔지 확연히 느껴졌다. 현백을 향해 포권을 하며 내력을 끌어올리기 시작한 것이다.

"정식으로 비무를 신청합니다. 이 비무로 인해 누가 이기든 그 사람이 이번 추적의 책임자가 될 것입니다. 부디 이 어린 무사의 열망을 꺾지 말아주십시오."

결국은 도전이었다. 현백은 두 눈을 감은 채 쓴웃음을 지었다. 왠지 쉬운 이야기를 참 어렵게 한다는 생각이 마음속에서 들고 있었다.

2

꽈아악!

오른손에 쥔 도날에 저절로 힘이 들어가고 있었다. 현백은 오위경의 신형을 보면서 긴장의 끈을 늦추지 않았다. 상황은 이미 돌이킬 수 없게 되어버린 상태였다.

지금 이곳에 있는 무림인은 줄잡아 오십여 명이 넘었다. 저 바깥에서 고개를 들이밀고 보는 사람들까지 합친다면 충분히 백여 명이 넘는 인원이었다. 이 정도의 사람이라면 정말 대회라 해도 틀림이 없었다.

물론 현백이 이 비무를 받아들이지 않으면 그만이었지만 왠지 그는 그렇게 하고 싶지 않았다. 모든 것을 다해 그 극을 보고 싶었다. 지금까지 몸 안에 일어났던 무공의 변화를 다시 돌아볼 수 있는 기회였다.

 게다가 상대는 신비의 무공 집단이라는 솔사림의 사람들, 그 사람들의 무공을 두 눈으로 똑똑히 보고 싶었다. 누가 뭐라 해도 결국 현백은 한 명의 무사일 뿐이니 말이다.

 우우우웅…….

 내력을 끌어올린 채 현백은 연천기를 몸 안에 고루 퍼뜨렸다. 새로운 내력이 몸 안 가득 차오르는 것을 느끼며 현백은 눈을 좁혔는데 문득 그는 뭔가 몸이 달라진 것을 느끼고 있었다.

 그동안 몰랐는데 이젠 구름 같은 기운들이 주변에 모이고 있지 않았다. 그저 입고 있던 옷만 세찬 바람을 맞은 듯 펄럭였는데 외형상 보이는 변화는 그것이 전부였다.

 "무례를 용서하시길…… 선공을 하겠습니다."

 "……."

 문득 들려오는 오위경의 목소리에 현백은 고개를 끄덕였다. 오위경은 한 자루의 멋들어진 검을 가지고 있었는데 패검이라 불려도 좋을 만큼 호화로운 검이었다.

 한데 그 호화로운 장식에 걸맞는 예기를 검은 내뿜고 있었다. 잠시 그 검에 대해 생각하는 순간 오위경의 검날이 허공을 갈랐다.

파아앗!

검날이 날아온다고 생각하는 순간 이미 눈앞 일 촌 앞에 와 있었다. 현백은 대경하며 신형을 뒤로 물렸다. 그리곤 오른손의 도를 들어 바로 내리눌렀다. 불현듯 그의 손에서 나온 초식은 바로 화산의 무공이었다. 스승이 가르쳐 준 매화칠수 중 중도의 묘가 튀어나온 것이다.

기이이잉…….

"좋은 수법! 차앗!"

하나 오위경은 바로 감탄 후 신형을 돌렸다. 그와 함께 검세 역시 바꾸었는데 순간적으로 검날은 현백의 옆구리 어림을 파고들었다. 그런데…….

키이이잉!

"……!"

현백의 눈이 크게 떠졌다. 그의 도가 밀리고 있었다. 대관절 어떤 무공을 사용하는지 몰라도 중도가 옆으로 비틀리고 있었다. 하나 놀람은 거기서 끝나지 않았다.

카라라락… 파아아앗!

"……."

현백의 입술이 꽉 다물렸다. 그의 어깨에서 피가 흘러나오고 있었다. 단 한 번의 칼놀림에 당한 것이다.

"……."

모인은 자신도 모르게 눈살을 찌푸렸다. 지금 현백은 당하지 말아도 될 것을 당해 버린 셈이었다. 이렇게 나가다가는 이 승부, 뻔한 노릇이었다.

"뭔가 이상하군요. 예전의 현백 같지 않습니다. 다른 무엇인가를 노리고 있는 것일까요?"

옆에서 들려오는 양평산의 말에 아무런 이야기도 하지 못한 채 모인은 그저 바라보고만 있었다. 확실히 그로서도 지금의 선택은 의외였다. 많은 무공 중 어째서 화산의 무공이 튀어나왔는지 말이다.

오위경이란 자, 겉보기엔 나이가 어려 보일지 몰라도 그 내력과 기술은 강호의 수많은 무인들과 어깨를 나란히 할 정도였다. 얕볼 수가 없는 자인 것이다.

그의 무공이 어떤 것인지는 몰라도 보통 무공은 아니었다. 뭔가 대단한 특성을 가진 것은 아니지만 딱히 어느 한군데 모자란 것이 없는 것이 저 오위경의 무공이었던 것이다.

그러한 오위경의 무공 특성을 파악하지 못한다면 현백은 질 터였다. 그리고 그의 생각대로 현백은 한껏 위기에 몰리고 있었다.

카랑… 카라라랑!

한번 밀리기 시작한 현백이기에 대책없이 밀리기 시작하

고 있었다. 도저히 어떻게 해볼 수 있는 상황이 아닌 것이 상대의 검은 자신보다 최소한 반 푼 정도 빠른 움직임을 보이고 있었다.

치고 나서 다른 상황을 생각해 볼 것이 아닌 것이다. 솔직히 말해 현백은 조금 당황했다. 이 정도로 밀릴 것이라고는 생각지도 못했던 것이다.

내력을 좀 더 끌어올리는 것이 문제가 아니었다. 뭔가 기회가 될 것이 필요했건만 지금 당장은 그러한 기회를 잡을 수도 없었다. 아니, 그럴 틈조차 없다는 것이 정답이었다.

지금까지 현백은 많은 사람들과 싸워왔다. 그들의 특성 모두를 기억하진 못하지만 최소한 어떤 장점이 있는지는 기억한다. 그것은 그만큼 많은 상대와 싸우면서도 누구나 자신의 특성을 특화하여 싸워왔던 것이다.

그런데 이번엔 달랐다. 이자는 어떻게 해야 할지 도무지 감이 잡히질 않았다. 어느 하나 딱히 떨어지는 것이 없었던 것이다.

그렇다고 대단히 잘한다는 것조차 없으니 그야말로 답답할 노릇이었다. 힘, 속도, 그리고 내력에서 모조리 현백의 열세였던 것이다.

"큭! 차아아앗!"

현백은 괴성을 지르며 다시 상황을 반전시키려 애썼다. 눈앞에 보이는 오위경의 검을 쳐낸 후 좀 무리가 되더라도 공격을 하려 했다. 그러나 그의 동작은 오위경이 뻔히 읽어내고 있는 상황이었다.

피이이잉!

현백의 도는 하릴없이 허공을 갈랐고 오위경은 양 발을 쫙 벌리며 신형을 주저앉히고 있었다. 이어 사타구니가 땅에 닿자마자 오위경은 양 발을 휘돌렸다.

파라라랑!

강렬한 회전을 하며 오위경은 왼손으로 땅을 짚었다. 그리곤 힘껏 땅을 퉁기며 현백의 가슴을 향해 돌진했다.

파아아앗!

"……!"

현백은 두 눈을 좁혔다. 이대로 가다간 그의 패배가 확실했기에 뭔가 수를 내야만 했다. 한데 그 순간이었다.

촤촤촤악!

가슴 쪽에 섬뜩한 느낌과 함께 현백은 뒤로 물러섰다. 오위경도 이번엔 덤비지 않은 채 그 자리에서 뒤로 물러났다. 그때였다. 현백의 가슴에서 피가 솟구쳤다.

파아아앗!

"현 대형!"

"……! 현백!"

문득 그의 귓가에 외마디 소리가 들려왔다. 어디선가 보고 있을 이도와 주비의 목소리였다. 현백은 어금니를 꽉 깨물었다.

이자… 정말로 자신을 죽이려 하고 있었다. 이번에 손을 쓰면서 현백이 놀란 것은 이자의 무공이 아니라 그의 눈이었다. 그의 눈은 여태껏 그가 말한 것처럼 상대를 존중하는 그런 강호인의 눈이 아니었다.

한껏 사람을 깔보는 눈, 바로 그것이었다. 현백에겐 그렇게 다가왔던 것이다.

"괜찮소이까? 이거 내가 너무 흥분한 것 같소이다."

이것은 일개 비무란 뜻이었고 그 승부에 본인이 너무나 집착했다는 시인이었다. 하나 이 말을 듣는 어떤 사람도 그를 탓하지 않을 터였다. 무기를 가지고 싸우는 마당에 피를 보는 것은 당연한 일인 것이다.

"미안하외다."

"……?"

현백의 대답에 오위경은 눈을 동그랗게 떴다. 대체 그게 무슨 말이냐는 듯한 표정이었는데 현백은 차분히 입을 열었다.

"잠시 착각하고 있었소. 나란 놈이 어떤 놈인지를……."

시링!

"……!"

현백의 달라진 자세에 오위경은 조금 놀라는 눈을 만들었다. 현백은 허리를 살짝 숙인 채 양 무릎을 굽혔다. 양 발뒤꿈치를 다 든 상태에서 오른손의 도를 거꾸로 쥔 것이다.

모여드는 군웅들 313

"지금까지와는……."

슛!

한 발 앞으로 내디디며 현백은 입을 열었다. 하나 오위경은 전혀 요동이 없었는데 문득 그의 한쪽 입술이 살짝 올라가는 듯싶었다.

"조금 다를 것이오!"

파아앙!

말이 끝나기도 전에 현백의 신형이 움직였다. 허공으로 차 올라가는 그의 신형은 한 마리의 야수와도 같았다. 이미 그의 눈에선 강렬한 눈빛이 좌우로 긴 족적을 남기고 있었다.

보이지 않는 어둠 속에서 움직임, 그건 의외로 감지하기가 쉽다. 사람의 움직임은 단순히 몸을 움직이는 것만으로 되는 일이 아니기 때문이었다.

움직임이 일어나기 위해 필요한 근육들이 움직여야 하고 그러면서 소리가 나기 마련이었다. 아니, 거기서 한 걸음 더 나아가 감각이 발달하게 되면 그땐 소리를 들을 필요도 없었다. 그저 느끼면 되는 것이다.

적어도 장연호는 그렇게 배워왔었다. 그 배움으로 인해 여태껏 많은 상대를 이길 수 있었고 또 그 배움은 점점 커져 갔다. 탈명천검사란 별호 역시 움직임을 보는 그의 눈에 의해 만들어진 별호라 해도 과언이 아니었다.

그런데 그런 자신의 감각을 일순간에 깨뜨리는 일이 일어났다. 그것이 바로 현백이었는데 상호산의 상문곡 내에서 보여준 그의 움직임은 정말 놀랍다고밖에 말할 수 없는 것이었다.

그런데 지금 현백의 움직임은 그때의 그 움직임이 아니었다. 어디인가 멋들어 있는 듯한, 이상한 격식마저 느껴지고 있었는데 이래선 현백이 이길 수가 없었다.

격식으로 따지자면 눈앞에 있는 솔사림의 오위경을 능가할 수가 없었던 것이다. 들리는 바에 의하면 솔사림의 무공 연원은 따로 뭔가 있는 것이 아니라 강호에 있는 모든 무공을 연구한 것이라 했다. 그렇다면 정해진 초식은 오위경을 이길 수가 없는 것이다.

그런데도 정형화된 초식을 구사하는 현백을 장연호는 이해할 수가 없었다. 그러더니 결국 가슴에 상처까지 입고 말이다.

하나 이젠 뭔가 좀 달라진 듯 보였다. 그때 어둠 속에서 도끼를 든 자와 싸웠던 현백의 움직임, 아직 거기까지 느껴지진 않고 있지만 확실히 분위기는 일변했다. 이제야 좀 볼만한 광경이 나올 듯싶었던 것이다.

"상공… 괜찮을까요?"

문득 옆에서 들려오는 예소수의 말에 장연호는 빙긋 웃었다. 그리곤 그녀를 향해 다시금 입을 열었다.

"지금부턴 아주 눈을 크게 뜨고 봐야 할 것이오. 진짜 저 친구의 실력이 나올 것 같거든."

"…다행이군요."

그의 말에 여인은 가슴을 쓸어내리고 있었다. 무공을 보는 눈은 장연호도 대단했다. 아니, 여태껏 장연호보다 더 정확히 무공에 대한 평가를 내리는 사람은 본 적이 없었다.

그가 그렇다면 맞는 것이었다. 그리고 마치 그 말이 시발점이라도 된 듯, 현백과 오위경의 싸움은 새로운 국면으로 치닫고 있었다.

따다다당!

"차아아압!"

자신의 검이 튕겨 나온 순간 오위경은 허리를 확 틀었다. 튕겨나는 힘을 역이용해 다시 공격을 한 것인데 한순간 그의 검은 현백의 목줄기를 겨누고 있었다.

오위경의 검은 별것 아닌 초식으로 구성되어 있었다. 찌르고 베고 밀고 당기는 것, 그것이 전부였다. 그러나 이 구성을 쉽게 본다면 솔사림을 너무 얕보는 것이었다.

솔사림의 무공은 강호의 무공 전체를 기반으로 했다. 연구하고 또 연구를 거듭하여 솔사림의 무공은 가장 효과적인 무공으로 재탄생되었다. 그것이 오늘날의 솔사림을 만든 제일 큰 이유였던 것이다.

반 푼, 혹은 한 푼 정도 솔사림의 무공은 앞서 있었다. 속력이든 내력이든 철저히 연구한 덕분에 아주 작은 차이로 우세할 수 있도록 만들어놓은 것이다.

비록 보통 사람은 잘 알지도 못하는 작은 차이지만 고수들에게 그 차이는 엄청난 것이었다. 그 찰나의 시간을 통해 승부를 결정 지을 수 있으니 말이다.

지금도 마찬가지였다. 별것 아닌 동작이지만 오위경의 동작은 군더더기가 하나도 없이 깔끔했다. 현백이 피하기도 전에 이미 목 어림에 상처가 나게 될 터였다.

왠지 그는 현백이 싫었다. 물론 그런 내색이야 할 수는 없었지만 언뜻언뜻 자신도 모르게 그런 감정이 올라오는 것은 사실이었다.

싸워보고 싶은 것도 이유이지만 그것보단 이 사람 자체가 싫어 싸운다는 뜻이 옳았다. 그래서 조금 더 검날을 깊이 튕겨 넣은 것이었다. 더 깊은 상처가 나게 말이다.

이번 한 번의 공격으로 이제 승부는 날 것이라 생각하면서 오위경은 손목을 틀어내었다. 목 어림을 스치는 검날이 비틀리며 큰 상처가 나게 만들려 한 것인데 그때였다.

"……!"

오위경은 자신의 눈을 의심했다. 한순간 현백의 신형이 옆으로 슬쩍 밀려나는 것처럼 보이고 있었다. 마치 바람에 밀리는 듯한 느낌이 들고 있었는데 사람이라면 저런 움직임을 보일 수는 없었다.

그러나 더 이상 놀라고 있을 틈은 없었다. 자신은 실기를 했고 바로 그순간 현백의 공격이 시작되었다. 그 공격은 그야말로 막기에 급급할 수밖에 없는 상황이었다.

까라라랑! 카칵… 따라라랑!

"훗!"

자신도 모르게 헛바람을 들이키며 오위경은 손을 빠르게 놀렸다. 마치 세네 명이 동시에 공격하는 듯한 그런 움직임이 현백에게서 보이고 있었다.

게다가 현백의 공격은 끝이 없었다. 빠르게 밀려오는 강렬한 힘에 오위경은 점점 뒤로 물러나고 있었는데 정말 황당한 순간이었다. 단 한 번의 결정으로 이렇게까지 밀리다니 말이다.

"이야아압!"

과아아아!

이대로 있을 수는 없다는 생각에 오위경은 온몸의 내력을 다 끌어올렸다. 그리고는 정면으로 바로 찔렀다. 왼팔 하나 정도는 정말 주어도 된다는 생각에 수를 쓴 것이다.

단지참(斷指斬)이란 초식이었다. 온 힘을 한 점으로 집중하여 상대를 격살하는 초식으로 어찌 보면 암살에나 사용될 정도로 은밀한 초식이었다. 그러나 지금 남의 눈을 생각해 볼 때가 아니었다.

이대로 가다간 현백에게 당할 것이고 그땐 죽는 것이 문제가 아니었다. 사문을 더럽히는 것은 둘째 치고 현 무림에서 진영웅의 취급을 받는 그였다. 이루어놓은 모든 것을 다 잃을 수도 있는 것이다.

이 한 수에 그는 모든 것을 걸었고 그렇게 오위경의 검은 현백의 미간을 향해 날아가고 있었다. 막 오위경의 검이 현백의 이마를 건드리려 할 때였다.

시이잇!

"……!"

새… 한 마리의 새였다. 현백의 신형은 뒤로 쭉 빠지는 듯하다 다시 허공으로 치솟고 있었다. 오위경은 무리가 되더라도 내력의 방향을 바꾸며 현백의 신형을 쫓았다.

"쿨럭!"

한순간 강렬한 내력의 운용으로 인해 오위경의 입에서 피가 조금 흘러나왔지만 그는 멈추지 않았다. 곧 현백의 다리춤에 이 검이 박힐 것만 같았다. 한데…….

파아아앙!

믿을 수 없는 일이 일어났다. 한순간 좌우로 떨리더니 현백의 신형이 아래로 뚝 떨어져 내리고 있었다. 땅에 양 발을 내딛는 순간 현백의 신형이 폭사되고 있었다.

쇄애애앳!

산짐승도 이렇게 빠르진 못할 터였다. 한 마리의 야수가 되어 현백은 움직이고 있었다. 이어 그는 허리를 확 틀면서 오른손을 휘돌렸다. 허공에 현백의 도가 짐승의 날카로운 발톱

모여드는 군웅들 319

이 되고 있었다.

과가가각…… 까라라랑!

"큭……!"

막지 말아야 했다. 현백의 공격을 몸으로 받고 대신 그의 검끝은 현백의 이마를 찔렀어야 했었다. 그런데 상황은 그렇게 되지 않았다.

현백의 공격을 그는 고스란히 막아내었다. 마지막에 보였던 강렬한 빛의 일격들은 그로 하여금 마음속에서 공포라는 두 글자를 떠올리게 만들었던 것이었고 결국 그는 검을 돌렸다.

작은 신음성을 낸 채 그는 아무런 말을 할 수가 없었다. 현백과 자신의 거리는 불과 일 척 정도? 몸과 몸 사이에 각자의 병기를 둔 채 힘겨루기를 하는 모양이 되어 있었다.

"대단한 실력이군. 실력을 숨기다 단 한순간의 승부라?"

"그보단 정신을 차렸다고 말하는 것이 옳겠지."

두 사람은 서로의 귀에만 들릴 정도로 작게 이야기하고 있었다. 남들이 본다면 아마 그저 힘겨루기만 하고 있는 상황으로 보일 것이었다.

"이쯤 해서 끝내는 것이 좋을 것 같군. 아니 그런가?"

"끝내는 것이야 언제든 좋지만 분명히 알아둬라……. 무슨 꿍꿍이인지 몰라도 함부로 사람들의 마음을 뒤흔들지 마라."

"…무어라?"

뜬금없는 이야기에 그는 무슨 말인가 했다. 현백은 오른손에 살짝 힘을 빼며 그를 당겨오게 한 후 작은 목소리로 입을 열었다.

"소이가 그러더군. 그 자리에 중원 사람도 있었다고. 스스로를 솔사림의 사람이라 말하는 사람이 말이다."

"……!"

현백의 말에 오위경은 눈을 확 굳혔다. 그의 말은 계속되었다.

"약속하지. 만일 소이가 죽는다면 내 너에게 책임을 묻겠다. 쓸데없는 짓은 그만두는 게 좋아."

"원하는 것이 무엇이지?"

오위경은 바로 입을 열었다. 이런 상황이라면 서로 간에 어느 정도는 관계를 터야 했다. 현백이 조용히 넘어갈 뜻을 비추었으니 말이다.

"네가 이 사람들을 데리고 뭘 어떻게 하든 난 상관하지 않는다. 하나 단 한 가지."

"……"

"내가 뭘 하든 건드리지 마라. 그것이 전부다."

"……"

현백은 그 말을 마지막으로 입을 꽉 닫았다. 오른손에 힘을 살짝 주어 오위경의 신형을 뒤로 밀어내었다.

그리곤 그의 손목이 빙글 돌려지고 있었다. 도날이 아닌 도면이 오위경의 검과 맞닿게 되었는데 이어 현백의 왼손이 움직였다. 자신의 도면을 왼 팔꿈치로 친 것이다.

"쩌어어엉!"

그 한 수에 두 사람은 서로 물러났다. 반 장여 이상을 물러난 후 현백은 자신의 도를 조용히 도집에 돌려놓았다. 그리곤 작지만 내력을 실어 외쳤다.

"졌소."

딱 한마디였다. 그 말을 남겨놓고 현백은 신형을 돌렸다. 더 이상 이곳에 있어봤자 좋을 것이 없었다. 왠지 이 사람들 자체가 다 보기 싫어졌던 것이다.

"우아아!"

"역시 솔사림, 강호의 으뜸이구나!"

"단상으로 오르시오, 오 대협! 진영웅 오위경 대협!"

여기저기서 환호성이 들리자 오위경은 얼굴 가득 미소를 지었다. 그는 왼손을 들어 화답한 후 신형을 움직이고 있었다.

하긴 누가 봐도 확실한 승리였다. 현백은 가슴을 다쳐 피를 흘리고 있었고 오위경은 입에 약한 핏자국만 가지고 있었다. 당연히 그의 승리인 것이다.

"오위경! 오위경!"

사람들이 연호하는 가운데 오위경은 서서히 중앙에 마련된 단상으로 오르고 있었다. 하나 그가 움직이면서 밟고 간 땅엔 작은 핏방울이 점점이 떨어져 내리고 있었다.

第九章

선택

꽈아악…….

피가 점점이 떨어지는 가슴을 현백은 목면천으로 둘러싼 후 꽉 묶었다. 그리 큰 상처라고 할 수는 없었지만 그렇다고 무시할 정도는 아니었다.

"괜찮은 건가? 설마 일부러 검을 맞아준 것은 아니겠지?"

"……."

문득 들려오는 목소리에 현백은 신형을 돌렸다. 그곳엔 꽤나 많은 사람들이 모여 있었는데 다들 현백과 안면이 있는 사람들이었다.

이도와 창룡이 있었고, 무당의 장연호 내외와 경호가 있었다. 오랜만에 보는 개방의 호지신개 명사찬도 있었고 또 모인 장로도 와 있었다.

"일부러 맞을 정도로 내가 참을성이 있다고 생각하나?"

"큭! 그래, 그럴 리는 없겠지."

명사찬은 조용히 고개를 끄덕이며 한쪽 구석에 자리를 잡았다. 그러자 모두들 현백의 주위에 자리를 잡았는데 현백은 신형을 돌리며 입을 열었다.

"나에게 무슨 할 말이 있나? 모두들 여기 있어도 상관없는 거야?"

"당연히 할 말이 있네. 아니면 올 이유가 없겠지."

장연호는 한 걸음 나서며 입을 열었다. 그러자 현백은 그를 바라보았는데 할 말이 있으면 해보라는 뜻이었다.

"하나만 묻겠네. 오늘 내가 본 자네는 정말 다른 사람 같았네. 대관절 무슨 일인가?"

"……."

그러나 현백은 아무런 말도 하지 않았다. 그저 그게 무슨 뜻이냐 하는 듯한 얼굴을 만들었는데 그 모습에 장연호는 비틀린 웃음을 내었다.

"그런 얼굴이라면 당장 집어치우게. 두 사람 다 왠지 사심이 있는 것처럼 보였어. 물론 저쪽 편 사심이야 내가 알 바가 아니지만 자네는 대체 왜 그랬는지 그게 궁금하네."

"눈에 보였나?"

현백이 살짝 웃으며 입을 열자 모두의 고개가 끄덕여졌다. 현백은 잠시 천장으로 눈을 돌렸다.

그가 말하려는 것. 잘못하면 큰 파장이 될 수 있었다. 하지만 그렇다고 해서 영원히 비밀로 할 수 있는 것도 아니었으니 현백은 결국 입을 열었다.

"소이란 아이, 그 아이가 말한 것은 그저 흑월이란 단체뿐만이 아니었다네."

"뭐라?"

현백의 말에 모인은 눈을 가늘게 뜨며 입을 열었다. 하면 또 다른 단체의 이름이 나왔다는 말로 해석할 수 있었다. 현백은 잠시 주위를 둘러보다 이내 입을 열었다.

"솔사림, 그들의 이름도 같이 흘러나왔다. 그것이 내가 방금까지 한번 부딪쳤던 이유야."

"뭐라고!"

"설마!"

여기저기서 믿을 수 없다는 반응이 튀어나왔지만 왠지 그 반응은 빠르게 변하고 있었다. 수긍하는 분위기가 형성되고 있었던 것이다.

"어쩌면 그럴 수도 있겠지. 워낙 세상에 알려진 것이 없는 곳이니까 말이야."

살짝 솔사림에 좋은 감정을 가지고 있지 않은 명사찬이 입을 열자 모두들 고개를 끄덕이고 있었다. 정말로 그럴 수 있는 일이었다. 가능성이야 언제나 있는 것이니 말이다.

"그렇게 쉽게 볼 문제가 아닙니다. 사부님의 죽음에 술사림이 개입해 있다는 말입니다. 그냥 두고 볼 상황이 아니지 않습니까!"

"소리가 너무 크구나, 경호야. 일단 진정하거라."

이제는 규앙 도장의 유일한 제자인 경호가 입을 열자 모두의 시선에 연민의 감정이 깃들고 있었다. 하긴 그도 그럴 것이 현백의 말이 사실이라면 술사림은 무당과 험악한 관계를 만들 수밖에 없었다. 이건 작은 일이 아닌 것이다.

"사숙님! 이 상황에서 어찌 진정할 수 있습니까? 당장 이 일을 장문인께……."

"어허, 하나만 알고 둘은 모르는구나. 현백이 왜 우리에게 이런 이야기를 하는지 모르겠느냐!"

장연호는 결국 경호에게 호통을 쳤다. 경호는 장연호의 말에 찔끔하면서도 못내 분한 마음을 추스르지 못하고 있었다. 그러자 장연호의 옆에 있던 예소수가 입을 열었다.

"현 대협께서 어렵사리 말을 꺼낸 것은 그만큼 준비가 필요하다는 것입니다. 또한 그 준비가 자신 혼자서는 도저히 무리라는 것을 인정하는 것이구요. 지금 이 순간 현 대협은 저희에게 도움을 요청하는 것입니다."

"예?"

역시 예소수였다. 현백은 자신이 하고 싶은 이야기를 해준 예소수에게 감사하다는 뜻으로 머리를 살짝 숙였고 예소수는 입을 가리며 웃는 것으로 화답했다.

"부인의 말대로요. 아무리 생각해도 이 일은 나 혼자서는 무리요. 게다가 난 해야 할 일도 있소이다."

"그래요, 오유와 충표 아저씨를 찾아야지요. 그 빌어먹을 고도간을 추격해서요!"

이도의 목소리가 들려오자 현백은 신형을 돌렸다. 슬며시 이도의 얼굴을 살펴보니 그의 얼굴엔 불만이 가득 고여 있었는데 이해하지 못할 현백이 아니었다.

이도로선 섭섭했을 터였다. 그래도 중원에 들어와서 가장 먼저 만난 사람들이고 그만큼 많은 시간을 보냈다고 생각하고 있었건만 현백은 당장에 떠나지 않고 있었다.

이도가 생각하는 동료와 현백이 생각하는 동료라는 것이 어쩌면 다를 수도 있다는 생각이 요즘 그의 머릿속에 들고 있었다. 현백은 이도의 어깨 위에 한 손을 올리며 입을 열었다.

"그래, 그 일도 반드시 해야 할 일이겠지. 물론 그래야 될 것이다."

"……."

현백의 다짐을 듣고서야 이도는 조금 마음이 풀어지는 것을 느꼈다. 현백은 이도와 옆에 있는 창룡을 향해 입을 열었다.

"주비, 일단 자네와 이도는 충표와 오유를 찾아 움직이는 것이 좋을 것 같다. 나 역시 움직여야 하겠지만 그전에 뭔가 알아볼 것이 있어."

"알았네. 그렇지 않아도 이곳에서 북경으로 가는 길에서 비슷한 인상착의가 있는 사람들이 보였다는 소식이 개방을 통해 들어왔네. 나와 이도는 바로 떠나지."

"나도 같이 갈 것이야. 괜찮겠죠, 장로님?"

문득 들려오는 소리에 사람들은 고개를 돌렸다. 그곳엔 호지신개 명사찬이 있었는데 그 말에 이도의 얼굴이 환하게 펴졌다. 아무래도 명사찬이 같이 간다면 좋은 조력자가 될 터이니 말이다.

"오유는 우리 방의 아이니라. 어찌 그냥 있을 수 있누? 조용히 움직이면서 필요하다면 긴밀히 연락하도록 하여라."

"알겠습니다, 장로님."

명사찬은 말과 함께 이도의 옆으로 가 그의 머리를 슬쩍 헝클어뜨렸다. 하나 이도는 그저 씨익 웃으며 즐거워할 뿐이었는데 현백은 잠시 한숨을 내쉬었다. 창룡에 명사찬이면 충분히 안심할 만하니 말이다.

"확실히 급박하게 강호가 돌아가고 있구나. 그렇지 않아도 내 너와 한번 이야기하려 했건만 그럴 필요가 없겠다."

모인은 혼잣말처럼 이야기를 했지만 물론 혼잣말은 아니었다. 그는 잠시 생각을 하곤 다시 입을 열었다.

"분명 강호는 변동이 있을 것이다. 그것도 작은 변동이 아니라 거대한 변동이 되겠지. 천의종무록이란 무공서의 이름 하나만으로 그리될 것이다."

"……."

모인의 말에 사람들은 전적으로 동의하고 있었다. 오늘 천의종무록이 강호에 나와 있다고 그 주인이 이야기를 했다. 원하든 원하지 않든 강호엔 한차례 광풍이 불 터였다.

고래로 무공서 하나 때문에 일어난 혈겁이 한두 개였던가? 결국 역사는 돌고 도는 것이라지만 답답한 순간이었다. 어떻게 하든 막을 수 없으니 말이다.

"막고자 했으나 어쩔 수 없게 된 것이지. 그래, 그럼 이제 이야기는 된 것인가?"

"한 가지만 더 하려고 합니다. 날 도와줄 수 있겠소?"

"…아니면 내가 여기 있을 턱이 있겠나?"

현백의 말에 장연호는 피식 웃으며 입을 열었다. 그러자 현백이 다시 입을 열었다.

"솔사림, 그들을 주시해 주었으면 하네. 그들의 행보가 아무래도 마음에 걸려."

"……."

솔사림이란 말에 장연호의 눈빛이 확 변하고 있었다. 장연호는 굳은 얼굴을 한 채 현백에게 답했다.

"반드시 캐내겠네. 아니, 자네가 말하지 않아도 그리할 생각이었어."

슬쩍 경호의 얼굴을 보며 장연호가 입을 열자 현백은 고개를 끄덕였다. 이젠 할 말도 없었다. 결과를 지켜보는 수밖에는……

"현백, 안에 있나?"

갑자기 들려오는 낯선 소리에 현백을 비롯한 여러 사람들의 시선이 움직였다. 심지어 현백도 의아한 얼굴로 문 쪽으로 향했는데 그는 바로 문을 열고는 그 자리에 우뚝 섰다.

"잠시 들어가도 되겠나?"

"……"

그는 바로 이격이었다. 사람 많은 곳에 있을 줄 알았던 그가 의외로 자신의 눈앞에 나타난 것인데 현백은 고개를 돌려 사람들에게 눈인사를 건네었다.

"허허허, 마침 전 할 말을 끝낸 상태입니다. 현백, 그럼 먼저 가네."

"나중에 보세."

"멀리 나가지 않겠습니다."

모인을 필두로 해서 사람들이 모두 빠져나가고 있었다. 한순간에 사람들은 썰물 빠지듯 사라졌고 실내엔 현백과 이격 단둘만이 남아 있었다.

"몸은 좀 어떤가? 상당히 부상이 심한 듯 보였는데?"

"그저 피륙이 갈라진 것뿐, 별것 아니오. 설마 내 안부를 묻기 위해 이곳에 온 것이오?"

"……."

터져 나오는 현백의 반하대에 이격은 잠시 얼굴을 굳혔지만 이내 슬며시 풀어내고 있었다. 어차피 아쉬워 찾아온 것은 본인이기에 그는 손사래를 치며 현백에게 말했다.

"그럴 리가 있겠나? 할 말이 있어서 온 것이네."

현백이 권하지도 않았는데 이격은 방 안 의자에 자리를 잡고 앉았다. 현백은 그 맞은편에 앉았는데 두 사람은 작은 탁자 하나를 사이에 놓고 마주 보고 있었다.

"무공이 대단한 경지에 이르렀더군. 이전에 본 무공이 아니야. 설마 자네가 이렇게 발전하리라고는 아무도 생각을 못 했을 것이네. 자네 스스로도 그렇게 생각하지 않나?"

"무슨 말이 하고 싶은 것이오?"

왠지 빙빙 말을 돌리는 이격을 보며 현백은 차가운 목소리를 내었다. 그는 아무래도 이 이격이란 사람에게 좋은 감정을 느끼기 힘들었다. 이격은 한쪽 입술을 말아 올리며 다시 말했다.

"아무래도 용건만 이야기하는 것이 좋을 듯싶군. 자네 사부에 대한 이야기를 하러 왔네. 칠 사제 그 친구, 이젠 본 파에서 편하게 지내야 되지 않겠나?"

"……."

도무지 이해가 가지 않는 말이었다. 뭘 편하게 지낸단 말인가? 여태껏 칠군향에게 못되게 군 사람들이 바로 본 파의 사람들이거늘…….

"따지고 보면 칠군향이 부족한 것은 단 하나, 무공을 못한다는 것이었네. 사실 무공을 하지 못하는 진산제자는 잊혀지는 것이 당연한 일이지. 하나 칠군향은 그리되지 않을 것일세."

"……."

"그는 바로 자네의 사부이니까. 그 하나만으로 충분히 그럴 수 있지. 암, 그럴 수 있고말고……."

"지금 무슨 이야기를 하는 것이오?"

현백은 더 듣지 못하고 싸늘한 얼굴로 입을 열었다. 지금 계속 칠군향을 들먹이며 빙빙 돌리고 있었는데 뭔가 현백에게 원하는 것이 있었다.

그것이 무엇인지 속 시원히 말하는 것이 오히려 현백에게 나을 듯싶었지만 이격은 그렇게 하지 않고 있었다. 그러다 그는 결심을 한 듯 다시 입을 열었다.

"화산으로 돌아오게. 자네가 떠난 화산, 다시 화산에선 자네에게 두 팔을 벌리겠네. 그리하여 손목에 매화꽃을 달게나."

"……."

현백은 양손을 꽉 쥐었다. 지금 대관절 무슨 수작을 하는지 몰랐지만 정말 이해가 안 가는 상황이었다. 한번 떠난 사람을 무슨 이유로 다시 불러들인단 말인가?

아니, 현백 자신이 가지 못하는 상황이었다. 그가 돌아간다면 다른 사람들이 가만히 있을 턱도 없었다. 이래저래 불가능한 일인 것이다.

"진심이오?"

현백은 일단 되물었다. 왠지 이격의 말속엔 다른 많은 이유들이 묻어나는 듯이 보였는데 이격은 당당한 얼굴을 하며 입을 열었다.

"지금 내가 자네와 장난하자고 이곳에 있는 것이 아니네. 자네가 화산을 버렸지만 화산은 아직 자네를 버리지 않았네. 해서 이렇게 이야기하는 것일세."

"천의종무록이 목적이 아니란 말이오?"

"……."

현백의 한마디에 이격은 눈에 띄게 입술을 떨었다. 그러자 현백은 왼쪽 입술을 빙긋 말아 올렸는데 역시 뭔가 대가가 있었다. 그것을 위해 여태껏 화산의 품이네, 사부입네 하면서 이야기했던 것이다.

"자네의 무공은 곧 우리 화산의 무공이네. 당연한 일이 아니겠는가? 이건 대의를 위한 것일세. 웅비하는 화산의 모습이 바로 자네로부터 시작이 될 것이야."

절대 당당하지 못할 말을 참 당당하게 하고 있었다. 현백이 아예 입을 꽉 다물어 버리자 이격은 현백이 흔들리는 것으로 느낀 듯 아예 열변을 토했다.

선택 335

"뿌리가 있는 나무만이 그 크기를 짐작할 수 있네. 자네, 현백이란 나무는 거목일세. 그 뿌리는 바로 우리 화산이지. 그건 세상 누구도 부정할 수가 없는 것이야. 난 그 뿌리를 다시 일러주러 온 것일세."

"……."

"내 말에 수긍한다면 조금 있다가 새로이 구성되는 천의종 무록 추색대에 나오게나. 우리 화산의 대표로 난 자네의 이름을 올려놓았네. 부디 이 마지막 기회를 버리지 말게나. 알겠나?"

"……."

역시나 현백은 아무런 말을 하지 않았다. 그러자 이격은 이 정도면 되었다고 생각을 하는지 자리에서 일어서며 입을 열었다.

"내가 하고 싶은 이야기는 다 했네. 부디 현명한 판단을 할 것으로 믿고 포청에서 기다림세. 이따가 보세나."

자기 하고 싶은 말은 다 하고 떠나는 이격이었다. 현백은 잠시 그가 떠난 뒷모습을 바라보고 있었는데 그로부터 한참 동안 현백은 자리에서 일어나지 않았다. 흡사 미친 사람처럼 방문만을 바라보고 있는 것이다.

그러다 갑자기 신형을 일으켰다. 잠시 천을 감기 위해 벗어 둔 가죽갑주를 걸친 후 현백은 하나하나 점검하기 시작했다. 등 뒤에 비도까지 완전히 다 꽂은 후 그는 허리춤에 자신의 도를 걸었다.

펄럭!

언젠가 모인이 사준 커다란 장삼을 다시 꺼내어 몸에 걸친 그는 문 쪽으로 움직이기 시작했다. 싸늘한 시선으로 움직이는 그의 뒤로 작은 음성 하나가 흐르고 있었다.

"내가 떠난 것이 아니라… 화산이 날 버린 것이오."

* * *

"크윽!"

아무도 없는 방에서 오위경은 가슴을 부여잡으며 어금니를 꽉 깨물고 있었다. 누가 봐도 비무에선 자신이 이긴 것처럼 보였지만 실상 그것이 아니었다. 현백의 가슴에 입힌 부상만큼 그 역시 부상을 입었던 것이다.

부상 정도도 상당했다. 마지막에 그 야수 같은 움직임에서 날아온 도법, 그 도법에 의해 당한 것인데 직접적으로 당한 것이 아니었다. 도에 깃든 내력에 당한 것이다.

그가 아는 한 현백은 이렇게 도에 내력을 주입시켜 싸우는 사람이 아니었다. 솔직히 이번 대회에서 그가 우승할 수 있었던 원동력은 바로 이러한 정보력에 있었다. 상대의 장단점을 다 파악한 후 싸웠기에 승리할 수 있었던 것이다.

그런데 이번엔 다 틀린 정보였다. 속도, 움직임, 내력 그 모든 것이 다 예상외였고 그 결과 이렇게 참담한 상황을 맞이하게 되었다. 옷은 멀쩡한데 그 안을 상하게 하는 고단수의 도법인 것이다.

한 가지 이상한 것은 그런 도법을 쓴 것을 현백 자신이 잘 모르고 있는 듯한 생각이 드는 것이었다. 그러나 뭐 그건 오위경이 알아야 할 문제가 아니었다.

"오 공자, 오 공자 있소이까?"

"아… 들어오시지요."

누군가 밖에서 부르는 소리에 오위경은 얼른 윗옷을 입고는 돌아섰다. 그러자 문이 열리며 한 사람이 나타났다.

"허허허, 이곳에서 무엇을 하는 것이오? 어서 나오시오. 모두들 오 공자의 위용을 보고 싶어 소란을 피우고 있소이다."

"하하하하, 조금 준비가 길겠다고 미리 말씀을 드릴 것을 그랬습니다. 하면 지금이라도 나가지요."

들어온 사람은 소림의 백은 대사였다. 그는 오위경을 향해 천천히 합장을 하고는 신형을 돌렸다. 오위경은 그를 따라 바로 방문을 나섰다.

"이미 갈 사람들은 거의 다 구성된 상태입니다. 이번 일의 중차대함에 비례하여 그만큼 대단한 사람들로 구성이 되었습니다. 구성이 되었으니 지금 없는 사람들은 곧 오게 될 것입니다."

"하하하, 그 안에 백은 대사님도 들어가겠지요? 아닙니까?"

기분 좋은 미소를 지으며 오위경이 말하자 백은 대사는 조용히 웃었다. 하나 그는 고개를 가로젓고 있었다.
　"빈승의 무공은 형편없는 지경입니다. 그런 사람이 갈 수는 없지요 소승의 사형이신 백양 사형께서 오실 것입니다."
　"오, 나한전주님이 오십니까? 하나 백은 대사님 정도만 해도 충분할 터인데요?"
　"아미타불, 이 불쌍한 자에게 금칠을 해주시는군요."
　두 사람은 서로 말을 주고받으며 회랑을 움직이고 있었다. 그렇게 가는 동안 백은 대사를 통해 참여하는 사람들의 면면을 다 알 수 있었다.
　우선 무당에서는 탈명천검사 장연호가 참여했다. 원래는 청야공 청목 도장이 참여해야 하지만 청목 도장은 규앙 도장의 사인을 조사하며 유력한 용의 단체인 흑월을 조사하는 임무를 맡아 이곳에 참여할 수가 없다는 것이다.
　소림이야 여기 있는 백은 대사가 참여하다가 나중에 백양 대사로 바뀔 것이었으니 별문제가 없었다. 한데 개방은 조금 의외였다.
　가장 많은 참여를 해줄 것 같았던 것이 개방이었다. 세외의 사람들까지 데려오면서 강호에 그 위기를 알린 그들이기에 적극적인 참여가 있을 줄 알았건만 딱 두 명이 참여를 했다. 그러나 그 두 명은 정말 대단한 사람들이었다. 개방삼장로의 두 명인 오호십장절 토현과 일지신개 양평산이 합류한

선택 339

것이다.

  그리고 정말 의외인 곳이 한군데 있었다. 바로 화산에 관한 것인데 화산은 이격이 갈 줄 알았건만 그가 가지 않았다. 현백이 가기로 되어 있는 것이다.

  "정말 현백이 이번 일에 같이 간답니까? 좀처럼 믿을 수가 없군요."

  "허허허, 그 역시 강호를 걱정하는 사람일 것입니다. 게다가 깨끗하게 승복하지 않았습니까? 간다고 해도 이상한 일은 아닙니다. 다만……."

  "다만 무엇입니까?"

  갑자기 말을 멈추는 백은 대사에게 오위경은 다시 채근했다. 백은 대사는 조금 멋쩍은 얼굴로 말을 이었다.

  "그것이 본인이 아닌 이 대협이 한 이야기입니다. 하니 아직까진 알 수 없지요."

  "아……."

  그제야 알겠다는 듯 오위경은 고개를 끄덕였다. 두 사람은 작은 모퉁이를 돌아 포청으로 나아갔다.

  "오위경 대협이다!"

  "드디어 출발인가!"

  여기저기서 오위경을 향해 환호하는 소리가 들리자 오위경은 작은 미소로 대신 화답했다. 그리곤 살짝 주위를 둘러보았다.

정말 많은 사람들이 모여 있었다. 이 많은 사람들이 다 어디서 왔는지 모르지만 썩 기분 나쁜 느낌은 아니었다. 오위경은 가슴을 쭉 편 채 내력을 실어 외쳤다.

"이런 중차대한 일에 저 같은 녀석이 그 수장 자리를 차지하는 것이 어울리는 것인지 모르겠습니다. 지금이라도 전 자리를 내놓았으면 합니다."

"무슨 말씀을……. 이 일에 가장 어울리는 것이 바로 오 대협이외다. 이 이모는 그렇게 생각하오."

"허허허, 그렇소이다. 본인 역시 그리 생각하오."

화산의 이격과 개방의 장명산이 입을 열자 오위경은 포권으로 답했다. 그리곤 각파의 대표로 지정된 사람들 한 명 한 명과 수인사를 나누기 시작했다.

"잘 부탁드립니다."

"허허, 이 늙은이야말로 잘 부탁드리오. 강호의 신성과 같이하게 되어 영광이오이다."

토현을 시작으로 백은이 가르쳐 준 사람 모두와 인사하고 있었는데 그를 중심으로 빙 둘러쳐진 사람들, 그중 한 자리가 비어 있었다. 바로 화산의 자리였다.

"백아가 아직 오지 않은 모양이오. 조금만 기다리면 될 것입니다."

이격은 자신있게 말했고 이어 오위경은 고개를 끄덕였다. 오위경은 잠시 현백이 올 때까지 기다려 보기로 내심 결정을 내렸다.

"정말 올까요?"
"글쎄다."
이도의 말에 창룡은 아무런 판단을 내릴 수가 없었다. 도무지 요즘 현백의 속마음을 알 수 없었던 것이다.
뭔가 할 일이 있으니 먼저 떠나라는 말, 한데 그 할 일이 이것이라면 현백이 자신들을 기만한 셈이었다. 정말 통속적으로 사람이 변해 버린 것이다.
만일 그런 상황이라면 이도는 더 이상 현백을 보고 싶은 생각이 없었다. 그런데 그건 그만의 생각이 아니었다.
"설마설마 하지만 나도 그래서 와봤지. 진짜 올까 하고."
명사찬도 그 자리에 나와서 고개를 갸웃거리고 있었다. 무당의 장연호야 저 앞에 나가 있으니 무슨 생각인지 모르지만 그 역시 비어 있는 현백의 자리에 많은 신경을 쓰는 것 같았다.
"글쎄다. 아마도 저 자리는 계속 비지 않을까 싶다. 내가 아는 현백이라면 말이야."
마지막으로 모인의 목소리가 들려오자 모두들 입을 꽉 다물었다. 한데 그때였다.
"사, 사부님!"
저쪽 입구에서 누군가 달려오는 것이 보였는데 그가 누군지 이도는 잘 알고 있었다. 언젠가 화산의 명부록에서 현백을 쫓아내는 데 큰 일조를 한 자로 거품을 물며 현백에게 덤볐던 양진이란 자인 것이다.

"왜 이리 경거망동이야! 또한 같이 오라던 백아는 어디 있느냐?"

이격은 중후한 목소리로 말문을 열었지만 그 중후함은 곧 사라졌다. 이어 들린 양진의 말 때문이었다.

"현백이… 사라졌습니다!"

"뭐, 뭐라!"

당황한 이격은 소리를 지르며 자리에서 벌떡 일어섰다. 붉어진 얼굴로 현백이 앉아야 될 의자를 바라보던 그는 어쩔 줄 몰라 하고 있었다.

"큭! 역시네요."

"그래, 이곳에 없을 것이야. 그 남만에서 온 남녀도 오지 않은 것을 보니 아마도 그들과 할 일이 있는 것 같구나."

창룡은 차분히 말을 한 후 신형을 돌렸다. 더 이상 이곳에 볼일은 없었다. 이젠 현백을 믿고 움직이면 그만이었다.

"그래, 그렇게 하자구. 여기서 조금만 더 있다간 사람이 이상해질 것 같아. 그만 사라지자구."

명사찬의 말에 세 사람은 신형을 돌렸다. 그러나 모인 장로는 뭐가 더 볼 것이 있는지 가지 않고 있었다.

"안 가세요?"

"먼저들 가거라. 근자에 보기 힘든 구경을 놓칠 수는 없지. 어디 얼마나 길길이 날뛰는지 한번 보도록 할까? 하하하!"

조롱인지 모를 소리를 내며 모인은 장내의 상황에 집중하고 있었다. 모두의 눈이 집중되어 있는 가운데 화산의 이격만이 붉어진 얼굴을 감추려 노력할 뿐이었다.

『화산진도』 4권 끝

다세포 소녀
원작 만화 출간!!

2006 부천 국제만화상 일반부문 수상!!

전국 서점가 최고의 화제작!
OCN 슈퍼액션 드라마 시리즈 방영!
왜? 사람들은 다세포 소녀에 주목하는가!
상식을 뒤엎는 기발하고 엉뚱한 상상력!

『다세포 소녀』의 숨겨진 힘!!

다세포 소녀 원작만화 (전 5권 예정)
B급 달궁 글·그림 | 값 9,000원 / 부록 예이츠 시집

몇 페이지만 읽어도 좌중을 휘어잡을 이야깃거리가 넘쳐난다!
둔감해진 머리에 영감을 주는 아이디어가 마구마구 솟구친다!
원작을 더욱더 빛내주는 기발한 댓글 퍼레이드!
300만 다세포 페인을 열광시킨 상식을 뒤엎는 엉뚱한 상상력!

또 하나의 이야기! 또 하나의 재미!
소설『다세포 소녀』

초우 장편소설 | 값 9,000원 / 원작자 B급 달궁

"그건 모르겠고, 나는 외눈의 사랑이야. 사랑을 줄 수는 있어도 마주 할 수 없는 사랑이지. 두 눈을 가진 사람은 주고받을 수 있지만, 나는 주는 것만 할 수 있어. 나는 주는 사랑으로 족해. 외사랑이지."
-외눈박이

초등학생이 반드시 읽어야 할 좋은 책 49권

각 학년별로 초등학생이 반드시 읽어야할 좋은 책을 선정하여 통합논술의 기본이 되는 '올바른 독서법'을 일깨워 줍니다.

교과서와 함께하는
초등학교 통합논술

초등1학년 | 값 12,000원 / 초등2학년 | 값 9,500원 / 초등3학년 | 값 11,000원 / 초등4학년 | 값 9,500원 / 초등5학년 | 값 9,500원 / 초등6학년 | 값 11,000원

♣ **혼자 할 수 있어요.**
엄마가 책 읽는 방법을 가르쳐 주어도 좋아요.
독서지도하는 선생님이 가르쳐 주어도 좋답니다.
"초등 교과서와 함께하는 **통합논술 시리즈**"는
아이 스스로 독서할 수 있도록 꾸며진 책이에요.
엄마와 선생님은 요령만 가르쳐 주시면 된답니다.

♣ **교과서의 중요한 내용이 총정리되어 있어요.**
각 학년별로 중요한 교과 내용이 함께 수록되어 있어요.
초등학생은 교과서 내용을 충실하게 공부해야 합니다.
아울러 그와 병행한 독서가 대단히 중요하지요.
"초등 교과서와 함께하는 **통합논술 시리즈**"는
두 가지 방법 모두 알려준답니다.

♣ **이 책은 훌륭하신 선생님들이 함께 쓰신 책이랍니다.**
동화작가 선생님들이 쓰셨어요. 소설가 선생님도 쓰셨답니다.
국어 논술독서지도 선생님들도 함께 쓰셨지요.
"초등 교과서와 함께하는 **통합논술 시리즈**"는
엄마의 마음으로 모든 선생님들이 함께 꾸민 책이랍니다.

입소문을 통해 아는 분은 다 알고 계십니다!
올 한해 공인중개사 최고의 화제작!

1~2권 합본 | 이용훈 지음
3~4권 합본 | 이용훈 지음
5~6권 합본 | 이용훈 지음
용 어 해 설 | 이용훈 지음
1~2차 문제풀이집 | 이용훈 지음

수험생 기본 필독서
만화 공인중개사

제목 : 만화공인중개사 쓰신 분에게 감사드립니다.

학원을 두달 다녔어요. 근데 과연 그 숫자 외우기 그런게 몇 문제나 나올까 생각을 했어요. 아니라는 생각이 드네요. 학원강의를 뒤로 하고 서점을 갔어요. 내 머리에 가장 이해될 수 있는 책이 없나 하구요. 거기서 만화를 발견했어요. 무조건 세번 봤어요. 3개월 걸렸어요. 문제집을 보라고 했는데 그건 시행을 못했어요. 근데 합격을 했네요.

어떻게 감사의 말을 해야 될지…

도서관에서 만화책 들고 다니니까 사람들이 웃더라구요. 만화책으로 공인중개사를 공부한다고 미친사람처럼 보더라구요. 근데 그거 다 감수하고 했던 내가 자랑스럽습니다.

어떻게 감사의 말을 해야 할지 정말 감사합니다.

부디 행복하세요. 제 나이 41살에 좋은 스승을 만난 거 같습니다.

엎드려 감사드립니다.

-본사 홈페이지에 독자분이 올린 메일 中에서 발췌-

잘나가고 싶은 사람은 읽어라!

그에게 한눈에 반했다! 그것은 분위기 탓?
애인과 나란히 걸어갈 때 당신은 좌, 우 어느 쪽에 서는가?
이성은 왜 서로 끌리는 걸까? 그 심층 심리를 해명한다!

30초의 심리학

■ **30초의 심리학**
아사노 하치로우 지음 / 계일 옮김 | 값 8,500원

처음 본 사람인데 와 닿는 느낌이
너무나도 강렬한 사람이 있다.
흔히 하는 말로 '필이 꽂힌 사람',
그래서 잊혀지지 않는 사람,
한눈에 반했다고 하는 것이 바로 그것이다.
이런 인간의 감정을 논하는 데
남녀의 구분이 있을 수 없다.
사랑하는 그, 혹은 그녀를
생각하는 것만으로도 가슴이 두근거린다.
이상할 것 없다. 당연히 그럴 수 있는 것이다.
그렇기에 인간을 감정의 동물이라 하지 않는가.
그러나 그렇게 좋아하는 그 사람이
어느 날 갑자기 싫어지는 경우는 왜일까?